일반공격이 전체공격에
2회 공격인 엄마는 좋아하세요?
3
STORY INAKA DACHIMA
ILLUST IIDA POCHI. VOLUME 3

"자기소개는 물론이고
내 엄마라는 것도
설명할 필요 없잖아."
오오스키 마사토
MASATO OOSUKI
용사로서 게임 세계에
전송됐지만, 엄마가 너무 강해
활약을 못하는 게 고민거리인
남자 고등학생.
"아, 만나서 반가워.
나는 오오스키 마마코라고 해.
마 군의 엄마야. 우후후."
오오스키 마마코
MAMAKO OOSUKI
아들인 마사토라면 껌뻑 죽는 엄마.
이번에는 길드와 던전에서 대활약
예정.

아만테
AMANTE
마사토 일행과 적대하는 조직 리벨레 사천왕 중 한 명. 중요한 정보를 마구 늘어놓는 덤벙이 마법검사.
"「나는 반항조직 리벨레 사천왕 중 한 명, 어머니에게 반역하는 자 『모역(母逆)의 아만테』야」 같은 식으로 방금 만난 상대에게 자기소개를 해야 한다는 룰은 없어. 그렇지?"

와이즈
WISE
툭하면 약속이나 한 듯 마법을 봉인당하는 안쓰러운 여고생 현자.
“으음, 저기…… 주인님! 뭐든 저한테 시켜만 주세요!”
포타
PORTA
파티의 마음의 안식처로서 사랑받고 있는, 열두 살 여행 상인.

"주인님~ 볼일이 있으면
빨리 말씀하시라고요~."
"……주인님.
뭐든 분부해주세요."
메디
MEDHI
정통파 히로인인 줄 알았더니,
어둠을 품고 있는 여고생 치유술사.

"뭐긴 뭐야.
엄마의 침대 서비스인걸?"

CONTENTS

일반공격이 전체공격에 2회 공격인 엄마는 좋아하세요?

STORY INAKA DACHIMA
ILLUST IIDA POCHI.

VOLUME 3

프롤로그
어느 엄마의 경과보고

【질문 : 아들 혹은 딸과 사이가 좋아졌는가?】

조금씩이지만 가까워지고 있는 것 같아요.

【질문 : 아들 혹은 딸과 대화를 나눌 기회가 늘었는가?】

집에 있을 때와는 비교도 안 될 만큼 늘어서 기뻐요.

【질문 : 아들 혹은 딸에게 듣고 기뻤던 말은?】

역시 우리 엄마가 최고야, 라는 말을 듣고 기뻤어요.

【질문 : 아들 혹은 딸에게 듣고 싫었던 말은?】

딱히 없어요(듣고 슬펐던 말이나 서운했던 말은 있지만요).

【질문 : 아들 혹은 딸과 함께 어떤 곳에 갔는가?】

도시와 마을, 학교, 그리고 삘드에도 갔어요.

【질문 : 아들 혹은 딸이 좋아하는 것이 뭔지 알았는가?】

어렴풋이 느끼고 있었지만, 역시 저를 정말 좋아하는 것 같아요.

【질문 : 아들 혹은 딸이 싫어하는 것이 뭔지 알았는가?】

저에게 이상한 짓을 하는 몬스터를 특히 싫어하는 것 같아요.

【질문 : 아들 혹은 딸의 장점은?】

모든 면이 다 장점이에요.

【질문 : 아들 혹은 딸의 단점은?】

굳이 꼽자면 말투일까요.

【질문 : 아들 혹은 딸과 함께 모험을 해보니 어떻습니까?】

하루하루가 정말 즐거워요. 다른 가정에도 꼭 권하고 싶어요.

【질문 : (임의) 게임에 새롭게 추가했으면 하는 물품이나 요소 등, 희망하시는 점이 있다면 알려 주십시오. 앞으로의 운영에 참고하도록 하겠습니다.】

디지털 카메라가 있으면 멋질 것 같아요. 아들의 활약을 기록해서 보존하고 싶으니 꼭 부탁드려요. 그리고 아들과 아들 친구들이 편의점 양과자 같은 걸 엄청 먹고 싶어 하니, 마을에 편의점이 있었으면 좋겠어요.

앙케트 폼에 기입을 마친 후…….

"……일단 쓰긴 했는데…… 이렇게 쓰면 되려나……."

마마코는 입체 표시된 윈도우 화면을 지그시 쳐다보며 고개를 갸웃거렸다.

이 앙케트는 부모자식이 2인 1조로 참가하는 정체불명의 풀다이브형 MMORPG『MMMMMORPG(가제)』에 관한 것이다. 내용은 간단하지만, 운영자인 일본 정부에 제출되는 것이니 신경을 쓸 수밖에 없다.

이렇게 쓰면 정말 괜찮은지 걱정이 된 마마코가 몇 번이나 체크를 하고 있을 때였다.

"에잇! 이얍! 그리고 이 타이밍에 결정타인 하이에스트 스카이세이버! 받아라아아아앗! 부앙~! ……훗, 해냈군."

사랑하는 아들의 목소리가 들렸다. 고개를 돌려보니, 마사토가 여관 뒤뜰에 있었다. 검술 트레이닝을 하고 있는 것 같았는데……. 공격을 성공시킨 후의 포즈 연습까지 포함해 정말 열심히 하고 있었다.

방해를 하긴 싫지만, 그래도 역시 사랑하는 아들에게 의지하자고 생각한 마마코가 마사토에게 말을 걸었다.

"마 군. 저기 말이야. 부탁이……."

"듀와아아아아아앗?! 어어어어, 엄마?! 어, 언제부터?! 거기 있었던 거야?!"

"응? 으, 으음, 아까부터 여기 있었는데…… 왜 그렇게 놀라는 거야?"

"응?! 벼, 별 거 아냐! 아무도 없는데서 오리지널 필살기(완전 멋들어진)를 연습하고 있었는데, 남이 보고 있어서 놀랐다던가, 그런 건 전혀 아니거든?! ……그럼, 으음, 무, 무슨 일이야?! 용건이 있으면 빨리 말해!"

"으, 으음, 그럼…… 실은 말이야. 이 엄마에게도 정부에서 앙케트가 와서 작성을 해봤는데…… 제대로 썼는지 걱정이 되어서……. 그러니 마 군이 체크를 해줬으면 해. 부탁해도 될까?"

"앙케트의 체크? ……뭐야, 그런 거야? 하아…… 뭐, 좋아."

마사토는 귀찮다는 듯한 투로 그렇게 말하면서도 트레이닝을 마치더니 마마코의 곁으로 왔다. 구슬땀을 흘리는 아들의 모습은 정말 멋있었다(엄마의 개인적 감상입니다).

말을 걸면 대답을 해주고, 부탁을 하면 들어준다. 그것만으로도 감개무량하고 기쁜 나머지 마마코는 싱글벙글 웃었지만…….

한편, 앙케트를 살펴보던 마사토의 표정이 갑자기 변했다. 수치심과 분노가 뒤섞인 그 얼굴은 시뻘겋게 달아올라 있었다.

"이것봐아아아아?! 이게 뭐야?! 헛소리 말라고! 하나에서 열까지 전부 새빨간 거짓말이잖아!"

"뭐? 딱히 거짓말은 안했는데……."

"전부 거짓말이잖아! 나는 「우리 엄마가 최고야」 같은 말 한 적 없어! 사실무근이라고!"

"어머나……. 아무래도 내 소망이 반영됐나 보네……."

"정부에 제출하는 앙케트니까 성실하게 작성해! 그리고 『삘드』나 『양과자』 같은 것도 좀 신경쓰라고! 삘드가 아니라 필드! 양과자 같은 말은 요즘 애들은 안 써! 엄마가 그럴 때마다 내가 울컥한단 말이야! 참지를 못하겠다고! 제발 부탁이니까 좀 신경 써!"

"아, 알았어. 그럼 수정할게. 수정 버튼이…… 아, 이거구나."

마마코는 그렇게 말하며 태연히 누른 것은 【송신】 버튼이었다. 앙케트 폼은 무사히 송신완료되었고…….

마사토는 아연실색할 수밖에 없었다.

"잠깐만…… 왜 송신한 건데……. 대충 아무거나 누르지 좀 마아아아아…….”

“어, 어머? ……정말. 이 엄마는 참 덜렁대는 애라니깐. 에헷.” 혀 메롱.

“제발 부탁이니까 그런 짓 좀 하지 마! 그리고 『애』도 아니잖아! 하아, 정말! 하아, 정말! 우갸아아아아아아아아아아아아아아아아아아아아아아아아아아아아아아앗!”

필요한 것은 레벨도, 스킬도 아니라, 아들의 인내력이다.

그런 모자의 모험은 오늘도 그 막이 올랐다.

제1장
어이쿠, 이런 곳에 돌부리가 있네. 뭐, 안 걸릴 거야. 안 걸릴 거라고.

용맹하게 싸우는 용사의 모습을 이미지해본 후, 실행에 옮겼다.

마음은 뜨거우면서도, 냉정을 유지했다.

몸의 긴장을 풀고, 무릎을 살짝 굽히면서, 자세를 낮췄다.

그리고 위대한 천공의 힘을 지닌 성검 필마멘트를 움켜쥔 후, 두려움을 떨쳐내며 걸음을 내디뎠다.

"우오오오오! 간다아아아아앗!"

용사 마사토는 혼신의 기합을 토하며 돌격했다. 단숨에 적에게 육박한 후…….

바로 그 절묘한 타이밍에, 서포트를 받았다.

"엄호할게요! ……스파라 라 마지아 펠 미라레…… 공격력(살리레) 상승!"

동료 중 한 명인 순백의 치유술사 메디가 공격력을 상승시켜주는 보조마법을 펼쳤다. 후방에 있는 그녀가 높이 치켜든 지팡이에서 강화의 빛이 뿜어지더니 마사토를 향해 쏟아졌다.

회복 마법과 보조마법의 대가인 메디의 엄호는 효과가 대단했다. 육체가 강화된 마사토는 그 누구에게도 지지 않을 거라는 확신을 느끼며 적을 향해 혼신의 일격을 날렸다. 마사토의 공격.

마사토는 머리 위로 치켜든 검을 그대로 내려 그었다!

“좋아, 내 공격이 크리티컬 히트! 내 공격으로 적을……!”

해치웠다. 아니, 마사토는 그렇게 생각했다. 하지만…….

“아냐! 아직 해치우지 못했어!”

진홍의 현자 와이즈가 마사토를 제치며 최전선으로 나섰다. 마법서를 꺼내든 그녀가 공격태세를 취했다.

“상대는 지상의 적이야! 마사토의 공격은 공중의 적에게 특화되어 있어서 효과가 미미했어! 그러니까 내가 연속마법으로 마무리할게!”

“어이, 와이즈! 그저 마무리를 하려는 건데 마법을 동시에 두 발이나 날릴 필요가 있어?!”

“있어! 내가 그러고 싶거든!”

“오케이, 알았어! 마음대로 해!”

“물론 마음대로 할 거야! 엄청난 현자인 이 몸의 엄청난 연속마법으로 날려버릴래! ……스파라 라 마지아 펠 미라레……
벤토 탈리오 봄바 피암마
풍단(風斷)! 그리고! 폭염!”

와이즈의 연속마법이 발동. 대상물을 찢는 바람의 칼날이 휘몰아치고, 그 칼날에 갈기갈기 찢겨 생긴 파편을 불꽃이 태워버렸다.

그 격렬한 불꽃이 사라지자, 그 자리에는 티끌 하나 남아 있지 않았다.

마사토 일행은 몬스터를 해치웠다 압도적인 힘으로 승리한 것이다! 만세!

……같은 느낌이다. 이미지적으로는 얼추 이러했다.

"좋아. 기본적으로는 이렇게 하면 되겠네. 괜찮은 콤비네이션이었어."

"그래요. 호흡은 꽤 맞았다고 생각해요."

"지금의 우리는 무적이나 다름없네. 흐흥."

마사토 일행은 무기를 쥐더니 서로를 향해 미소를 지었다. 참 잘했다는 듯이 말이다.

지금 싸운 상대는 가상의 적이다. 즉, 트레이닝을 한 것이다.

치유술사 메디를 새롭게 동료를 맞이하면서 파티의 종합적인 전투력은 비약적으로 상승했다. 하지만 중요한 점은 개개인의 능력을 어떻게 연계하느냐, 다. 각자가 자신의 역할을 충실히 수행하면서 파티로서의 힘은 비약적으로 상승한다. 그래서 마사토 일행은 트레이닝을 하고 있는 것이다.

그 결과는 엄청났다. 기고만장해져서 보는 이가 짜증날 정도로 으스대고 있지만 얼굴은 꽤 귀여운 편에 속하는 와이즈, 그리고 엄청난 미모를 지녔고 입가에 기품 넘치는 미소를 머금고 있는 메디……. 그런 두 사람을 응시하고 있는 마사토의 얼굴에도 미소가 어려 있었다.

"……후훗, 큰일났는걸."

“잠깐만, 마사토. 왜 히죽대는 건데? 기분 나쁘거든?”

“어이, 와이즈. 기분 나쁘다는 말은 좀 너무하잖아. 나는 너를 포함해 믿음직한 동료가 생겨서 기뻐하고 있는 거라고. 일단은 말이지.”

“아~ 그렇구나. 일단은 나도 동료로 쳐줘서 참 고맙네.”

마사토와 와이즈가 평소와 마찬가지로 서로에게 독설을 던지고 있을 때, 메디도 자연스럽게 대화에 끼어들었다.

“우후후. 와이즈 씨는 솔직하지 못하군요. 저는 마사토 군과 같은 심정이에요. 믿음직한 동료가 있다는 건 참 멋진 일이죠.”

“음. 메디는 솔직한걸. 같은 마음을 공유해야 동료라 할 수 있어. ……그럼, 공유하지 못하는 어느 분은 어쩔 수 없이 쫓아내야…….”

“자, 잠깐만! 그러지 마! 나, 나도 같은 심정이거든?! 우, 우리는, 나까지 포함해서 동료! 나까지 포함해서 최강!”

“그래요. 저희 셋은 최강 파티…… 라고 말하고 싶지만…….”

메디는 말끝을 흐리면서 어떤 곳을 쳐다보았다. 그곳을 지그시 쳐다보고 있었다. 「아~ 그래」 와이즈도 메디가 무슨 말이 하고 싶은 건지 눈치챈 듯한 반응을 보이며 그쪽을 쳐다보았다.

마사토는 가능하면 쳐다보고 싶지 않았지만, 보든 보지 않든 그곳에 존재하는 현실은 부정할 수 없다. 그래서 어쩔 수 없이 쳐다보니…….

그곳에는 물론, 그 사람이 있었다.

"우후후! 엄마도 힘낼게!"

고등학생 아들을 뒀다고 설명해봤자 아무도 믿지 않을 만큼 젊어 보이고…….

황갈색 머리카락, 그리고 즐겨 입는 원피스가 바람에 펄럭이고 있으며…….

애정이 가득 담긴 풍만한 가슴을 지닌 이 사람.

일반공격이 전체공격에 2회 공격인 엄마— 마마코다.

참고로 마마코는 진짜로 전투 중이다. 그녀의 앞에는 수많은 몬스터들이 우글거리고 있었지만…….

"엄마도 공격을 할게! 에잇!"

오른손에는 만물의 어머니 되는 대지의 성검 테라디마도레, 왼손에는 만물의 어머니 되는 바다의 성검 알투라. 마마코가 기합을 지르며 두 자루의 성검을 휘두르자…….

그 순간, 대지에서 예리한 바위 칼날이 수없이 솟아났고, 그와 동시에 수많은 물방울 탄환이 일제히 발사됐다. 그리고 바위 칼날과 물방울 탄환이 수많은 몬스터들을 한 마리도 남김없이 해치웠다.

너무나도 간단히, 몇 초나 걸렸는지 셀 수도 없을 만큼 순식간에 상황이 종료된 것이다.

전투가 끝나면 조그마한 노력가가 나설 차례다.

몬스터를 해치우면 그 자리에 『젬』이라 불리는 주사위 모양의 물질이 남는다. 환금용 소재인 그것을 회수하는 건 열두 살 여자애 여행상인인 포타의 일이다.

"와앗! 엄청난 양이에요! 이거 정말 회수할 맛이 나네요! 파이팅~!"

포타는 마법의 숄더백을 열어서 크게 벌리더니 산더미처럼 쌓여있는 젬을 회수하기 시작했다. 불도저를 연상케 하는 과감한 돌격이다. ……불도저라고 말하면 우락부락한 느낌이지만, 이 포타도저는 정말 귀여웠다. 무릎에 올려놓고 쓰다듬어 주고 싶을 만큼 귀여운 도저다.

바로 그때, 포타가 갑자기 입을 열었다.

"……아, 또 몬스터가 나타났어요! 조심하세요!"

몬스터를 발견. 전투다.

이번에야말로 연계 트레이닝의 성과를 선보일 때다. 방관하고 있던 마사토와 와이즈, 메디는 서둘러 전장을 향해 뛰어가려 했다. 하지만…….

마사토 일행이 한 걸음 내딛기도 전에…….

"괜찮아! 이 엄마에게 맡겨! 에잇!"

마마코의 공격. 머릿수별 대미지 전체공격의 2회 공격이 작렬하더니, 몰려오던 몬스터들이 서걱서걱, 푸욱, 끄악~ 하면서 쓰러졌다. 순식간에 쓸어버린 것이다.

이렇게 전투가 순조롭게 종료됐다. 「우후후! 해냈어!」 마마코는 승리의 기쁨에 사로잡힌 채 깡충깡충 뛰고 있었고, 포타는 서둘러 회수 작업을 시작했다.

그리고…….

서둘러 달려가려던 마사토, 와이즈, 메디는 천천히 차렷 자세를 취했다.

그리고 세 사람은 아무 말 없이 서로를 응시했다. 딱히 의미는 없지만, 이럴 수밖에 없다는 듯이 서로를 응시했다.

메디가 불쑥 입을 열었다.

"……저기 질문 하나만 해도 될까요?"

"아, 궁금한 게 있으면 얼마든지 물어봐. 다 대답해줄게." 빙긋.

"우리도 너와 같은 길을 걸어왔거든. 솔직하게 다 털어놔도 돼." 빙긋.

마사토와 와이즈가 꿈과 희망을 잃은 사람 같은 표정으로 미소를 짓자, 메디는 약간 당황하며 질문을 던졌다.

"저기, 뭐랄까요……. 이 파티의 전투는 제가 이미지했던 것과 꽤 다른 것 같은데…… 원래 이랬나요?"

"뭐, 그래. 전투가 시작됐다 하면 엄마가 한방에 적들을 쓸어버리고 종료야."

"저 같은 힐러가 동료에게 보조마법을 걸어서 전투를 유리하게 이끌어가는 상황 같은 건……."

"일반 전투에서는 절대 없어. 보스 전에서는…… 뭐, 가끔 일어나기도 해."

"그, 그럼 전투를 치르다 부상을 당한 동료에게 회복마법을 걸어주는 건……."

"아까 말했다시피 전투가 시작되자마자 엄마가 한방에 쓸어

버리기 때문에 대미지를 입을 일 자체가 없어."

"그, 그럼 저는 전투 때 뭘 하면 되죠……?"

"지금처럼 하고 있으면 돼."

멀뚱히 서서 마마코가 무쌍을 찍는 모습을 멀찍이서 지켜본다. 그걸로 끝이다.

너무 할 일이 없기에, 할일 없는 멤버끼리 모여서 연계 트레이닝 같은 걸 하며 『우리는 최선을 다하고 있어!』 같은 기분을 맛보는 것도 가능하지만…….

기본적으로는 할 일이 전혀 없다.

마사토와 와이즈가 또 절망에 빠진 얼굴로 빙긋 미소 짓자, 메디는 깊이 고개를 끄덕였다. 「……잠시 실례할게요」 그리고 메디는 길가에 있는 바위 앞에 섰다. 그리고 어둠을 가득히 머금은 눈길로 그 바위를 내려다보며…….

메디의 어둠이 터져 나왔다.

"……하아……. 딱히 마마코 씨에게 불평을 늘어놓고 싶은 건 아니거든요? 그런 건 정말 아니에요. 아니지만, 진짜로 아니지만…… 이 처량한 기분은 대체 뭘까요……. 저는 힐러로서 전투에 도움이 되며, 파티 안에서 확고한 위치를 차지해야만 하는데……. 하아, 정말…… 너무 우울해요……."

메디는 그런 말을 중얼거리면서 그 바위를 마구 걷어찼다. 건달 킥을 마구 날려대는 것이다. 게다가 지팡이로 마구 두들겨 패고 있었다. 타격 공격력이 강화된 격투형 힐러가 전력을 다해 바위를 두들겨 패고 있는 것이다. 정말 무시무시한 광경이었다. 구름 한 점 없이 푸른 하늘 아래에서, 그곳에만 어둠이 감돌고 있었다.

어머니에게 억압을 받으며 생긴 스트레스를 마음속에 꾹꾹 쌓아두며 자란 결과, 메디의 내면에는 대량의 다크 파워가 축적되었다. 오랜 세월 동안 쌓인 그것은 쉬이 사라지지 않았고, 어머니와 화해한 지금도 그녀가 지닌 하나의 성질로서 존재했다. 그것을 치료할 수단은 아직 찾지 못했다. 그래서 이런 상황이 펼쳐지는 것이다.

솔직히 말해 질릴 것 같지만, 좀 작작 했으면 좋겠지만…….

"하아……. 그래도 메디의 심정이 이해가 안 되는 건 아냐. 나도 처음에는 항상 저랬거든. 엄마가 저렇게 활약을 할 때마다 짜증이 치솟았어."

"맞아. 지금 생각해보니 나도 그랬다니깐. 활약을 할 기회가 없어서 스트레스만 엄청 받았지 뭐야……. 뭐, 지금은 익숙해졌지만 말이야……."

와이즈는 이 상황에 납득하고 있는 것처럼 말하면서도 고개를 갸웃거렸다.

"하지만 마사토. 우리는 이제 거의 포기 상태지만…… 그래도 역시 이대로는 안 된다는 느낌도 들어."

마사토는 그 말을 듣고 고개를 끄덕였다.

"그래. 이대로는 안 돼. 우리는 변해야만 하는 거야. 강해질 필요가 있어……. 그 어떤 적보다도, 그리고, 엄마보다도 강해져야만 한단 말이야."

마사토는 바닥난 기력을 쥐어짜내면서 대답했다.

그러자, 와이즈가 갑자기 웃음을 터뜨렸다.

"풉. 뭐? 『강해져』? 게다가 완전 진지한 표정이네. 그딴 소리 하는 남자애는 완전 재미있어~. 정말 웃기다니깐~."

"야, 인마! 네가 나를 유도했잖아!"

"그런 소리에 걸려들다니, 진짜 바보네~. ……하지만 전에도 비슷한 소리를 했다가 폭사하지 않았어? 최종적으로는 마마코 씨 혼자만 득봤던 것 같은데…… 어, 이거 혹시 데자뷔? 너, 이번에도 폭사할 거야? 우와~ 기대할게요~."

"기대하지 말라고! 너, 뭐야?! 진짜 짜증나는 녀석이네! …… 미리 말해두겠는데, 이번에는 그런 게 아냐! 지난번처럼은 절대 안 될 거라고!"

그렇다. 이번에는 다르다. 절대로 다를 거라 맹세한다.

마사토는 이번에야말로 그렇게 갈구하던 힘을 손에 넣고 말 것이다! 반드시!

아마도, 반드시!

그런고로…….

"자, 그럼 출……."

"그럼 출발하자! 출발~! 오~!"

""""오~!""""

"잠깐만, 엄마……. 내가 그 말을 할 생각이었는데…… 뭐,

좋아. 이딴 일로 사사건건 불평을 늘어놓는 꼬맹이는 이미 졸업했거든. 그러니까 됐어. ……하지만, 뭐랄까, 용사이자 리더인 내 체면을 세워줘도 나쁠 건 없다고나 할까…… 뭐, 됐어."

마사토가 무슨 말을 했지만 아무도 귀를 기울이지 않았다.

마마코가 주변의 몬스터를 소탕한 후, 일행은 출발했다. 선두에 선 마마코의 뒤를 따르며 초원 필드를 천천히 나아가고 있었다.

엄마, 열다섯 살 소녀 두 명, 열두 살 여자애. 시끌벅적하게 이야기를 나누고 있는 그녀들의 수다에 끼는 것은 좀 그렇다고나 할까, 저 수다에 녹아들 자신이 없었던 마사토는 자연스럽게 최후미에 섰다. 홀로 느긋하게 걷는 스타일을 관철 중이었다.

마사토는 여성들의 뒷모습을 느긋하게 쳐다보면서 생각했다.

'여자애들에게 둘러싸인 하렘 주인공이 될 가능성이 나에게도 있긴 했겠지만…….'

결론부터 말하자면, 그 가능성은 어디까지나 가능성에 지나지 않았다. 결과는 완전 꽝이었던 것이다.

느닷없이 게임 속으로 전송된다는 사태를 맞이한 마사토는 이세계 전이물의 주인공으로서 멋진 나날을 보내……게 될 줄 알았더니, 실은 엄마 동반이었다.

그리고 그 엄마는 용사인 마사토가 잡졸로 여겨질 만큼 압도적으로 강했다.

그 뿐만 아니라, 전송된 게임 자체에는 엄마와 가까워지지 않으면 클리어 불가능이라는 악랄한 설정이 있었다.

진짜 비참하기 그지없는 숙명을 짊어지게 된 마사토다.

하지만…….

'불평을 늘어놓거나 삐쳐봤자 소용없어……. 할 수 있는 일을 하는 거야.'

지금의 자기 자신을 받아들이고, 이 불합리한 상황을 타파하기 위해 뭔가를 하려 한다. 뭘 하면 좋을지 생각한다. 마사토는 그런 스타일에 자신의 몸에 익숙해지는 것을 느끼고 있었다.

어쩌면 이것도 성장이라고 할 수 있지 않을까? ……같은 생각과 함께 말이다.

"자, 기분 좀 내볼까. 이번 목적은…… 이거야."

마사토는 호주머니에서 종이 한 장을 꺼냈다. 작게 접힌 그 종이를 펼친 후, 그 내용을 읽어보았다.

가장 큼지막하게 적힌 문장은…….

【신축 타워 던전 공개 중!】

……이었다.

마치 부동산 전단지 같다고나 할까, 명백하게 그것을 의식해서 만든 듯한 전단지였다. 운영 측이 너무 불성실하다, 세계관을 좀 고려해라, 같은 불평을 늘어놓고 싶지만…… 마사토는 목까지 올라온 그 말을 다시 삼켰다.

그 전단지에는 이런 문장도 적혀 있었기 때문이다.

【공략하신 분께는 그 어떤 소원이라도 하나만 이뤄드립니다!】

분명 그렇게 적혀 있다. 그리고 【※진짜입니다】라는 주의사항까지 옆에 첨부되어 있었다.

이것이야말로 한계 돌파를 위한 특급 보수다.

'어떤 소원이든 다 들어주는 구나…….'

마사토는 차분하게 생각해봤다. 자신이 이루고 싶은 소원은 무엇일까.

가장 먼저 생각난 것은 엄마 동반이라는 이 빌어먹을 제한을 철폐하는 것이지만, 【※부모자식 2인 1조라는 제한의 해제처럼, 부모에 관한 설정의 변경은 안 됩니다】라는 주의사항이 적혀 있었다.

【※지금 바로 게임 클리어도 불가능합니다】라는 문장도 기재되어 있었다.

게다가 【※소원을 늘려달라는 소원도 무효입니다】, 【「최고의 상태」처럼 추상적인 표현도 안 됩니다】 등 알아보기 힘들 만큼 조그마한 글자가 잔뜩 적혀 있었다. 주의사항 같은 건 보통 이렇게 적혀있지만, 그래도 너무 많았다. 정말 용의주도했다.

'으음…… 그럼 역시 나 자신을 강화해달라는 게 적절하려나…….'

엄마보다 강해져서, 먼치킨물의 주인공이 되는 것이다. 역시 그거다. 그게 최고다.

그렇다면 어떤 소원을 빌면 될까……. 최강의 스킬을 습득…… 아니, 스테이터스를 최대치로 해달라고 하거나…… 으음, 어렵다…….

바로 그때였다.

"저기, 마사토~! 뭐하는 거야~! 멀뚱히 서있지 말고 빨리 오란 말이야~!"

"뭐? ……아, 응! 금방 갈게!"

어느새 걸음을 멈췄던 것 같다. 혼자만의 생각에 너무 빠져 있었다. 꽤 떨어진 곳에 있는 와이즈가 부르자, 마사토는 허둥지둥 동료들이 기다리고 있는 곳까지 뛰어가서 합류했다.

그러자 와이즈는 마사토가 들고 있는 전단지를 힐끔 보더니, 반사적으로 확 때려버려도 이상하지 않을 만큼 악질적인 미소를 지었다.

"저기 말이야~. 네 기대에 찬물을 끼얹어서 미안한데……."

히죽히죽~.

"닥쳐, 와이즈. 네가 무슨 말을 하려는 건지 아니까 그냥 입 다물어."

"좋아. 그럼 나는 말 안 할게. 대신 메디와 포타가 말해줄 거야."

"예? 제가 말인가요?"

"예엣?! 저도 말이에요?!"

"누군가가 말해줘야 하긴 하잖아? 충격적인 사실에 직면해 깊은 상처를 입는 것보단, 딱 잘라 말해줘서 충격을 덜 받게 해주는 편이 나을 거야. 안 그래?"

"그건…… 확실히 틀린 말은 아니라고 생각해요. 하지만……."

"으으…… 마사토 씨가 실망하기 전에 알려주는 편이 좋을까요……."

"그래. 그편이 상냥할지도 몰라. 그러니까……."

메디와 포타는 와이즈의 말을 듣고 당황한 것 같았다. 하지만 와이즈가 끈질기게 설득을 하자, 차분하게 생각에 잠겼고…….

결국 두 사람은 결의에 찬 표정을 지으며 마사토에게 말을 걸었다.

"저기, 마사토 군. 잠시 실례해도 될까요?"

"저도 드릴 말이 있어요!"

"응. 우리는 동료잖아. 두 사람 다 할 말 있으면 얼마든지 해."

"그럼……."

메디와 포타는 서로를 쳐다보며 고개를 끄덕인 후, 번갈아 입을 열었다.

"마사토 군이 흥미를 가지고 있는 그 전단지 말인데, 꽤 기묘한 형태로 입수하지 않았나요?"

"뭐, 그렇긴 해. 대량으로 배포되는 전단지 형식으로 만들어졌는데, 내가 묵은 여관방에만 딱 놓여 있었잖아. 다른 데서는 못 봤어."

"저는 아까 마사토 씨가 보여줘서 읽어봤을 때, 아래쪽에 적힌 내용이 엄청 신경 쓰였어요! ……방문자에게 주는 특전이 있는 것 같던데요……."

"응. 방문자 특전을 받을 수 있는 건 용사의 어머니라는 직업을 지닌 사람뿐인 것 같아. 그리고 그런 직업인 사람은 우리 엄마뿐이잖아. 즉, 우리를 타깃으로 삼았다고 해도 과언이 아닌 내용이야."

"그럼……!"

"그렇다면 이건……!"

"알고 있으니까 더는 말 안 해도 돼."

마사토는 말을 이으려 하는 두 사람을 말리면서 천천히 눈을 감았다.

이것은 의심할 여지가 없을 정도로 명백한 낚시다. 마사토 일행만을 노린 낚시 말이다.

마사토 일행을 낚으려 하는 정체불명의 수녀의 얼굴이 눈앞에 어른거렸다.

그 사람의 계략이 틀림없다. 다른 가능성은 아예 존재하지 않는다고 해도 과언이 아니다.

'……그래, 알아. 안다고.'

마사토도 바보는 아니다. 알고 있는 것이다. 이 전단지가 자기 일행을 낚기 위한 미끼라는 사실을 말이다.

하지만. 하지만 말이다. 그럴지라도, 마사토는……!

"하지만…… 나는 엄마보다 강해져서, 이 모험의 나날을 진심으로 즐기고 싶어! 그게 내 소망이란 말이야! 꼭 이루고 싶어! 진심이라고!"

마사토는 그런 자신의 심정을 목청껏 외쳤다. 뜨거운 눈물을 흘리며 진심을 호소했다. 「우와, 기분 나빠」, 「그, 그 정도인가요……」, 「엄청난 열의예요……」 여자애들, 특히 와이즈가 완전 질린 것 같지만, 그런 건 마사토가 알 바 아니다.

마사토는 자신의 마음속에 존재하는 격정을 또 토하려 했지만…….

"마 군, 부탁이니 울지 마렴."

옆에 있던 마마코가 두 손을 뻗어서 눈물로 범벅이 된 마사토의 얼굴을 잡더니, 풍만하기 그지없는 자신의 가슴으로 꼭 끌어안았다. 달콤하고 마음을 진정시켜주는 어머니의 체취가…… 그게 아니라……!

"자, 잠깐만, 엄마?! 갑자기 뭐하는 기고?!"

"걱정하지 마렴. 이 엄마는 마 군을 응원할 거란다. 마 군이 하고 싶은 대로 해. 그러니까 이제 울지 마렴. 이 엄마는 언제나 마 군 편이야." 꼬옥~.

"아, 알았어! 내 편을 들어줘서 정말 고맙다고! 그러니까 놔줘! 메디와 포타가 비웃잖아! 그리고 와이즈가 궁상스러운 표정으로 쳐다본다고!"

"이봐앗! 여자애한테 궁상스럽다고 말하지 마아앗!" 발끈~!

금방이라도 물어뜯을 듯한 표정으로 짖어대고 있는 얼굴 또한 매우 유감스러운 와이즈였다.

그리고 와이즈의 반격이 시작됐다.

"아아, 짜증나! 하아, 진짜 됐어! ……실은 말 안 할 생각이었지만~ 마사토의 태도를 보니~ 확 말해버릴까~."

"뭐, 뭔데……?"

"나는 현자잖아? 완전 끝내주는 현자잖아? 그래서 특수능력 같은 걸로 미래가 언뜻 보이기도 해~. 진짜로 말이야~."

“어, 와이즈 양은 그런 특수능력을 지녔나요?!”
“대단해요! 저, 와이즈 씨를 존경할 것 같아요!”
“하아, 너희도 참. 이 녀석의 말은 결국 헛소리…….”
“그럼 앞으로의 미래를 이야기해주겠어. ……우선 예정대로 던전에 갈 거지? 그러면 마마코 씨가 또 대활약을 하면서 손쉽게 공략을 마쳐. 그리고 소원을 빌려던 순간, 아니나 다를까…….”
“아니나 다를까?”
“아니나 다를까, 무슨 일이 일어나는데요?!”
“마사토가 소원을 말하려던 바로 그 순간, 마마코 씨가 「참, 맞다. 아침 식사 때 쓸 달걀이 떨어졌지. 달걀이 필요하네」 하고 말할 거야.”
그리고 마사토의 손에 달걀이 쏙 놓이는 것이다. 만세. ……같은 일이…….
음, 충분히 있을 수 있다. 마마코라면 그런 짓을 할지도 모른다.
“어이, 와이즈?! 무시무시한 소리 좀 하지 마! 제발 부탁이니까 방금 한 말 취소…….”
“걱정하지 마렴, 마 군. 이 엄마라면 분명 「갓 낳은 신선란으로 부탁해요」 하고 말할 거야. 참, 맞다. 인원수만큼 주세요, 하고 말하는 것도 깜빡하면 안 되겠네.”
“뭐어어엇?! 어, 엄마, 괜한 소리 하지 말아줄래?! 잘 들어! 아무 말도 하지 마! 절대 하지 마! 절대 하지 말라고!”
“좋아~. 그럼 내 예지가 현실이 되는 순간을 보러 가자~.”

"왠지 가슴이 뛰네요! 드디어 동료와 함께 모험을 하는 거군요!"

"맛있는 달걀을 손에 넣으러 출발~이에요!"

"아니거든?! 저기, 포타?! 그런 게 아니거든?! 달걀이 아니라 내 소망을 이루기 위해 출발하는 거라고!"

여자들의 수다와 마사토의 비명으로 주위가 시끌벅적했다. 여전히 마사토의 머리를 꼭 끌어안은 마마코가 선두에 서면서, 일행은 목적지를 향해 이동하기 시작했다.

마사토 일행의 운명을 크게 좌우하는 무언가가 목적지에서 기다리고 있다는 사실을…….

당연히 누구 한 명 알지 못한 채, 일행은 탑으로 향했다.

그 마을의 이름은 『챠카』라고 한다.

그곳은 초승달처럼 휘어진 해안선에 건물이 줄지어 존재하는 해안가 마을이다. 푸른 바다와 오렌지색 지붕이 자아내는 화려한 풍경은 물론이고, 새하얀 돛을 펼친 배들이 바닷바람을 맞으며 바다로 나아가고 있는 모습은 한 폭의 그림처럼 아름다웠다.

하지만 그 마을에서 가장 눈길을 끄는 건 후미진 섬에 존재하는 탑이다.

해안에서 연결된 커다란 다리를 건너면, 그곳에는 세계를 떠받치고 있는 기둥 같아 보일 만큼 거대한 탑이 있다. 그것이야말로 전단지에 실린 타워 던전이다.

먼 곳에서도 저 탑이 높다는 것을 알 수 있었지만, 챤카 마을의 입구에서 보니 더욱 압도적이었다. 여성들은 저 높은 탑을 올려다보며 감탄을 터뜨렸다.

"흐음~. 마을 안에 던전이 있는 듯한 느낌이네. 이동하기 쉬울 것 같아서 좋잖아. ……그건 그렇고, 정말 높아……."

"예……. 대체 몇 층이나 될까요……."

"제 눈에도 꼭대기가 보이지 않아요! 엄청 높네요!"

"올라가는 것도 쉽지 않아 보여……. 꼭대기까지 올라갈 수 있는 엘리베이터가 있다면 좋겠네……."

그런 편리한 이동수단이 있다면 공략 같은 걸 왜 하냐고, 같은 딴죽을 날려야겠지만…….

엄마 딴죽 담당인 마사토는 그럴 상황이 아니었다.

"어쩌지. 어쩌면 좋지……. 엄마가 괜한 짓을 못하게 막지 않았다간, 진짜로 달걀 입수로 끝날지도 모른다고……. 내 소원이 아침 메뉴 중 하나가 되는 것만큼은 어떻게든 피해야……. 하지만 어떻게 하면 되는데……. 어떻게 하면 되냐고……."

마사토는 진지하게 고민 중이었다. 그것도 그럴 것이 상대는 마마코다. 빛나기도 하고, 공중에 뜨기도 하는 등, 전혀 예상치 못한 짓을 아무렇지 않게 해내는 이 사람을 말릴 방법을 고민하며 계속 걸음을 옮겼다.

바로 그때였다.

"앗! 당신은 모험가지?! 마침 잘 왔어! 우리 애를 찾는 걸

도와줬으면 해!"

"……어?"

마을에 발을 들인 순간 누군가가 느닷없이 마사토에게 말을 걸었다.

생각을 멈추며 고개를 들어보니 중년의 여성이 있었다. 말을 건 여성 이외에도 열 명 가량의 중년 여성들이 모여 있는데…….

바로 그때, 마사토는 문뜩 눈치챘다.

'이 사람들…… 혹시, 어머니인가……?'

왜 그런 생각이 든 것인지는 알 수 없다. 막연하게, 이 사람들은 전부 자식을 둔 엄마라고 느꼈다.

하지만 그 이유를 찾을 시간은 없었다. 엄마로 보이는 이 사람들은 일제히 마사토 앞으로 모여들어서 애원했다.

"부탁이에요! 제 이야기 좀 들어보세요! 실은 큰일이……!"

"저희도 그래요! 너무 걱정이 되어서 음식이 입에 들어가지를 않아요!"

"아무 말도 없이 훌쩍 나가는 일은 자주 있었지만, 이번에는 달라요!"

"탑에 간다며 집을 나간 후로 돌아오지를 않아요! 너무 걱정된단 말이에요!"

"어머, 당신도 그런가요?! 저도 마찬가지예요!"

"나도 그래! 저기, 혹시 뭔가 아는 게 없어? 있으면 좀 가르쳐줬으면 좋겠네!"

"아, 그럼 저도 물어봐도 될까요?! 제 상황도 이야기 드릴게요!"

"어? 어? 어? 잠깐만, 대체 무슨 일……?"

이 자리에 모인 사람들이 일제히 말을 걸어오나 싶더니, 자기들끼리 시끌벅적하게 이야기를 나누기 시작했다. 뭐가 어떻게 된 걸까? 영문을 모르겠다. 뭔가 큰일이 일어났다는 것만큼은 알 것 같지만 말이다.

소동이 일어났다는 걸 안 다른 동료들이 뛰어왔지만, 그녀들도 그저 당황할 뿐이었다.

"어, 어머? 이게 대체 무슨 일일까……."

"꽤 허둥대고 있는 것처럼 보이는군요……. 무슨 일인지는 잘 모르겠지만 말이에요……."

"더럽게 시끄럽네. 거의 소음공해 레벨이야. 진짜 무슨 일일까?"

"어어어! 마, 마사토 씨! 이게 대체 무슨 일일까요?!"

"미안한데 나도 모르겠어. 이렇게 되면…… 그 사람에게 설명해달라고 할 수밖에 없겠네."

마사토는 눈앞에 있는 인파 너머의 길가를 쳐다보았다.

그곳에는 관이 하나 놓여 있었다. 저런 곳에 죽은 상태로 있는 사람은 예의 그 사람뿐일 것이다. 「어머, 계셨구나」, 「오~ 있네」, 「있네요!」, 「어? 그게 무슨 소리죠?」 이런 식의 만남이 처음인 메디를 제외한 모두가 그 사람의 등장을 확신했다.

어머니로 보이는 사람들은 아까 필사적으로 마사토에게 말을 걸어놓고, 어느새 자기들끼리의 대화에 푹 빠져 있었다. 수다에 정신이 팔려 목적을 망각한다…… 그것은 자식을 둔 어머니들의 특성이다.

그 틈에 포위망에서 벗어난 마사토 일행은 길가에 놓인 관을 주워들고 이동했다. 그들은 안에 든 사람이 들을 수도 있으니 『꽤 무겁다』 같은 말은 입에 담지 않으며 뒷골목 쪽으로 관을 질질 끌고 갔다.

"자, 와이즈 양이 나설 때구나."

"와이즈 씨의 소생 마법으로 부활시키는 거네요!"

"평소처럼 잘 부탁해."

"응~. 금방 되살릴 테니까, 잠시만 기다려."

생명의 마법을 자유자재로 쓸 수 있는 현자님께서 나설 차례다. 와이즈는 마법서를 꺼내 마법을 쓸 준비를…….

바로 그때, 메디가 나섰다.

"아, 와이즈 양. 잠깐만요. 저 사람의 소생은 힐러인 저에게 맡겨주시지 않겠어요?"

"아~ 그래. 메디가 더 적임자겠네. 그럼 잘 부탁해."

"감사해요. 그럼 되살리겠어요……. 스파라 라 마지아 펠 미라레…… 소생(리아니마토)!"

메디가 치켜든 지팡이에서 뿜어져 나온 소생의 빛이 관에 쏟아졌다. 회복(쿠라)과 소생이야말로 힐러 직업의 소임이다. 치유술사 메디의 독무대인 것이다.

하지만…….

“흐음……. 와이즈가 제대로 마법을 쓸 기회가 한 번 줄었네.”

“아앗?! 내 몇 안 되는 독무대를 메디에게 빼앗긴 거야?!”

충격적인 사실을 눈치챈 현자가 아연실색했다. 「……(씨익)」 득의만만한 미소를 짓고 있는 미소녀 힐러도 있지만, 일단 제쳐두기로 했다.

처치를 마치자 관 안에서 수녀복을 입은 그 사람이 몸을 일으켰다. 언제 어느 때나 차가운 미모를 자랑하는 그녀가 마사토 일행을 둘러보더니 살며시 고개를 숙였다.

“어머, 여러분. 오래간만입니다. 저는 시라아세. 등장할 때마다 이름과 복장을 바꾸는 게 귀찮아져서 그냥 시라아세로 가자고 생각하기 시작한 시라아세라는 걸 알려드립니다.”

“속내를 알려줘서 참 고마워요~.”

“그런 점은 그냥 대충대충 넘어가도 돼.”

“우후후. 시라아세 씨는 여전히 불가사의한 분이네.”

“시라아세 씨는 언제 어느 때나 평소와 다름없네요!”

“오래간만이에요, 시라아세 씨. ……저기, 여쭈어볼 게 있는데…….”

“제가 왜 죽어있었던 건지가 궁금한 거죠? 좋습니다. 제 죽음에 대해 흥미를 느끼고 계신 메디 양을 위해, 차근차근 알려드리도록 하겠습니다.”

“예? 아뇨. 그 점에 대해서는 알려주시지 않아도 돼요.”

“어……?”

메디가 딱 잘라 사양하자, 시라아세는 평소보다 3할 정도 눈을 크게 뜨면서 메디를 지그시~ 쳐다보았다. 지그시~. 지그시~. 말로 형용할 수 없는 형태의 감정이 느껴졌다. 우와, 큰일 났다. 「아, 으음, 저기! 그 점에 대해서도 알려주셨으면 해요!」, 「동감이에요」 시라아세의 알림을 방해해선 안 된다. 메디는 중요한 사실을 학습했다.

그리고 시라아세의 알림이 시작됐다.

"자, 제가 왜 죽은 건지를 알려드리자면…… 직접적인 요인은 평소와 마찬가지로 사망 버그입니다. 길가의 울타리에 닿았더니, 확 죽어버리더군요."

"또 버그 때문에 사망한 건가요. 솔직히 말해 버그가 너무 많잖아요. 디버그 좀 제대로 하라고요."

"마사토 군의 말이 맞습니다. 그러니 운영 측의 일원인 제가 매일같이 디버그 작업에 힘쓰며, 툭하면 사망하고 있는 겁니다만…… 이번만큼은 버그에 당해서 다행이군요."

"예? 사망 버그에 당해서 다행이라뇨? 그게 무슨 소리죠?"

"실은 저도 여러분과 마찬가지로 이 마을의 어머니 캐릭터에게 도와달라는 부탁을 받았습니다……. 하지만 저는 운영 측의 인간이죠. 플레이어를 위해 준비된 이벤트를 제가 진행할 수는 없습니다. 그러니……."

"죽어서 진행을 회피한 거군요. 그렇다면 확실히 다행이긴 하네요. ……그럼 이번 이벤트의 개요에 관해 알려주세요."

"그게 말인데…… 흐음……."

마사토가 질문을 던지자, 바로 술술 설명을 시작할 줄 알았던 시라아세가 잠시 동안 생각에 잠긴 후…… 천천히 고개를 들었다.

"……알려드리기 전에, 먼저 확인할 게 있습니다. 번거롭게 해서 죄송합니다만, 이제부터 저와 함께 탑을 탐색하시지 않겠습니까? 난이도가 낮은 하층부까지라도 괜찮으니, 부디 부탁드립니다."

"예? 아, 예. 물론 OK이긴 한데……."

"감사합니다. 그럼 가죠. 자, 따라오십시오."

시라아세는 마사토 일행 앞에 서더니 탑을 향해 빠른 걸음으로 나아갔다.

언제 어느 때나 냉철하기 그지없던 시라아세답지 않게, 왠지 차분하지 않아 보였다.

탑은 마을 영역 안에 있었다. 해안에서 다리로 연결된 섬에 세워져 있는 것이다.

그 탑은 너무나도 거대했다. 높이는 물론이고, 폭 또한 상당했다. 다가가 보니 폭이 한눈에 다 들어오지 않았다. 끝없이 이어진 벽처럼 보일 정도였다.

그런 엄청난 탑의 아래편에는 커다란 문이 있었다.

"여기가 입구 같은데, 꼭 닫혀 있네요. 어떻게 들어…… 응? 이게 뭐지?"

들어가는 법을 물어보려던 순간, 마사토의 발치에 조그마한 마법원이 생겨났다. 그리고 다른 동료들의 발치에도 똑같은 마법원이 차례차례 생겨나더니…….

다음 순간, 닫혀 있던 문이 천천히 열렸다.

"흐음. 여기까지는 설정 대로군요."

"설정 대로라니……. 시라아세 씨, 이건 대체……."

"자세한 건 잠시 후에 설명해드릴 테니, 일단 서둘러 안으로 들어가시죠. 현지조사에 협력을 부탁드립니다."

"아, 예…… 알았어요."

조바심을 내고 있는 것처럼 느껴질 듯한 속도로 나아가는 시라아세의 뒤를 이어, 마사토 일행도 탑 안으로 들어갔다.

그들은 1층에 도착했다. 내부는 어둑어둑한 느낌의 석조 던전이다. 대인원도 여유롭게 나아갈 수 있을 만큼 넓은 통로가 일직선으로 이어져 있었다.

"이 탑의 이름은『솔로 킬링의 탑』이라고 합니다."

"솔로 킬링……."

"왠지 무시무시한 이름이군요……."

"괜찮습니다, 마마코 씨. 솔로 킬링라는 건『솔로는 공략이 불가능』하다는 의미죠. 단독으로 모험하는 솔로 플레이어는 공략을 할 수 없어요, 하고 명칭을 통해 알려드리고 있는 것뿐입니다. 그러니 안심하세요."

"솔로는 공략이 불가능한 던전이구나. 그럼 확실히 솔로 킬링이긴 하네. ……그런데, 이 탑은 몇 층이나 되는 거야?"

"바로 100층입니다."

"배, 100층이나 되나요? ……확실히 엄청난 숫자이기는 하지만, 그래도 밖에서 본 높이에 비하면 부자연스러울 정도로 적네요……."

"메디 양이 그런 생각을 하는 것도 무리는 아닙니다. ……사실, 기획 단계에서는 1만 층으로 할 예정이었습니다만, 게임에 풀다이브한 살아있는 인간에게 1만 층이나 올라가게 하는 건 무모한지라, 대폭 줄인 걸로 알고 있습니다."

"이, 1만 층……. 평범한 게임에서도, 1만 층이나 되는 탑을 올라가는 건 무모하다고 생각하는데요……."

"흠, 요즘 애들은 약해빠졌군요. 여담입니다만, 저는 예전에 1만 층을 올라가본 적이 있어요. 스펙트럴한 탑을 척척 올라갔었죠."

마사토 일행은 설명과 잡담을 나누면서 나아갔다.

이 탑은 던전이다. 그러니 물론「어머, 몬스터가 있네. 에잇」 무시무시한 몬스터가 있었지만, 마마코가 일반 전체 2회 공격 이하생략했고, 마사토 일행은 깨달음을 얻은 것처럼 평온한 표정으로 그 광경을 지켜봤다.

그렇게 한동안 나아가자 꽤 널찍한 공간에 도착했다.

언뜻 보기에는 평범한 방 같지만…… 아니, 약간 신경 쓰이는 부분이 있었다. 방의 바닥에는 정사각형 모양의 돌이 깔려 있으며, 그 중 몇 개에는 약병과 가방, 마법서와 소용돌이 도형이 그려져 있었다.

“저기, 시라아세 씨. 바닥에 뭔가…… 아…… 이건 혹시……?”

“눈치채셨군요. 아마 마사토 군의 상상이 맞을 겁니다. 이 던전의 내부에는 밟으면 다양한 효과가 발생하는 바닥이 곳곳에 배치되어 있습니다. ……이것도 원래 설정 대로인 것 같군요……. 그럼 마사토 군. 저쪽에 있는 약병 마크를 밟아 주세요.”

“알았어요. 그럼…… 영차.”

마사토는 약병 마크가 새겨진 바닥을 밟았다. 그러자, 생명력으로 가득 찬 빛이 샘솟으면서 마사토의 몸을 감쌌다.

마사토의 HP가 회복됐다!

“오~ 역시 이런 거구나. 응. 게임에서 이런 걸 본 적이 있어.”

“아마 그럴 겁니다. 마사토 군이 상상하는 바로 그거죠. 약병 마크는 회복. 그리고 가방은…… 기왕이면 포타 양에게 부탁드리도록 할까요.”

“예! 제가 밟아볼게요!”

포타는 가방 마크가 새겨진 바닥 쪽으로 가더니, 「에잇!」 살짝 점프하면서 그 바닥을 밟았다. 그러자 포타의 발치에 열쇠가 생겨났다.

포타는 【출구 열쇠】를 입수했다!

“와아! 아이템이 나왔어요! 놀랍네요!”

“그 특수 아이템을 쓰는 법은 나중에 알려드리기로 하고, 다음은…….”

“저요~! 내가 할래! 마법서 마크가 새겨진 바닥을 밟을 거야! 이걸 밟으면 마력이 상승하는 거지?! 딱 나를 위한 거네! 우랴아아아압!"

와이즈는 그렇게 말하면서 마법서 마크가 새겨진 바닥을 연달아 밟아댔다.

그러자 그곳에서 거무튀튀한 안개가 뿜어져 나오더니, 「어, 어라?」 와이즈는 그 안개에 휘감겼다.

와이즈는 마법을 봉인 당했다!

"……어……라……?" 머엉.

"와이즈 양이 밟은 것은 마력 상승으로 위장된 마법 봉인 함정입니다. 참고로 함정의 효과는 전투에서 발생하는 상태 이상과는 다르기 때문에, 아이템이나 마법으로 치료할 수 없죠. 그리고 밟은 횟수만큼 효과가 중복됩니다."

"잠깐…… 어어어어엇?! 어어어어어어어어어어엇?!"

"우와아…… 사고쳤네……."

"으으으…… 아이템으로 치료할 수 없다면, 저는 도와드릴 수가 없네요……."

"어머나…… 밟은 횟수만큼 효과가 중복된다니……. 와이즈 양은 바닥을 여러 번 밟았으니까, 어쩌면 평생 마법을 쓰지 못할지도……."

"마마마, 마마코 씨이이이잇?! 은근슬쩍 무시무시한 소리 좀 하지 마요오오오오오오옷?!"

와이즈는, 끝났다. 「잠깐만?!」 그녀에게 건넬 말이 없다. 「무슨 말이든 좀 해봐! 응?!」 마사토 일행은 진심으로 울먹거리기 시작한 와이즈와 시선을 맞추지 않으려는 듯이 고개를 푹 숙였다. 「봐! 나를 봐! 나는 여기 있어!」 동료였던 와이즈는 이제 존재하지 않는다…….

바로 그때였다.

"와이즈 양, 걱정하지 말아요!"

메디가 힘찬 목소리로 그렇게 말했다. 메디는 미소녀 천사다운 미소를 짓더니 와이즈를 꼭 안아줬다. 「아아, 메디! 마이 베스트 프렌드!」 금방이라도 죽을 것 같던 와이즈가 구원이라도 받은 것처럼 미소 짓고 있었다. 여자애들의 아름다운 우정…….

"와이즈 양. 뒷일은 저에게 맡겨주세요. 지금까지 수고 많았어요." 빙긋.

"어라아아아아아앗?! 작별 인사아아아아아앗?!"

"와이즈 양이 사라지면, 이 파티의 마법 담당은 저 뿐……. 동료로서 중요한 포지션을 획득했으니, 충분히 활약할 수 있겠군요……. 잘됐어요."

"뭐엇?! 잠깐만, 메디?! 메디이이잇?! 너, 내면의 다크 파워가 변이해서 완전 음흉해진 거 아냐?! 아니, 그것보다 나는 이제 어떻게 하면……!"

"아~ 와이즈 양. 이쯤에서 좋은 소식을 알려드리겠습니다. 던전 안에는 함정을 해제해주는 바닥도 있습니다. 그리고 이 함정 효과는 던전 안에서만 발동되니, 밖에 나갔다 오기만 해도 바로 풀리죠."

"어, 정말? 시라아세 씨도 참~! 그런 건 좀 빨리 말해달란 말이야!"

"……쳇……."

"메디이이이잇! 예쁘장하게 생겨가지고 혀 좀 차지 마아아앗!"

절망에 빠졌다가, 경악했다가, 안도했다가, 아예 뚜껑이 열린 와이즈가 미소녀 음흉 메디에게 달려들었다! 캣파이트 발발의 위기! 같은 상황이지만……. 「어느새 사이가 참 좋아졌구나」, 「그런 걸로 쳐둘까」, 「예!」 괜히 참견했다간 시끄러워질 것 같았기에 그냥 내버려두기로 했다.

특수한 바닥은 한 개 더 있었다. 소용돌이 마크가 그려진 바닥이다.

"자, 그럼 마지막으로 이 비장의 효과를 소개하죠. 이건 메디 양에게 부탁드리고 싶었지만, 아무래도 바쁘신 듯하니……. 마마코 씨. 부탁드려도 될까요?"

"저 말인가요? 예, 괜찮아요."

"어이, 엄마! 기다려! 어떤 효과가 있는지 들어본 다음에……!"

"괜찮습니다. 소용돌이 마크 바닥의 효과는 던전 공략에 있어 매우 유익한 것이니까요. 마음 놓고 지켜보시죠. ……마사토 군에게 있어서는 포상이나 다름없을 테니까요. 후후후."

"나한테 있어서 포상? ……그게 무슨……."

시라아세의 의미심장한 웃음소리를 들으니, 거꾸로 불안해지는데…….

"그럼 밟을게요. 에잇."

마사토가 경계심에 사로잡힌 가운데, 마마코는 그 바닥을 밟았다. 그러자…….

"……어라? 아무 일도 일어나지 않잖아?"

"아뇨. 효과는 이미 발생했습니다. 마마코 씨의 머리 위를 잘 보시죠."

"엄마의 머리 위? ……아!"

고개를 돌려보니, 천장에 구멍이 뚫리면서, 위층이 보였고…….

다음 순간, 마마코의 발치에서 맹렬한 바람이 휘몰아쳤다.

"어, 어머? 꺄아아아앗!"

그 바람에 의해 마마코의 원피스가 부풀어 오르더니, 그대로 펄럭였다.

엄마는 오늘도 팬티스타킹 착용! 허리가 가늘어! 다리도 가늘어! 그리고 팬티스타킹 너머로 어렴풋이 보이는 팬티도 가늘어!

마마코는 팬티스타킹에 감싸인 하반신을 훤히 드러낸 채 위층으로 날아갔다.

그리고 마사토는 조용히 그 자리에서 주저앉더니, 꼭 끌어안고 있는 무릎에 얼굴을 묻었다.

"제발 부탁이니까, 이제 작작 좀 해……. 이런 건 포상이 아니라 형벌이야……. 나, 괴로워……. 진짜로 괴롭다고……."

마사토는 생각했다. 자신은 왜 이런 심정을 맛보면서까지 살아있는 걸까, 하고 말이다. ……팬티스타킹을 입은 엄마의 하반신을 보고 만 소년은 다들 이렇게 괴로워할 것이다. 아마도 말이다.

시라아세는 그런 마사토의 어깨에 손을 얹으며 낮은 목소리로 속삭였다.

“괜찮아요. 안심하세요. 언젠가 마사토 군도 이해하게 될 거예요. …… 팬티스타킹이 얼마나 좋은 건지 말이에요.”

“그런 생각을 하는 게 아니거든?!”

만약 마사토가 지금보다 더 어른이 되어서 팬티스타킹이 얼마나 좋은 건지 이해하게 된다면, 개운한 심정으로 아까 같은 광경을 응시할 수 있을까…….

그럴 리가 없잖아. 그래봤자 상대는 엄마라고.

소용돌이 마크 바닥의 효과는 위층으로의 이동이다. 각층의 어디에 있을지 모르는 계단을 찾는 수고를 덜 수 있는 것이다.

마사토가 막대한 정신적 대미지를 입기는 했지만, 바닥을 이용하는 게 편리하다는 사실에는 변함없다. 위층으로 이동한 일행은 계단과 바닥 효과를 활용하며 쭉쭉 위층으로 올라갔다.

현재 그들은 9층에 있었다.

“다들, 부탁할게. 점프 바닥을 발견하면 바로 알려줘. 내가 가장 먼저 그걸 밟겠어. 아까 같은 광경은 두 번 다시 보고 싶지 않거든.”

“두 번 다시 보고 싶지 않다니…… 엄마는 슬퍼.” 훌쩍.

"그럼 내일부터는 팬티스타킹을 입지 않는 게 어떨까요? 그러면 마사토 군도 정말 기뻐……."

"말도 안 되는 소리 하지 말라고요! 엄마, 맨발은 절대 안 되거든?! 그것만은 완전 사양이라고!"

"아, 와이즈 양. 저쪽에 와이즈 양을 위한 바닥이 있어요. 자, 밟으세요."

"왜 일부러 함정으로 나를 유인하는 건데! ……하아…… 메디와는 한 번 제대로 이야기를 나눌 필요가 있을 것 같네……."

일행은 시끌벅적하게 잡담을 나누면서 쑥쑥 나아갔다. 물론 던전 안에는 몬스터도 있었지만, 하층부라 그런지 하나같이 약해빠졌다. 게다가 마마코가 있었기에 「에잇」 딱히 언급할 필요조차 없을 정도로 간단히 처리하고 있는 실정이었다.

바로 그때, 눈썰미가 좋은 포타가 무언가를 발견했다.

"……아, 계단이 있어요!"

"오. 포타, 땡스. 좋아~ 올라가자."

계단을 올라가자, 10층에 도착했다.

그곳은 꽤 넓은 방이었다. 통로는 없으며, 굳게 닫힌 커다란 문만 있었다.

"뭔가 있을 것 같은 느낌이네. ……시라아세 씨, 설명 부탁해요."

"그럼 설명해드리겠습니다. 이 던전은 10층별로 이런 공간이 있으며, 보스가 배치되어 있죠. 뭐, 흔히 볼 수 있는 패턴입니다."

"오케이, 보스 전! 드디어 내가 나설 차례구나! 아까 함정해제 바닥을 찾은 덕분에 마법도 쓸 수 있게 됐잖아! 그러니까 내 연속마법으로……!"

"하지만 와이즈는 마법을 봉인 당했다." 소곤.

"메디이이이잇! 농담이라도 그런 불길한 소리 하지 마아아앗!"

"꺄아~! 와이즈 양, 무서워요~!"

또 와이즈가 발끈하더니, 아름다우면서도 악질적인 미소를 짓고 있는 메디에게 달려들었다. 여자들 간의 배틀이 또 벌어질 것 같지만…….

마사토는 그 두 사람에게서 관심을 끄더니 시라아세에게 질문을 던졌다.

"그런데, 그 보스는 어디에 있는 거죠?"

"저희는 규정 인원수를 만족시켰으니, 머지않아…… 아, 카운트가 시작됐군요. 곧 나타날 겁니다. 조심하세요."

입구에서와 마찬가지로 마사토 일행의 발치에 마법원이 차례차례 생겨났다.

다음 순간, 커다란 문이 삐걱거리는 소리를 내면서 열리기 시작했다. 「좋아, 덤벼!」 마사토는 바로 검을 뽑아들었다. 마마코도 쌍검을 뽑아들었으며, 포타는 안전지대로 대피했다. 「와이즈 양!」, 「나도 알아!」 드잡이질을 하던 두 여자애도 허둥지둥 전투태세를 취했다.

문 너머에서 거물의 등장을 예감하게 하는 기척이 느껴지더니…….

"냐앙~!"

시끄러운 울음소리를 내면서 고양이 타입 몬스터가 나타났다!

하지만 사이즈는 일반적인 고양이와 비슷했다. 조그마했다. 「어머나, 고양이네」, 「야옹이잖아」, 「평범하게 귀엽군요」, 「저는 고양이를 좋아해요!」 여자애들 사이에 엄청 인기가 있었다.

"으음…… 시라아세 씨. 이 녀석이 보스인가요?"

"뭐, 첫 번째 보스라 그렇게 세지는 않죠. 용사가 일격으로 해치워버리는 게 어떨까요?"

"아, 예. 그럼……."

마사토는 보스 야옹이를 향해 걸어가더니, 검으로 벨 필요는 없어 보였기에 검의 옆면으로 가볍게 때렸다. 「꺄앙~?! ……끄응……」 오버 킬!

마사토는 압도적으로 힘에서 차이가 나는 상대를 인정사정없이 해치웠다!

그리고 여성들이 쳐다보았다. 다들 아무 말 없이 마사토를 응시하고 있었다. 지그시…….

"크…… 그렇게 쳐다보지 마……. 상대는 몬스터야……. 딱히 심한 짓을 한 건 아니라고……."

"게임에 나오는 귀여운 몬스터는 처치 곤란할 때가 있죠. 제작진은 좋은 의도로 등장시켰을지도 모르지만, 그것을 쓰러뜨려야만 하는 플레이어의 마음은……. 뭐, 괜한 소리는 그만하기로 하고…… 흠……."

"시라아세 씨? 왜 그러세요?"

"여기까지는 원래 설정대로…… 그럼 탑 자체에는 딱히 변경된 점이 없는……."

시라아세가 혼자서 뭔가에 납득하려 한 바로 그때였다.

"흐음? 이 탑을 올라오는 사람이 있네. 진짜 놀랐어. 마을에 있는 모험가는 하나도 남김없이 내 부하로 삼았는데, 아직도 모험가가 남아있었구나."

활짝 열린 문 너머의 계단에서 목소리가 들려오더니, 누군가가 내려왔다.

소녀다. 경갑옷을 입었고, 검은색 코트를 어깨에 걸쳤으며, 허리에는 가느다란 검을 차고 있었다. 직업은 검사일까?

나이는 마사토와 비슷한 또래 같아 보였다. 얼굴은 꽤 귀여운 편이지만, 야생마의 꼬리 같은 포니테일 때문에 꽤 공격적인 인상…….

바로 그때, 「앗……?!」 소녀는 갑자기 계단을 헛디디더니, 「아얏?!」 엉덩방아를 찧은 채 그대로 계단을 굴러 내려왔다. 엉덩이가 꽤나 아플 것 같았다.

"우와아…… 어이, 괜찮아?"

"걱정할 필요 없어! 딱히 구른 건 아니거든!"

아니, 계단에서 제대로 구른 것 같은데…….

그 소녀는 아무 일도 없었다는 듯이, 아니, 아무 일도 없었던 걸로 하고 싶은 듯이, 벌떡 일어서며 옷매무새를 고쳤다.

그리고 명백하게 우호적이지 않은 시선으로 마사토 일행을 쳐다보았다.

"으음…… 저기, 누구시죠?"

"글쎄, 누구일까? 누구든 상관없잖아? 나는 반항조직 리벨레 사천왕 중 한 명, 어머니에게 반역하는 자 『모역(母逆)의 아만테』야, 같은 식으로 방금 만난 상대에게 자기소개를 해야 한다는 룰은 없어. 그렇지?"

"아, 응. 그렇기는 한데……."

이름을 밝혔네. 응. 이름을 밝혔어. 이 애, 혹시 바보 아닐까?

반항조직 리벨레니, 사천왕이니, 모역이니…….

아만테는 뭔가 중요해 보이는 말을 잔뜩 늘어놨지만, 하나도 알아듣지 못했다.

"아~ 저기…… 가능하면 좀 더 자세하게 설명해줬으면 좋겠는데……."

"내가 자세하게 설명을 해줄 거라고 생각해? 반항조직 리벨레란 부모에게 반항하는 자들의 집단이야, 같은 식으로 하나하나 소개를 해줄 리가…… 응?"

마사토가 알고 싶었던 것을 멋대로 이야기해준 아만테가 허둥지둥 자기 입을 막았다.

그리고 아만테는 눈을 가늘게 뜨며 마마코를 지그시 쳐다보더니, 갑자기 화들짝 놀랐다.

"앗…… 당신은, 설마……?!"

"어? 아, 만나서 반가워. 나는 오오스키 마마코라고 해. 마 군의 엄마야. 우후후."

"자기소개는 물론이고 내 엄마라는 것도 밝힐 필요 없지 않아?"

처음 만난 사람에게 이름을 밝히는 사람이 여기에도 있었다. 아무튼…….

"서, 설마, 진짜로 오오스키 마마코 본인인 거야?! ……크!"

왜 그러는 건지는 모르겠지만, 아만테는 갑자기 뒤돌아서서 내달리기 시작했다.

"앗, 어이! 갑자기 왜 그래?!"

"오오스키 마마코를 경계하기 때문이야, 하고 하나하나 이야기하지는 않겠지만, 아무튼 이 자리에서는 물러나도록 하겠어! ……오오스키 마마코 일행은 겨우 여섯 명이고, 인원이 더 늘어나는 건 불가능해. 그러니 우리가 있는 곳까지 올라오지 못할 테니, 쫓아올 걱정을 필 필요는 없지……. 일단 후퇴해서 대책을 짜야겠어!"

잘 들리도록 큰 목소리로 혼잣말을 한 아만테는 계단을 올라갔다…….

그리고 다음 순간, 아만테는 또 계단을 헛디디면서 정강이를 찧었다. 「으갸악?!」 아픈 건 알겠지만, 여자애가 그런 소리를 내는 것은 좀 그럴 것 같은데 말이다.

아무튼, 계단에서 굴러 떨어지고 지면을 굴러다니며 괴로워하던 아만테는 마마코를 무시무시한 눈길로 노려보며 말했다.

"크윽~! 나에게 상처를 입힌 걸 반드시 후회하게 만들어주겠어! 각오해둬!"

아만테는 욱신거리는 정강이를 감싸더니, 엉금엉금 기면서 계단을 올라갔다.

그리고 엉뚱한 화풀이 대상이 된 마마코는 얼이 나간 듯한 표정을 짓고 있었다. 뭐, 저런 반응을 보이는 게 당연했다. 마사토와 와이즈, 메디와 포타도 얼이 나가 있었다. 그것도 그럴 것이 영문을 모르는 상황에 직면했기 때문이다.

"으음…… 저, 저기, 마 군? 방금 그 애는 뭐니?"

"나도 그게 알고 싶어. 그러니까…… 시라아세 씨. 똑바로 쳐다볼 수도 없을 만큼 불쌍하기 그지없는 방금 저 애는 대체 뭐죠? 진짜로 설명을 좀 해줬으면 좋겠는데 말이에요."

마사토가 마마코에게 받은 질문을 그대로 토스하자…….

이런 상황에서도 냉정하게 상황을 살피고 있던 시라아세가 가볍게 고개를 끄덕였다.

"그래요. 저도 얼추 상황을 파악했으니, 일단 밖으로 나가서 설명회를 가지도록 하죠. ……포타 양. 아까 입수한 열쇠를 사용해 주세요."

"아, 예! 사용할게요!"

포타는 숄더백 안에서【출구 열쇠】를 꺼내서 치켜들었다. 그러자 포타의 앞에 문이 생겨났다. 열쇠로 그 문을 열자…… 「우와, 밖이에요!」 문 너머에는 탑 입구 인근의 풍경이 펼쳐져 있었다.

"자, 그럼 가도록 할까요."

시라아세가 재촉을 하자 마사토 일행은 탑 밖으로 향했다.

탑 밖으로 나오자 어느새 해질녘이었다. 기울어진 태양에서 뿜어져 나온 저녁노을이 바닷가 마을 전체를 붉은색으로 물들였다. 아름다우면서도, 왠지 쓸쓸한 느낌이 감돌았다. 덧없는 저녁노을 경치가 그곳에 존재했다.

마사토 일행은 탑이 있는 섬에서 마을로 돌아갔다. 쭉 뻗은 다리를 건너자, 앞장서서 걷고 있던 시라아세가 불쑥 멈춰 섰다.

"기분 좋은 바람이 불고 있는 이곳에서 이야기를 나누도록 할까요."

시라아세는 난간에 걸터앉았다. 바닷바람이 얼굴에 근심이 어린 그녀의 볼을 쓰다듬었다. 가만히 있으면 평범하게 예쁜 사람이었다.

하지만 마사토는 그 미모보다, 그녀의 얼굴에 감정이 어려 있다는 점이 더 신경 쓰였고…….

"마사토 군. 다섯 살 된 딸을 둔 어머니의 얼굴을 넋 놓고 바라볼 때가 아니에요."

"아니, 다른 뜻은 전혀 없거든요?! 하아, 정말! 시라아세 씨는 언제 어느 때나 시라아세 씨네요!"

"그래요. 저는 시라아세. 정체불명의 수녀이자, 이 게임세계의 감독자 나부랭이이자…… 엄청난 고생과 고뇌를 강요하게 될 수 있는데도, 여러분이 앞으로 나아가도록 등을 떠밀 수밖에 없는…… 그런 사람이 바로 저예요."

마치 자기 자신을 납득시키려는 듯한 말을 조용히 중얼거린 후…….

시라아세는 이야기를 시작했다.

"우선…… 현재 이 마을에서 발생한 상황에 대해, 저는 전혀 알지 못했다는 사실을 우선 알려드릴까 합니다."

"……예?"

마사토 일행은 그 느닷없는 말을 듣고 약간 얼이 나갔다.

"으음…… 시라아세 씨는 운영 측 분이죠? 이제까지는 모든 상황을 정확하게 파악하고 계시는 것 같았는데……."

"예. 마마코 씨의 말씀이 맞습니다. 저는 여러분의 인도자로서, 미리 현장 상황과 대략적인 전개를 파악한 후에 안내를 해왔습니다."

"그럼 마치 시라아세 씨의 손바닥 위에서 놀아나는 것 같잖아. 나는 영 석연치 않거든~? ……그런데, 왜 이번에는 아무것도 모른다는 건데? 아~ 혹시 그런 소리로 우리를 함정에 빠뜨리려는 거 아냐? 내 말 맞지? 시라아세 씨는 항상 그랬잖아."

"죄송하지만 이번만큼은 진짜 모릅니다. 정말이에요."

와이즈의 푸념을 가볍게 흘러 넘긴 시라아세가 말을 이었다.

"원래 이 챠카 마을에 준비되어 있었던 것은, 전단지에 적혀 있었다시피 타워 던전의 공략입니다. 하지만 여러분 다섯 명만 도전하는 게 아니라, 시험적으로 협력 기능을 이용해 다른 테스트 플레이어나 NPC와 공동으로 탑을 재패하게 할 예정이었죠."

"협력 기능을 이용해 공동으로…… 아, 그래……. 문 앞에서 발생한 그 마법원은 그 자리에 있는 인원의 숫자를 세는 것이며…… 규정 숫자를 채우지 못하면 문이 열리지 않고, 위층으로 올라갈 수도 없다……. 그런 거군요?"

"역시 메디 양. 엄격한 교육을 받아온 만큼 똑똑하군요. 그래요. 탑을 공략하기 위해서는 『길드』를 설립해서 일정숫자 이상의 인원을 모아야만 하는 거죠."

"그렇군요……. 참고로 협력 기능은 플레이어의 의식 조작을 목적으로 하는 것 아닌가요?"

"역시 메디 양. 속내가 음흉한 사람답게 그런 부분을 정확하게 눈치챘군요. 그래요. 협력을 통해 다른 동료가 하니 자신도 해야만 한다는 강박관념을 품게 해서, 시간적으로도 투자 금액적으로도 열심히 참가하게 만든다는 의도입니다."

"그렇군요. 동료니, 협력이니 같은 소리를 하면서도 결국 그런 속셈인 거군요. 후후후."

"온라인게임의 상투수단이죠. 후후후."

"어이, 거기 두 사람. 그쯤 해둬."

이대로 뒀다간 검은 옷 입은 사람들에게 연행될 수도 있으니 적당히 해줬으면 한다.

바로 그때, 포타가 손을 불쑥 들었다.

"저기, 질문 하나만 해도 될까요?!"

"예, 포타 양. 그러세요."

"길드라는 건 퀘스트를 소개하는 곳과는 다른 건가요?!"

"적절한 질문이군요. ……솔직하게 답하자면, 전혀 다른 겁니다. 방금 제가 말씀드린 건 동료와 팀이라는 의미의 길드죠. 게임에서 흔히 쓰이는 말이에요."

"으으으…… 좀 헷갈려요……."

"헷갈리는 것도 무리는 아니지만, 이미 알고 계시다시피 여러분이 참가한 이 게임은 β(베타)판입니다. 정식 서비스 때는 적당한 명칭으로 변경될 테니, 현 시점에서의 미진한 점은 관대하게 넘어가주셨으면 합니다. 운영 측으로부터의 요청입니다."

……라고 하는데……. 「β판이잖아」, 「하긴」, 「베타…… 그러고 보니 이 엄마의 고향집에는 VHS[#1]가 있어」, 「예? VHS가 뭔가요?」 어른만이 알 법한 비디오 규격에 관한 이야기는 제쳐두기로 하겠다. 아무튼, 호칭에 관해서는 그냥 넘어가기로 하고…….

바로 그때, 시라아세가 우울한 것처럼 고개를 푹 숙이더니 관자놀이를 만지작거렸다.

"뭐, 원래라면 설명은 이쯤에서 끝냈겠죠. 이 마을에 있는 다른 길드와 경쟁하면서 탑 공략을 해주세요, 하고 안내했을 테지만…… 아무래도 전혀 다른 상황이 발생한 것 같습니다."

"아까 마을 입구에서 일어났던 소동 말이군요. 수많은 어머니들이 모여서 자식들이 집에 돌아오지 않는다는 소리를 하

#1 VHS Video Home System. 카세트를 이용하여 동영상을 기록하고 재생할 수 있도록 만들어진 표준 규격으로, 소니의 베타맥스 규격과 경쟁했다.

던데……."

"이유는 가출이라고 생각해도 될 것 같군요. 아이들이 부모에게 반항해 가출을 했고……."

"반항조직 리벨레에 들어갔다는 거죠?"

"그건 부모에게 반항한 자들의 집단이라고 묻지도 않았는데 설명해준 분도 있으니까 말이죠."

"묻지도 않았는데 설명해준 사람은 반항조직 리벨레의 사천왕 중 한 명인, 어머니에게 반역하는 자, 모…… 모역의 아만테 씨예요!"

"저도 그런 조직이 있다는 이야기는 처음 들었습니다만…… 부모자식간의 유대를 깊게 만드는 것이 목적인 이 게임에서, 부모자식간의 불화를 조장하는 행위를 하는 걸 보면…… 상대는 악의 조직 같은 거라 여겨도 되겠죠."

"그리고 그 녀석들은 탑에 올라가서 역시 악의 조직다운 소원을 빌려고 하는 거겠지……. 어떤 소원을 빌려는 건지는 모르겠지만…… 아무튼, 어떻게든 해야 할 거야……. 바로 우리가 말이야."

그렇다. 이것은 마사토 일행이 해결해야 할 일이다.

그리고 용사인 마사토가 용감하게 한 마디 할 때인 것이다. 틀림없다. 지금이 바로 그가 활약할 순간이다.

마사토는 숨을 토하더니, 깊이 숨을 들이마시면서 말했다!

"그럼, 악당의 야망을 박살내기 위해……!"

"가출한 아이들을 집으로 돌려보내기 위해, 최선을 다하자!"

마사토보다 힘찬 목소리로 말한 이는 마마코였다. 역시 마마코였다.

또 쓸데없이 나선 어머니 때문에 짜증이 치솟았지만, 그래도 이제 애가 아니거든? 넓은 마음으로 용서해주자? 하고 생각한 마사토는 온화한 어조로 말을 건넸다.

"저기~ 엄마~. 한 마디 해도 될까요~?"

"어, 어머? 마 군이 평소보다 더 가시가 돋친 태도를 취하는 듯한 느낌이 드는데……."

"그렇지 않아요~. ……그것보다, 무슨 소리를 하는 거야? 우리가 할 일은 그런 게 아니잖아. 지금은 용사 파티인 우리가 악당의 야망을 저지하기 위해 나서야 하는 상황이라고."

"으음~ 그건 그렇지만…… 엄마로서는 세상이 어쩌고저쩌고 보다는 아이들이 집으로 돌아오지 않는 게 더 걱정돼."

어머니라는 이들은 다들 이렇다. 세상이 직면한 어마어마한 문제보다, 자신의 자식이 더 걱정되는 것이다. 역시 자식이 더 소중했다. 마마코는 특히 그런 경향이 강했다.

"그러니, 우리는 가출한 아이들을 집으로 돌려보내는 것을 가장 우선해야 한다고 생각해. 어떠니?"

"아니, 그게……."

마사토가 대답을 못하자, 와이즈를 비롯한 동료들이 차례차례 입을 열었다.

"나는 그편이 좋을 것 같아. 아이들이 집으로 돌아가면 적의 숫자가 줄 거잖아? 그럼 탑을 공략하지 못할 테니, 결과적으로 야망을 저지한 게 되겠지. 그럼 됐네."
"그, 그건 그렇지만……."
"그렇다면 다음은 되찾을 방법을 생각해야겠군요. 적의 수하가 된 아이들은 탑에 틀어박혀서 계속 공략 중이에요……. 그렇다면 저희도 탑을 올라갈 필요가 있겠죠."
"으, 응. 맞아. 그러니까……."
"그래. 그럼 길드를 만드는 게 어떠니!"
"바로 그거야. 나도 그 말을 하려고…… 아, 하지만 인원적으로 문제가……."
"역시 마마코 씨. 말 한 번 잘하셨어요. 그럼 즉시 길드 설립 준비를 시작하죠. 우선 거점을 확보할 필요가 있습니다만……."
"조, 좋아! 드디어 내가 나설 차례네! 우선 거점 확보는 내가 맡……!"
"전단지를 통해 이미 알려드렸다시피, 평범한 용사의 어머니인 마마코 씨는 특전을 받을 수 있습니다. 그럼 가시죠. ……강권(强勸) 발동! 강제 연행!"
그것은 마법이 아니라, 운영 측의 권리 권한으로 행하는 기술적인 힘이다.
시라아세가 그렇게 선언한 순간, 마사토 일행은 다리 위에서 사라졌고…….

다음 순간, 그들은 바닷가 마을 챤카의 변두리에 있었다.

바다, 탑, 마을. 이곳의 아름다운 풍경을 한눈에 볼 수 있는 언덕 위로 이동한 것이다.

그런 그들의 눈앞에는 폐허 한 채가 있었다.

"어? 이건…… 여관인가?"

원래는 여관이었던 것 같았다. 간판의 【INN】이라는 글자는 겨우 알아볼 수 있었다. 방치되고 꽤 시간이 흐른 건지 문과 유리가 전부 깨져서 유감스러울 정도로 통풍이 잘 되었고, 실내에서도 잡초가 자라고 있을 지경이었다.

시라아세는 그런 여관을 손가락으로 가리키면서 가벼운 어조로 말했다.

"이 토지와 건물을 마마코 씨에게 증정합니다. 길드의 거점으로 이용해 주세요."

"어머나, 그래도 괜찮을까요?"

"큭, 특전으로 간단히 거점을 확보하다니……. 그건 그렇고, 너무 낡았네……."

"우선 이곳에서 시작하시죠. 거점 확충과 멤버 확보 등, 길드 경영의 재미를 마음껏 즐겨주셨으면 합니다. ……그럼 마마코 씨. 거점을 확보했으니 길드 설립 신청이 가능해졌습니다. 이 양식에 필요한 사항을 기입해서 신청해 주세요. 후딱 말이죠."

"예, 알았어요." 후딱.

"어이! 잠깐만 있어봐! 나, 여기 있거든?! 내가 용사이자 리더라고! 그런 신청은 내가 해야…… 앗……."

마마코 앞에 입체 표시된 신청 화면에는 대표자와 멤버의 이름을 기입하는 란이 있었다. 「앗!」 마마코는 대표자 란에 자기 이름을 기입하더니, 「아앗!」 길드의 이름을 기입하는 란을 향해 손가락을 뻗어서…….

【길드명 : 엄마 길드】

딱히 별생각 없는 것처럼, 감에 따라, 기입을 마친 후…….

"자, 신청해야지." 꾸욱.

"앗―――?!"

두려움을 모르는 백전연마의 모험가조차도 남들에게 밝히지 못할 듯한 길드명이 등록 완료됐다.

어머니의, 어머니에 의한, 어머니 길드 【엄마 길드】가 설립된 것이다.

그리고 마사토는 마마코를 중심으로 즐거워하고 있는 동료들을 쳐다보며…….

"우리의 모험은…… 혹시, 내가 없어도 쑥쑥 진행되는 거 아냐?"

퉁명한 어조로 혼잣말을 중얼거렸다.

엄마 길드 업무일보

【직책】 엄마(길드 마스터 쪽이 나으려나?)

【성명】 오오스키 마마코

【업무 보고】

오늘, 엄마 길드를 설립했어요. 가출을 하고 만 수많은 아이들이 탑 안에서 좋지 않은 단체에 들어갔다고 하니 한시라도 빨리 멤버를 모아서 아이들을 마중가고 싶어요. 마 군, 그리고 다른 아이들과 함께 열심히 해볼게요.

【특기사항 등】

이참에 거점으로 쓸 여관을 소개할까 해요.

엄마 길드 여관『오오스키 여관(가칭)』: 객실 6실(수용인원 15명). 마차용 주차 공간 있음. 전 객실 전망방. 실내 전망 욕실.

마을과 바다를 한눈에 볼 수 있는 언덕 위에 있는 여관입니다. 엄마가 성심성의를 다해 만든 가정적인 요리 또한 대접해드립니다. 멤버 일동, 손님께서 찾아주시길 진심으로 고대하고 있습니다.

【멤버들의 코멘트】

찾아줬으면 하는 건 길드 멤버지, 손님이 아냐.
말 좀 바로 해.

방과 욕실의『전망』이라니,
즉, 창문과 벽이 없다는 소리잖아…….

바깥 풍경을 볼 수 있는 건 사실이니까, 거짓말은 아니에요.
이 정도면 세이프예요.

마마 씨가 만든 밥은 정말 맛있어요!
꼭 방문해주세요!

제2장
엄마 길드는 손님들로 와글와글!
……어, 전부 불청객이잖아!

아침이다.

마사토는 꽤 오래간만에 맞이한, 아침다운 아침이다.

'아, 그래……. 아침은 원래 이런 거였지…….'

감고 있는 눈꺼풀 너머가 밝았다. 밝은 아침햇살이 느껴졌다. 왠지 기분이 신선했다.

마사토는 요즘 들어 밤이면 밤마다 와이즈의 즉사마법에 의해 숙면을 취했다.

관 속에서의 기상(起床)(알자레)에 익숙해졌기 때문인지, 이 밝은 빛에 약간 당황했다. 그래도 이것이 바로 진정한 아침이다. 정상적인 아침인 것이다. 마사토가 개운한 기분을 맛보며 눈을 떠보니…….

"어머, 일어났니? 좋은 아침이야, 마 군."

"응~ 좋은 아침…… 어라…… 엄마?!"

눈앞에 마마코의 얼굴이 있었다. 고개를 조금만 들었다간 『쪽~』이라는 의성어가 어울릴 법한 접촉사고가 벌어질 상황이었다. 「흐읍?!」 마사토는 고개를 들려고 하는 몸을 필사적으로 침대에 밀어 넣었다.

"자, 잠깐만, 엄마! 엄마가 왜 여기 있는 거야?!"

"아침 식사를 만들어놓고 마 군을 깨우러왔아. 다른 사람들은 이미 일어났어. 마 군은 잠꾸러기라니깐."

"아하, 그런가요! 그거 참 죄송하게 됐네요! 일어날 테니까 좀 비켜! 엄마가 방해되어서 못 일어난다고!"

"방해된다니…… 훌쩍…… 엄마는 눈물이 날 것 같아." 훌쩍훌쩍.

"울지 좀 마! 멘탈 좀 단련하란 말이야! ……하아, 정말! 내가 잘못했어! 말실수를 해서 정말 죄송함다! 일단 나도 일어날게!"

마사토는 마마코를 슬며시 밀어낸 후, 간소한 침대에서 「영차」 하며 벌떡 일어났다.

그 순간 마사토가 내디딘 바닥이 우직하더니, 콰직! 하면서…….

"우왓?! 바닥이 쪼개졌어?!"

"어머, 큰일 났네! 마 군, 괜찮니?! 다친 곳은 없어?!"

"으, 응. 괜찮아. 그러니까 좀 들러붙지 마. 하아……."

기회를 잡았다는 듯이 달라붙은 마마코를 떼어낸 마사토가 바닥에서 발을 뺐다. 다행히 다친 곳은 없다. 일단 안심이다.

마사토가 쉬고 있던 곳은 엄마 길드 거점의 방 중 하나다. 실내에 침대 하나만 있는 간소한 방이다.

그리고 유리창과 문이 틀까지 다 박살나서 완전히 개방되어 있었으며, 깨진 바닥의 곳곳에서 잡초까지 자라고 있었다. 그야말로 폐허의 싱글 룸이었다.

"하아…… 오래간만에 기분 좋은 아침을 맞이했나 싶었는데, 완전히 망쳐버렸네……. 낡아도 너무 낡았잖아……. 엄마와 다른 애들 방은 괜찮았어?"

"그래. 포타 양의 아이템 크리에이션으로 실내는 정비한 덕분에 바닥이 부서지지는 않았는데…… 역시 마 군도 우리와 같이 자는 편이 좋았을 것 같아……."

"아니, 그건 무리야. 그건 내가 거부한 거니까 개의치 마. ……그건 그렇고……."

"그래. 빨리 어떻게든 해야겠구나. 그러니까 마 군."

"응. 우선 아침부터 먹자. 좋아~. 밥이다, 밥!"

배가 고프면 아무것도 못한다. 우선 영양보충부터 하자. 마사토는 힘차게 걸음을 내딛은 순간, 바로 바닥이 콰직! 하고, 「어머나! 마 군, 괜찮니?!」, 「큭, 함정 투성이잖아……」 사고쳤다. 이게 마사토가 처한 현실이다.

엄마 길드는 이제 막 오픈한 참이다.

아침은 여관 식당에서 먹기로 했다.

여성들이 쉴 방을 최우선적으로 수리하느라 여기까지는 손보지 못했다. 그래서 실내는 황폐하기 그지없었다. 식사용 테이블은 다리가 부러져서 쓸 수가 없었기에, 바위 위에 튼튼해 보이는 판자를 놓고 그것을 테이블 대용으로 쓰고 있었다.

식당은 엉망이지만, 그래도 마마코가 있기에 음식은 완벽

했다.

한편에는 용사와 용사의 어머니와 현자가 앉았고, 맞은편에는 치유술사와 여행상인, 그리고 수녀가 나란히 앉아 있었다.

그리고 밥과 된장국, 달걀과 낫토, 맛김과 후리카케로 구성된 아침을 젓가락으로 먹는 것이다.

"판타지와는…… 뭐, 식당 자체가 판타지 운운할 상태가 아니지. 이제 됐어. 빨리 먹기나 하자."

"그럼 이제 먹자꾸나. 잘 먹겠습니다."

""""잘 먹겠습니다~.""""

"그래. 맛있게 먹으렴."

세계관도, 식당 미관도 개의치 않는다. 하루는 일본식 조식으로 시작한다. 이것이 이들의 철칙이다.

마사토는 날달걀 비빔밥을 비비면서 입을 열었다. 할 말이 있는 것이다.

"아~ 다들 내 말 좀 들어줘. 나, 꼭 하고 싶은 말이 있어."

"어머나, 마 군. 그게 뭐니?"

"우선 나는 우리 길드의 명칭에 대해 이의를 제기하고……."

"유감이지만, 한 번 등록한 명칭은 변경이 불가능합니다."

시라아세가 딱 잘라 그렇게 말했다. 말을 끝까지 잇기도 전에 격침된 것이다.

"크…… 그, 그럼 길드 자체에 관해서도 좀 생각해보자. 길드를 만들기는 했지만, 큰 문제가 있잖아. 아만테라는 애가 했던 말을 떠올려봐. 인원에 관해서 무슨 말을 했잖아? ……

어이, 와이즈. 기억하지?"

"인원에 관해서? ……으음…… 아~ 그러고 보니 인원이 늘어나는 건 불가능하다고 말했지."

"그래! 바로 그거야! 그 녀석은 이 마을의 모험가를 전부 부하로 삼았다고 했어! 그러니까 우리는 인원을 늘릴 수가 없는 거라고……!"

"확실히 그런 걱정이 들기는 하지만, 그래도 저희에게는 마마코 씨가 계시니까요. 괜찮지 않을까요?"

"아니, 저기, 메디? 우리 엄마가 있다고 괜찮을 리가 없잖아……. 그리고 나도 있거든?"

"마마 씨라면 그 어떤 불가능도 가능케 할 거예요! 저는 그런 느낌이 들어요!"

"윽…… 포타. 목소리를 들어보니 진심으로 그렇게 생각하는 것 같은데…… 뭐, 뭐어, 그런 무시무시한 예감이 나도 들긴 하지만…… 그리고 나도 있거든?"

새롭게 발족된 엄마 길드의 멤버는 현재 다섯 명이다. 시라아세는 운영 측 인간이기 때문에 참가할 수 없다. 그래서 다섯 명 뿐인 것이다.

그리고 인원 증가가 불가능하다면, 탑을 올라가는 건 힘들 텐데…….

"길드 인원에 관해서는 어떻게든 손을 쓸 필요가 있을 것 같군요. 저도 가능한 범위 안에서 협력하겠습니다만…… 자—."

시라아세는 젓가락을 내려놓고 몸을 일으켰다. 「잘 먹었습니다」, 「어, 벌써 다 드셨나요?」 시라아세의 접시는 어느새 깨끗하게 비워졌다.

"오늘 저는 운영 측에서 이 상황에 대해 조사해볼 생각입니다. 여러분과는 따로 행동할 거니, 부디 조심하시길. ……아, 맞아요. 꼭 알려드려야 할 사항이 하나 있습니다."

"그게 뭐죠?"

"현재 발생한 문제에 대한 사과의 의미 삼아, 여러분에게 약소한 선물을 드릴까 합니다. 아이템 스토리지에 들어있을 테니 나중에 확인해 주십시오. 그럼 이만 실례하겠습니다."

시라아세는 정중하게 인사를 한 후, 식당을 나섰다.

자, 선물이라…….

"시라아세 씨가 주는 선물이라니……. 왠지 불안한 느낌이 드는데……."

"그 사람이 지금까지 준 건 대부분 마마코 씨를 위한 거였잖아……. 아, 그래도 이번에는 『여러분』이라고 말했으니까, 진짜로 우리 걸지도 몰라."

"대체 뭘까요……. 빨리 확인해볼까요?"

"예! 저, 좀 가슴이 두근대요!"

"우후후. 그래. 시라아세 씨가 대체 어떤 선물을 준 걸까?"

그럼 아이템 체크다. 마사토 일행은 눈앞의 공간을 손가락으로 터치해서 스테이터스 윈도우 화면을 입체 표시시켰다. 그리고 아이템 항목을 선택한 후, 소지품 리스트를 확인해보니…….

아니나 다를까, 그곳에는! 놀랍게도……!

"흐음~. 의외로 괜찮지 않아?"

"그렇군요. 정말 괜찮은 것 같아요."

"저는 이런 옷을 입어본 적이 없어서, 정말 기뻐요!"

와이즈와 메디, 포타는 시라아세에게서 받은 선물을 장비했다.

세 사람 다 하늘하늘한 프릴이 잔뜩 달린 하늘하늘한 드레스 스커트를 입고 있었다. 그리고 머리에 쓴 헤드드레스도 하늘거렸다.

"주인님~ 볼일이 있으면 빨리 말씀하시라고요~. ……이런 식으로 말하면 되지?"

와이즈는 건방진 말투로 그렇게 말했다.

"와이즈 양, 그런 말투를 복장에 어울리지 않아요. 원래는 이렇게 말해야 해요. ……주인님, 뭐든 분부해주세요."

메디는 아름다운 얼굴에 미소를 띠우며 공손한 어조로 그렇게 말했다.

"으음, 저기…… 주인님! 뭐든 시켜만 주세요!"

포타는 여전히 기운이 넘치고 매사에 최선을 다하는 게 느껴졌다.

그런 메이드들이 당당히 등장한 것이다.

세 사람이 눈부신 메이드 스마일을 짓자 마사토는 약간 얼이 나갔다.

"으음……."

마사토가 말문이 막혔는지 아무 말도 못하고 있을 때, 또 메이드 어백이 발동했다!

와이즈와 메디는 치마를 흔들면서 빙글 돌더니, 팔짱을 끼며 『꺄핫☆』, 『우훗☆』 건방진 메이드&다크 파워 미소녀 메이드의 단짝친구 포즈!

그리고 포타도 몸을 빙글 돌렸다. 「하나, 둘…… 우왓!」 약간 비틀거리기는 했지만, 그 불안한 느낌이 또 좋았다. 귀여움이 열심히 빙글빙글 돌고 있었다!

허름한 여관의 낡은 현관홀. 그곳에서 큐트 공격을 맞은 마사토가 행복한 대미지를 입었다.

"큭…… 포타는 그렇다 쳐도, 메디와 와이즈조차도 넋을 놓고 쳐다봤어. 이런 낭패가……."

"뭐가 『낭패』라는 건데? 순순히 게슴츠레하게 웃으며 기뻐해. 너, 그런 역겨운 짓도 할 줄 아는 녀석이잖아."

"그래요, 마사토 군. 메이드가 좋아 죽는 그렇고 그런 남자애처럼, 저희의 매력에 푹 빠져서 마음껏 칭송해주세요."

"그런 요구를 하지 않는 상대였다면, 순순히 칭송했을 거야."

"저기, 마사토 씨! 저, 이상하지 않나요?!"

"응! 전혀 이상하지 않아! 정말 잘 어울려!"

입은 화의 근원이라는 말이 있다. 포타를 칭찬하면서, 『와이즈와 메디도 꽤 잘 어울리는걸』 하고 마음속으로만 말해두기로 했다.

아무튼, 시라아세가 준 메이드 코스튬을 입은 세 사람을 둘러보고 마사토는 다시 탄성을 터뜨렸다.

"흐음, 좋네……. 시라아세 씨가 주는 거라 그다지 기대하지 않았는데…… 이번에는 정말 괜찮은걸."

"그래. 시라아세 씨를 조금 다시 볼 것 같아. 이건 정말 좋네~. 사이즈도 딱 맞잖아."

"와이즈 양은 딱 맞다기보다 『납작』하다는 게……."

"메디. 너 좀 따라 나와." 우득우득.

"그런데 마사토 씨는 뭘 받았나요?!"

"어, 나? 나는…… 너희와 같은 거야."

마사토가 슬며시 꺼낸 것은 세 사람과 마찬가지로 메이드 코스튬이었다. 「와아~ 축하해」, 「축하드려요」, 「고맙다는 말은 안 할 거라고」, 「복장을 통일할 수 있겠네요!」, 「으, 응, 그래……」 뭔가 실수라고 생각하지만, 사이즈는 마사토에게 딱 맞았다. 입어보지는 않았지만 말이다. 어깨 폭만 맞춰봤을 뿐이다.

아무튼, 와이즈와 메디, 포타, 그리고 마사토까지 메이드 코스튬을 손에 넣었는데…….

"아, 문뜩 든 생각인데 말이야. 우리 모두 똑같은 옷을 받은 걸 보면…… 혹시……."

와이즈가 불쑥 그렇게 중얼거린 바로 그때였다.

"기다리게 해서 미안해. 주방의 수도가 고장 나서 설거지에 시간이 걸렸지 뭐니……. 어머? 어머나! 귀여운 메이드가 잔뜩 있네!"

마마코가 소녀들의 모습을 보고 탄성을 지르더니, 현관홀로 걸어왔다.

그녀는 평소와 마찬가지로 원피스 위에 앞치마를 걸친 차림으로 나타났다.

"어? 평소와 똑같은 복장이네."

"그렇군요……. 메이드 코스튬을 입지 않으신 것 같은데……."

"혹시 마마코 씨만 다른 걸 받은 걸까요?!"

"아냐. 엄마도 같은 걸 받았어. 하지만 입지 말아달라고 내가 부탁했어. ……세일러 교복에 학교 수영복…… 시라아세 씨가 주는 의류는 하나같이 위험한데다, 엄마가 그걸 착용하면 내가 또 대미지를 입을 게 뻔하잖아. 그래서 엄마의 메이드 코스프레를 단호하게 저지한 거야."

"어, 뭐야. 정말 재미없게……."

"마사토 군의 리액션을 고대하고 있었던 만큼, 정말 유감이에요."

"나는 리액션 전문 연예인이 된 적 없거든?"

마사토는 바보가 아니다. 지금까지 경험에 비춰본 결과, 아들의 방어본능이 작용했기에 선수를 친 것이다. 「재미없어~」, 「실망이에요……」, 「마마 씨도 저희와 함께 메이드복을 입었으면 더 좋았을 거예요……」, 「다들 나 좀 배려해주면 안 돼?」 마사토는 살고 싶었다. 그러니 옳은 행동을 했다.

그런고로, 평소와 다름없는 마마코가 이 자리에 도착했다.

"메이드 와이즈 양과 메이드 메디 양, 그리고 메이드 포타 양이네. 세 사람 다 정말 귀여워. 정말 멋져."

"으흐흐~. 감사감사~."

"고마워요. ……저는 마마코 씨가 메이드복을 입은 모습도 보고 싶었는데 말이죠……."

"하지만 마사토 씨에게 큰일이 나면 안 되니까, 저는 참을래요!"

"음. 말 한 번 잘했어. 포타, 대단해. ……그럼 코스튬 이야기는 이만하기로 하고, 본론에 들어가자."

그럼, 마사토 일행 다섯 명은 상의를 시작했다. 오늘의 활동에 관해서 말이다.

"인원 부족으로 탑 공략은 어려운데다, 상황 조사는 시라아세 씨가 해주기로 했으니까…… 그럼 우리는 오늘 뭘 할지 이야기하고 싶은데……."

"일단 이 낡은 거점을 어떻게든 해야겠네. 거점의 정비와 청소를 하는 거야. 그런 건 우리들, 메이드가 할 일이잖아. 오늘은 일일 메이드로서 메이드 업무에 전념할래."

"건물 정비가 메이드가 할 일이 맞는지 좀 의문이지만, 우선 평균적인 생활수준은 확보하고 싶군요."

"저의 아이템 크리에이션만 믿으세요! 소재만 있으면, 건물을 수리하거나 더 멋지게 꾸미는 것도 얼마든지 가능해요!"

"포타 양의 활약을 기대할게. 그럼 다들, 엄마 길드의 첫날 활동을 열심히 하자."

""""오~!""""

마마코의 말에 맞춰, 마사토 일행은 힘차게 주먹을 치켜들었다. 마사토 일행은 바로 활동을 개시했다.

마마코와 와이즈, 두 사람이 다른 이들을 배웅했다.

"조심해서 다녀오렴. 조금은 느긋하게 갔다 와도 돼."

"마마코 씨는 저렇게 말하지만, 할일이 잔뜩 있거든? 그 점을 잊지 마."

마사토와 메디, 포타 세 사람은 배웅을 받으며 출발했다.

"그럼 쇼핑 팀도 출발할까. 깜빡한 물건은 없지?"

"필요한 물건이 적힌 메모와 돈…… 예. 다 챙겼어요."

"그럼 마을로 향하죠! 저, 가슴이 두근대요!"

마사토 일행은 집보기 팀과 쇼핑 팀으로 나뉘어서 행동을 시작했다. 오늘 활동은 길드 거점의 정비다. 서둘러야 하는 중요 미션이다.

쇼핑 팀인 마사토 일행은 건물 보수용 소재를 구하기 위해 마을로 향했다. 그들은 마마코와 와이즈에게 배웅을 받으면서 언덕에 있는 여관에서 출발했다.

"그럼 포타 양, 가죠!"

"예! 가요!"

손을 맞잡은 메디와 포타가 즐거운 목소리로 그렇게 외치며 달려갔다. 마사토는 그런 훈훈한 모습을 응시하며 느긋하게 걸음을 옮기다…… 멀어져가는 두 메이드를 보고…… 으음, 이건…….

잠깐만 있어봐.

"……어이, 메디. 포타. 혹시 두 사람이 히로인이라면, 나와 함께 달려가야 하는 거 아냐? 그게 정상일 것 같은데?"

메디가 마사토의 팔을 꼭 끌어안으면서 볼륨이 상당한 가슴과 밀착시킨 바람에, 마사토가 얼굴을 새빨갛게 붉히면서 우햐~ 하고 외친다든가…….

포타가 갑자기 손을 꼭 잡으면서 빨리 가요~ 하고 순진무구한 어리광쟁이 같은 목소리로 말한 바람에, 마사토 오빠가 감개무량한 느낌을 받는다든가…….

그런 일은 전혀 일어나지 않았다. 일어날 기색조차 없었다.

"……뭐, 좋아. 문뜩 그런 생각을 한 것뿐이라고. 하하."

마사토는 메마른 웃음을 흘리며 맑은 하늘을 올려다보더니, 슬며시 눈가를 훔쳤다. 우는 거 아냐. 우는 게 아니라고.

그렇게, 메디와 포타가 즐겁게, 그리고 마사토가 쓸쓸하게 걸음을 옮긴 끝에 그들은 마을에 도착했다.

세 사람은 아이템과 장비품 가게가 줄지어 있는 대로를 나아갔다. 신선한 바다 향기가 코끝을 스치고, 귀를 기울이며 들려오는 파도 소리를 BGM 삼으며 그들은 천천히 나아갔다.

아직 이른 시간대라서 그런지 인적이 드문 길을 한동안 나아가고 있을 때, 포타가 뭔가를 발견했다.

"아, 잡화점이 있어요! 저 가게에 저희가 찾는 게 있을 것 같은 느낌이 들어요!"

"포타 양의 센서에 딱 걸려들었나 보네요. 그럼 마사토 군……."

"좋아. 가보자."

그곳은 다른 가게에 비해 몇 배는 규모가 커 보였다. 가게 앞에는 목재와 석재, 가드닝 용품들이 줄지어 놓여 있었다.

안에 들어가 보니, 일용품과 가구, 그리고 건물 외벽과 지붕까지 전시되어 있었다.

"오~. 의욕이 과도하게 넘치는 가게 같지만, 여기라면 우리가 찾는 게 분명 있을 것 같네. ……일반 아이템용 소재도 파는 것 같으니까 겸사겸사 사두는 것도 좋을지 몰라. 아만테와 싸우게 될 가능성도 있잖아."

"그래요. 상대방은 저희를 적대시하고 있는 것 같아요. …… 어쩌면, 다음에 저희를 보자마자 달려들지도……."

메디는 주위를 경계하기 시작했다. 마사토도 가게 안을 주의 깊게 관찰했지만…….

마을 잡화점에 악의 조직 사천왕 중 한 명이 불쑥 나타날 리가…….

"없지." 단호.

"없죠." 단호.

말도 안 되는 이야기다. 그런 모습 자체가 전혀 상상이 안 됐다. 괜한 걱정일 것이다.

"헛소리는 이쯤 하기로 하고, 빨리 쇼핑이나 마치자."

"그래요. 필요한 건 길드 거점을 수리할 재료인데…… 포타 양, 어떤가요?"

"예! 이 가게에는 건물 소재가 잔뜩 있어요! 엄마 길드의 거점을 멋지게 꾸밀 수 있을 거예요! 으으으으! 저, 진짜 가슴이 두근거려요!"

크리에이터 스피릿이 활활 타오르고 있는 건지, 포타는 흥분할 대로 흥분한 상태였다. 「이 벽이라든가, 이 지붕을…… 하지만, 이 벽도 괜찮네요~!」 쉴 새 없이 고개를 두리번거리고 있었다. 그것도 쉴 새 없이 가게 안을 둘러보면서 말이다!

귀엽다. 그 이외의 다른 말이 전혀 생각나지 않을 정도로 귀여웠다.

"여기는 포타의 낙원이구나……. 흥분할 대로 흥분한 포타를 마음껏 감상할 수 있는 낙원이야."

"경비원 아저씨~, 이 사람 좀 잡아가요~."

"이상한 의미 같은 건 없거든?! 안 돼! 부르지 마! ……그건 그렇고, 진짜로 경비원이 올 리가……."

"저기, 손님?"

"진짜로 왔어————?!"

느닷없이 마사토의 뒤편에서 목소리가 들려왔다. 어, 잡혀가는 거야? 진짜로 잡혀가는 거냐고? 식은땀으로 범벅이 된 마사토가 부들부들 떨면서 뒤편을 돌아보니…….

그에게 말을 건 이는 경비원이 아니었다. 잡화점 로고가 그려진 앞치마를 걸친 여성이었다. 실례지만 나이를 추측해보자면, 40대 가량으로 보였다. 꽤 풍채가 좋은 여성이었다.

사람 좋아 보이는 미소를 머금은 그 여성의 얼굴을 본 순간, 뭔가를 깨달은 마사토가 무심코 이렇게 말했다.

"아, 이 사람은 엄마네."

마사토 안의 무언가가 단언했다. 확신을 담아 고하고 있었다. 마을 입구에서 만난 여성들이 엄마라는 걸 간파했던 것과 마찬가지로, 그리고 그때보다 더 확연하게 알 수 있었다.

상대가 자식을 둔 엄마라는 것을…….

"저기, 마사토 군? 갑자기 무슨 소리를……."

"어? ……앗……!"

마사토는 메디의 말을 듣고 화들짝 놀랐다.

여성한테 느닷없이 대놓고 「이 사람은 엄마네」 같은 소리를 한 것이다. 무슨 짓을 한 거야. 영문을 모르겠네. 머리가 나쁜 것 같잖아. 으으, 너무 부끄러워.

느닷없이 그런 말을 듣고 놀란 여성 또한 미소를 짓고 있었다. 비웃고 있는 거야. 하아, 정말.

"후후. 재미있는 소리를 하는 군요. 예, 맞아요. 저는 엄마예요. ……그건 그렇고, 용케 눈치챘군요."

"예? 아~ 으음…… 그게, 대충 찍었다고나 할까, 우연히……."

"아뇨, 이건 마사토 군의 특수능력이에요! 용사인 마사토 군은 『상대가 어머니인지 아닌지 판별한다』고 하는 걸출한 힘을 지닌 거예요! ……농담이에요. 에헷."

"메디이이이이잇?! 그런 헛소리 좀 하지 말아줄래애애애앳?! 그런 힘을 지녔을 리가…… 없, 지? 없겠지? 없다고 말해줄래?"

농담이어야만 한다. 아니면 진짜로 곤란했다. 그것도 그럴 것이, 그게 진짜 사실이라면…….

엄마 동반으로 게임 안으로 전송된 소년, 마사토.

그 소년은 용사라는 직함을 지녔는데도 불구하고, 힘과 리더십 등 다양한 면에서 엄마에게 압도적으로 뒤지고 있을 뿐만 아니라…….

상대방이 어머니인지 아닌지 판별하는 특수능력을 지니고 있습니다.

……같은 상황이 벌어지는 것이다.

만약 그게 진짜라면…… 마사토는 대체 뭘까? 뭐하는 녀석인지 묻기 이전에, 대체 뭐냔 말이다.

'아냐. 뭔가 잘못된 거야. ……제발 부탁이니까, 누가 아니라고 말해줘…….'

성인(聖人)인 자신에게 악의 힘이 싹트고 있다는 것을 눈치챈 사람보다 백 배 가량 비통하고 우울한 느낌으로, 마사토는 멍하니 서있었다.

바로 그때였다. 엄마 점원을 누군가가 불렀다.

"거기 점원! 의류용 세제와 빨래판은 어디 있어?! 빨리 안내해!"

잘난 척 하는 듯한 어조로 그렇게 말한 이는 꽤 거칠어 보이는 인상의 포니테일 소녀였다. 경갑옷 위에 검은색 코트를 걸쳤고, 허리에는 가느다란 검을 찼으며, 양손에는 휴지가 가득 들어 있는 장바구니를 들고 있는…….

아만테다.

"하아…… 인원이 너무 많으니 생필품도 엄청 필요하네……. 아, 맞아. 내가 쓸 파스도 싸야해. 엉덩이와 정강이를 치료…… 어, 어라?"

아만테는 문뜩 마사토 일행을 발견하더니 눈을 가늘게 뜨며 지그시 쳐다보았다. 「자, 잠깐만 있어봐!」 허둥지둥 휴지를 근처에 숨겨놓으며 살림꾼 느낌을 봉인했다.

그 후, 아만테는 악의 아우라를 뿜으면서 다시 마사토 일행을 노려보았다.

"너희는 오오스키 마마코의 아들과 동료 맞지?! 설마 이런 곳에서 마주치다니…… 혹시 쇼핑을 하러 온 거야? 흥, 정말 느긋하네!"

"그건 우리가 할 말이거든? 너야말로 이런데서 느긋하게 뭘 하고 있는 건데?"

"저기, 마사토 군. 저 분은 어제 계단에서 다친 엉덩이와 정강이를 오늘 치료할 생각인 것 같은데, 이미 늦었을 거예요. 타박상 때문에 생긴 멍이 확연하게 피부에 남겠죠. 정말 안됐어요."

"거, 거기 메이드! 무시무시한 소리 좀 하지 마! 그딴 소리 들으니 엄청 불안하거든?!"

여자는 그런 걸 엄청 신경 쓰는 것 같았다. 아만테는 진짜로 울상을 짓고 있었다.

하지만 열심히 마음을 다잡더니 악인다운 표정을 지으며

말했다…….

“뭐, 뭐, 좋아! 나는 멍이 생기지 않는 체질이거든! 멍은 사라질 거야! ……그딴 것보다, 너희에게 좋은 걸 가르쳐줄…….”

“아뇨, 사라지지 않아요. 멍이 평생 남아서, 당신은 자기 몸에 자부심을 가지지 못하게 되겠죠. 평생 자신의 엉덩이와 다리를 볼 때마다 한숨을 쉬게 될 거예요. 정말 안 됐어요.”

“크…… 훌쩍…… 우에에에에엥!”

메디가 인정사정없이 그렇게 말하자, 아만테는 울음을 터뜨렸다. 「메, 메디! 그쯤 해! 다른 사람이 아니라 메디 자신을 위해 그만하란 말이야!」, 「하아, 어쩔 수 없군요」 심술궂은 다크 파워가 메디의 이미지를 현저하게 손상시킬 우려가 있다. 그러니까 그만 좀 해.

“자, 아만테. 이제 됐어. 할 말이 있으면 어디 해봐. 얼마든지 들어줄게. 응?”

“훌쩍! 됐어! 너희한테는 아무것도 가르쳐주지 않을 거야! 아니, 가르쳐줄 필요가 없어! 우리는 적대관계거든!”

“적대관계이기는 하지만…… 그것보다, 어제처럼 멋대로 나불대라고. 너는 그런 짓을 저질러대는 바보잖아?”

“바보 아냐! ……크…… 됐어! 이렇게 됐으니 절대 말 안 할 거야! 너희 거점에 자객을 보냈다는 건, 입이 찢어져도 알려주지 않을 거야!”

“뭐? 자객을 보내?”

아무래도 아만테는 멋대로 마사토 일행을 적대시한 걸로

모자라, 엄마 길드의 거점을 공격하게 위해 수하를 보낸 것 같았다.

이건 어쩌면 큰일……일지도 모른다는 생각이 들었지만…….

'으음…… 하지만 엄마가 있잖아. 딱히 문제는 없을 거야.'

공격대상인 길드 거점에는 엄청난 공격력을 자랑하는 마마코가 있다. 아만테가 어떤 자객을 보낸 건지는 모르겠지만, 그 어떤 적이라도 상대가 되지 못할 것이다. 마마코의 압승으로 끝날 것이며, 마사토 일행이 나설 기회는 없다. 평소와 다름없는 상황이 벌어질 게 틀림없다.

마사토는 자객이라는 말을 듣고 약간 긴장했지만, 곧 숨을 내쉬며 릴랙스…….

바로, 그때였다.

"마사토! 메디! 포타! 이 가게에 있으면 대답해!"

갑자기 와이즈의 목소리가 들렸다. 그녀는 마마코와 함께 여관에 남았는데…….

가게 입구 쪽을 쳐다보니, 프릴 스커트를 움켜쥔 채 가게 안으로 뛰어 들어온 메이드가…… 메이드 와이즈가 눈에 들어왔다. 「앗! 찾았다!」 와이즈는 마사토 일행을 보더니, 새하얗게 질린 얼굴로 그들을 향해 뛰어왔다.

"어이, 무슨 일이야. 네가 왜 여기에……."

"이야기는 나중에 할게! 아무튼 다들 서둘러 거점으로 돌아가자! 진짜로 큰일 났어! 이대로 있다간 마마코 씨가 지고 말 거야!"

"……뭐?"

마마코가 진다.

말도 안 되는 그 소리를 들은 순간, 마사토의 사고회로는 갑자기 정지됐다. 「멍 때릴 때가 아냐! 메디, 포타도 빨리 내 몸에 손을 대!」, 「아, 예!」, 「모두 다 모였어요!」 와이즈는 마사토의 옷을 움켜잡더니, 아만테를 신경 쓰면서 전송마법을 발동시켰고…….

마사토 일행은 순식간에 마을 외곽에 있는 언덕 위로 되돌아갔다. 여관 앞에 도착한 것이다.

"가자! 마마코 씨가 있는 곳에 서둘러 가야 해!"

"으, 응!"

와이즈가 재촉을 하자, 마사토는 허둥지둥 내달렸다.

마사토는 정신이 나갈 것만 같았다.

'말도 안 돼……. 엄마가 져? 있을 수 없는 일이야!'

말도 안 된다. 말도 안 된다고 마사토는 생각했다. 하지만, 와이즈의 저 필사적인 모습을 보니 그런 말도 안 되는 사태가 진짜로 발생한 것만 같았다.

"크…… 엄마!"

마사토는 진심으로 엄마가 무사하기를 빌면서 여관 안으로 뛰어 들어갔다. 그러자…….

마마코가 현관홀에 있었다. 평소 복장 위에 앞치마만 걸쳤고, 머리에는 삼각건을 둘렀다. 먼지와 가루로부터 몸을 지키는 데 특화된 청소 스타일의 마마코다.

그리고 그런 마마코 앞에는 갓난아기만 한 크기의 수정구슬이 놓여 있었다.

그리고 후드를 깊이 눌러쓴 묘한 사람도 있었다. 몸집으로 볼 때 남자 같았다. 꽤 체격이 좋았다.

대체 어떤 상황인가 했더니…….

"자, 사모님. 방금 설명 드렸다시피, 이 수정구슬을 장식해 두면 손님들이 몰려들 겁니다. 정말 떼로 몰려들 거라고요. 어때요? 굉장하지 않나요?"

"그, 그래요……. 그렇게만 된다면, 사람들이 잔뜩 몰려와서, 길드가 순식간에 커질 테죠……."

"그래요. 맞아요. 이 길드에는 이게 꼭 필요해요. ……그리고 말이죠, 사모님. 이걸 특별가격으로 제공해드리는 건 오늘뿐이랍니다."

"그런가요……. 오늘 뿐……."

"그러니까, 사모님. 망설일 때가 아니에요. 지금 결정을 내려야 한다고요. 자—!"

그런 대화가 들려왔다.

'무슨 일인가 했더니…… 방문판매였구나…….'

그렇다. 방문판매다. 판매원이 집에 찾아와서 상품을 파는 그거 말이다.

잔뜩 긴장하며 걱정했더니…… 마사토는 어이가 없었다. 하아, 정말.

또한, 엄마가 위기에 처했다는 말을 듣고 「크…… 엄마!」 하고 외치며 부리나케 뛰어온 게 너무 부끄러웠다. 하아, 정말!

"……어이, 와이즈. 나 좀 봐. 일단 한 대 맞자."

"왜, 왜 나를 두들겨 패려는 건데?! 진짜로 위험한 상황이란 말이야! ……아, 저기 좀 봐!"

와이즈가 필사적으로 손가락으로 가리킨 곳에는…….

"아, 그러고 보니 사모님은 아드님과 함께 모험을 하고 계시죠? 그럼 더 사야겠군요. 이걸 손에 넣으면, 아드님도 분명 기뻐할 겁니다."

"마 군이 기뻐…… 좋아요. 제시한 가격에 사겠어요!"

마마코는 지갑을 꺼냈다. 마사토가 기뻐할 거라는 말을 듣고 사기로 결정한 것이다.

"봐! 너를 가지고 꼬시니까 마마코 씨가 바로 걸려들었잖아! 나는 이 위험을 예측하고 너를 부르러 간 거야! 내 판단은 틀리지 않았어!"

"아~. 뭐, 그건 그래……. 네 걱정대로 된 것 같기는 한데……."

마사토가 이미지한 것과는 완전히 딴판이었다. 이게 아냐. 완전히 다르다고.

아무튼, 막아야만 한다는 것은 사실이다.

"하아……. 쳇, 어쩔 수 없네."

와이즈에게 제재를 가하는 것은 나중으로 미루기로 한 마사토가 어쩔 수 없이 출동했다.

이럴 때는 예의를 차리지 않는 게 효과적이다. 마사토는 억지로 마마코와 판매원 사이에 끼어들었다.

“아~ 잠깐 실례할게요.”

“어머나, 마 군! 다들 돌아왔네! 마침 잘 왔어! 이 분은…….”

“알아. 짜증나는 방문판매원이지? 안녕하세요~.”

마사토는 무례한 태도를 취하면서 인사를 건네자, 방문판매원은 딱딱한 미소를 지었다. 영업에는 적성이 없어 보이는 우락부락한 인상의 남자다. 양아치 같이 생겨서 꽤 무서웠다…….

하지만 져선 안 된다. 조금이라도 위축됐다간 분명 상품을 강매당하고 말 것이다. 지금은 세게 나가면서 거부할 수밖에 없다.

“그럼 방문판매원 아저씨. 미안하지만, 돌아가 주시겠어요? 우리 엄마한테 아무 짝에도 쓸모없는 잡동사니를 팔지 말아줬으면 좋겠는데요.”

“이야, 아드님. 잡동사니라는 말은 좀 심하군요. 저희 상품은 어엿한 레어 아이템이며, 효과 또한 확실…….”

“아~ 그런가요. 그럼 조사 해볼까요. ……포타. 부탁해.”

“예! 저한테 맡겨만 주세요!”

포타는 쪼르르르~ 뛰어오더니 수정구슬을 지그시 쳐다보았다. 「으으음…… 이건……」 감정 스킬을 지닌 포타의 판정은 정확하다. 이게 싸구려 유리구슬이라는 사실이 바로 판명될 터……라고 생각했다. 하지만…….

포타는 갑자기 몸을 부르르 떨더니, 당황한 눈길로 마사토를 응시했다.

"어어어엇! 마, 마마마, 마사토 씨잇! 마사토 씨이이잇!"

"포타, 왜 그래? 그리고 당황한 모습도 참 귀엽네."

"치, 칭찬 고마워요! 그게 아니라…… 이, 이이이, 이건……!"

"이건?"

"폭탄이에요! 여관을 박살내고도 남을 만큼, 엄청 센 폭탄이라고요오오오오오!"

"뭐? 폭탄? ……여기가 박살낼 정도의, 폭탄…… 어어어어어어엇?!"

사실이 아니면 좋겠지만 포타의 감정은 틀림없다.

이 수정구슬은 강력한 폭탄인 것이다.

"어이이이이잇! 당신, 이딴 걸 팔면 어떻게 해! 빨리 가지고가…… 어, 어라?! 없네?!"

폭탄에 정신이 팔린 사이에 도망간 건지, 방문판매원의 모습이 보이지 않았다.

바로 그때, 수정구슬이 갑자기 빛났다. 위험을 알리는 듯한 붉은 빛이 뿜어져 나오더니, 응애~! 응애~! 하고 갓난아기 울음 같은 소리를 내며 반짝거리기 시작했다.

혹시, 카운트다운이 시작된 거 아냐?

마사토의 얼굴이 새파랗게 질렸다.

"어, 어이…… 큰일 났어……. 폭발하는 거 아냐?! 폭발하는 거 아니냐고!"

"마, 마사토! 어떻게 좀 해봐! 빨리!"

"아니, 그래도! ……으음, 으음……."

"마사토 군이 폭탄을 안고 바다에 뛰어드는 건 어떨까요?! 그러면 저희는 살 수 있어요! 그러니까 마사토 군! 저희를 구해주세요!"

"좋아, 나만 믿…… 어, 내가 폭탄과 함께 바다에 뛰어들 필요는 없지 않아?! 나도 너희와 같이 살아남아도 되지 않아?! 그냥 이걸 바다에 던져버리면 되겠지?! 그러면……!"

"우왓! 점멸이 빨라졌어요! 금방이라도 폭발할 것 같아요오오오오!"

"어어어어어어엇?! 다, 다들 도망쳐어어어엇!"

폭탄 수정구슬은 이미 임계점에 도달했다. 다음 순간에 쾅! 해도 이상할 게 없다. 더는 방법이 없어 보였기에, 일단 마사토 일행은 부리나케 도망치려했다.

바로 그때였다.

"으음…… 아, 그래. 영차."

무슨 생각인지, 마마코가 폭탄 수정구슬 옆에 앉았다.

그리고 폭탄 수정구슬을 무릎 위에 올려둔 후, 부드럽게 안아주며…….

"자, 울지 마. 이 엄마가 여기 있으니까 괜찮아. 그래그래, 착하지."

상냥한 목소리로 그렇게 속삭이면서 부드럽게 쓰다듬어줬다. 마치 어린애를 어르듯이 말이다.

마사토는 자기가 뭘 보고 있는지 감도 오지 않았다.

"잠깐, 엄마?! 뭐하는 겁니꺼?! 당신, 지금 뭐하는 겁니꺼?!"

"응? 그냥 어르는 것뿐이야. ……이 폭탄, 왈칵 울음을 터뜨리는 게 마치 갓난아기 같잖니? 그래서 이 엄마가 어르면 진정하지 않을까, 하고 생각했는데……."

"그럴 리가 없잖아앗?! 그런다고 폭탄이 진정할 리가……!"

없다. 하지만…….

마마코가 어르자, 소리와 점멸이 잦아들면서 폭탄 수정구슬이 잠잠해졌다. 「어? ……진짜야?」 진짜다. 완전히 안정 상태로 되돌아간 것이다.

폭탄 수정구슬은 엄마 품속에서 잠든 갓난아기처럼 평온한 표정을 짓고 있었다. 아니, 그러고 있는 것 같은 느낌이 들었다.

대체 무슨 일이 일어난 것일까……. 답은 하나다.

이것은 엄마의 특수 스킬 【어머니의 어르기】의 효과다.

"응애~ 하고 울음을 터뜨리면, 안아주면서 어르는 거야. 그러면 얌전해져. 마 군도 그랬거든? 우후후. 그립네."

"아, 아니, 잠깐만 있어봐. 그건 갓난아기 이야기잖아……. 엄마가 안고 있는 건 폭탄인데……."

"그건 그렇지만, 엄마들한테는 폭탄이나 갓난아기나 별반 다를 게 없어. 양쪽 다 갑자기 펑 터지면서 야단법석을 떨잖니. ……그렇게 생각하니 폭탄도 귀엽네. 우후후."

"폭탄이 뭐가 귀엽냐고……."

어머니의 사랑은 폭탄조차 자기 자식처럼 사랑하며, 또한 폭탄처리반의 기술에 필적하는 힘을 지니고 있는 것이다.

……아니, 무슨 말을 하는 건지 모르겠지만…….

아무튼, 역시 마마코는 대단했다.

마마코의 활약으로 위기를 벗어난 후, 어느새 점심때가 되었다.

하다못해 전망이 좋은 곳에서 식사를 하기로 한 그들은 여관 밖으로 판자를 옮긴 후, 비슷한 높이의 돌 위에 올려놓았다. 그 위에 마마코가 점심식사용으로 준비한 특제 샌드위치를 올려놓고, 즐겁게 런치 타임을 가졌다.

참고로 마마코는 마사토의 옆에 앉아 있었다. 그것도 바짝 붙어서 말이다.

"마 군. 아까는 정말 멋졌어. 이 엄마를 구하기 위해 바람처럼 나타나서, 방문판매원과 싸웠잖니. 정말 멋졌어. 마 군은 이 엄마의 용사님이네."

"크…… 나는 방문판매원과 대결하기 위한 용사인 거냐……. 내 활약은 그딴 거뿐이냐고……."

"아, 맞아. 오늘 만든 샌드위치 중에서 가장 잘 만든 걸 마 군이 먹어줬으면 좋겠어. 이 엄마가 직접 먹여줄게. 자, 아~ 해봐."

"그만해! 쓸데없는 짓 하지 마! 적당히 안 하면 화낼 거야!"

"어머나. 마 군이 폭발할 것 같네. 이 엄마가 달래줘야겠는걸. 그럼 마 군. 이리 와. 우선 꼭 안아줄게."

"부탁이니까 이제 그만 좀 해! 평범하게 밥 좀 먹자고!"

위험한 순간에 도와준 주인공에게 반해서 붙어 다니는 히로인처럼, 마마코는 마사토의 곁에 찰싹 붙어 있었다. 아들은 그런 어머니가 너무 귀찮았다.

마사토는 힘으로라도 떼어내고 싶었지만…….

“저기, 마사토. 이번에도 마마코 씨 덕분에 우리는 무사했으니까, 좀 서비스해드려. 그냥 허그해달라고 해.” 히죽히죽.

“그래요. 감사의 마음을 담아, 허그해달라고 하세요. 저희가 보는 앞에서 당당히 말이죠.” 빙긋빙긋.

“마마 씨에게 허그를 받으면 정말 기분 좋을 것 같아요!” 부럽~!

맞은편에 있는 메이드들이 그런 소리를 늘어놓았다. 포타는 순수하게 부러워하고 있는 것 같지만, 다른 두 사람은 그야말로 악질적이었다. 마마코에게 어리광을 부릴 것을 마사토한테 강요하고 있었다.

그럼 그 요청에 부응해…… 마사토가 순순히 마마코에게 어리광을 부리는 건 불가능했다.

그러니 전력을 다해 화제를 변경할 수밖에 없다!

“아~ 저기 말이야! 이런 바보 같은 이야기나 할 때가 아니라고! 우리는 상담해야 할 일이 있잖아! 안 그래?!”

“뭐? 그게 뭔데? 딱히 상담할 일은 없지 않아?”

“아니, 있어! 아까 본 방문판매원 말이야!”

상대는 폭탄을 팔아치우러 온 무시무시한 녀석이다. 그것만으로도 충분히 논의 대상으로 삼아야겠지만…… 그 뿐만 아니라 신경 쓰이는 점이 하나 더 있었다.

"어이, 메디. 아만테가 아까 했던 말을 떠올려봐."

"아, 그러고 보니 저희 거점에 자객을 보냈다고 했어요. 그럼 아까 전의 방문판매원이 그 자객인 걸까요?"

"나는 그렇게 생각해. 아마 틀림없을 거라고 생각하는데……."

마사토가 말을 이으려던 순간, 마마코가 불쑥 끼어들었다.

"저기, 마 군. 혹시 그 아만테 양을 또 만났니? 어디서 만났어? 자객은 또 무슨 소리야?"

"아~ 그러고 보니 잡화점에 있었네. 서두르느라 힐끔 쳐다보기만 했어. ……저기, 포타. 아까는 어떤 상황이었어?"

"예? ……으, 으음…… 죄, 죄송해요! 저는 모르겠어요!"

"포타는 그 가게의 상품에 정신이 팔려 있었잖아. 모르는 것도 무리는 아냐. ……그럼 내가 설명을……."

……하려던, 바로 그때였다.

"잡화점에서 휴지를 사던 살림꾼 느낌의 나와 우연히 마주쳤다, 같은 걸 하나하나 설명할 필요는 없지 않아?"

마사토를 대신해 설명해준 이가 있었다. 반사적으로 목소리가 들린 곳을 쳐다보니…….

호랑이도 제 말하면 온다더니, 아만테가 언덕으로 이어지는 오솔길을 느긋하게 걸으며 올라오고 있었다.

"너…… 여기는 웬일이야?"

"이유 같은 건 아무래도 상관없지 않아? 아무리 기다려도 폭발이 일어나지 않아서, 어떤 상황인지 보러 왔다, 같은 걸

일일이 너희에게 설명할 이유는 없어."

"아~ 역시 이 녀석은 멋대로 설명을 늘어놓는 바보네. 참 쓸모 많아~."

"뭐?! 거기 메이드! 나를 바보라고 부르지 마! 나는 쓸모 많은 바보가 아니라……!"

"질문을 해도 될까요? 당신이 말한 자객은 아까 나타났던 방문판매원인가요?"

"흥. 그렇지만, 솔직하게 대답해줘야 할 의무는 없어."

"폭탄을 보내는 건 정말 너무하잖아요! 절대 용서 못해요!"

"무슨 소리를 하나 했더니…… 잘 들어. 우리는 적대관계야. 탑 안에서 발견하기는 했지만 딱히 써먹을 구석이 없던 폭탄을 너희한테 떠넘긴 게 뭐 잘못 됐어?"

"드디어 물어보지도 않은 것까지 멋대로 설명하기 시작했군……."

역시 바보는 쓸모가 많다. 내버려두면 알아서 온갖 정보를 다 늘어놓을 것 같다. 딱히 위험해 보이지 않았기에, 마사토는 느긋하게…….

바로 그때, 마마코가 갑자기 일어섰다.

"저기, 아만테 양. 잠깐 괜찮을까?"

"뭘 묻든 절대 대답 안 할…… 헉…… 오오스키 마마코?!"

마마코가 말을 건 순간, 아만테는 갑자기 경계심 어린 표정을 지었다. 그리고 재빨리 물러서더니, 허리에 찬 검을 뽑아들며 전투태세를 취했다.

마마코는 전투태세를 취한 아만테에게 진지한 어조로 말을 걸었다.

"잠깐만. 싸울 생각은 없어. 내 부탁을 들어줬으면 할 뿐이야……."

"나한테 다가오지 마! 말을 걸지도 마!"

"그, 그런 소리 하지 말고. 응? 내 말 좀 들어봐. 모험가 아이들이 네 밑에 있지? 그 아이들의 어머니들이 걱정하고 있으니 빨리 집에 돌려보내……."

"다가오지 마! 말 걸지 마! 당신과는 그 어떤 식의 접촉도 사양이야!"

마마코가 다가가려고 하자, 아만테는 뒷걸음질을 쳤다. 마마코가 말을 걸려고 하자, 아만테는 하염없이 거부했다. 단호하게 거절하고 있는 상태다.

마사토 일행에게는 꽤 살갑게 대했지만, 마마코를 상대로는 극도의 경계심을 드러내고 있었다. 비정상적일 정도로 거절하고 있다.

아만테는 마마코를 피해 하염없이 후퇴하더니, 「크!」 뒤돌아서며 그대로 도망쳤다. 마사토는 허둥지둥 그런 아만테에게 말을 걸었다.

"앗, 어이! 느닷없이 나타났나 싶더니, 또 부리나케 도망치는 거냐! 너, 대체 뭘 하러 온 건데?! 진짜로 상황을 살피러왔을 뿐인 거냐?!"

"그렇게 묻는다고 내가 세세하게 대답해줄 것 같아?! 다음 자객이 행동을 시작했다는 걸 알려줄 생각이지만, 그냥 말 안 할래!"

"뭐? ……다음 자객……?!"

마사토가 되물으려고 한 바로 그때였다.

여관 쪽에서 시끌벅적한 소리가 들렸다. 뭔가가 부서지더니, 꽤 커다란 무언가가 무너지는 소리가 들렸다.

"큭! 대체 무슨 일이야! ……내가 보고 올게!"

마사토가 몸을 날리려던 순간, 「기다려!」, 「혼자 가는 건 위험해요!」, 「다 같이 가죠!」 동료들이 앞 다퉈 그렇게 말했다. 리더인 마사토를 걱정해 동료들이 이렇게 모여든 것이다. 정말 멋진 일이라고 생각하며 돌아보니…….

"그럼 마마코 씨, 빨리 가죠!"

"마마코 씨, 서둘러요!"

"마마 씨! 저는 준비 OK예요! 말만 하세요!"

"다들 고마워. 그럼 가자!"

다들 마마코의 곁에 모여 있었다. 응. 알고 있었어. 왠지 그럴 것 같았다고.

웅크리고 앉아서 훌쩍훌쩍 울고 싶은 심정이지만, 긴급 상황이기에 참기로 했다. 「항상 이래서 딱히 충격 받지 않았다고!」 마사토는 그대로 내달렸다. 안 울어. 안 운다고.

마사토 일행이 여관으로 뛰어가 보니 현관부터 엉망이 되어 있었다.

"어이, 뭐가 어떻게 된 거야……?!"

"어머나! 엉망진창이 됐네!"

박살이 난 현관문의 파편이 사방에 흩뿌려져 있었다. 안 그래도 너덜너덜하던 벽은 흔적도 남아있지 않았고, 이제 기둥만 남아 있었다.

범인들은 여관 안에서 노닥거리고 있었다. 딱 봐도 난폭하고 뇌가 근육으로 됐지만 의외로 강해보이는 건달들이 열 명 정도 있었다. 그들은 음담패설을 늘어놓으며 낄낄거리고 있었다.

그런 건달 중 한 명이자, 가장 체격이 좋은 모히칸 헤어의 남자가 마사토를 발견했다. 험악한 표정으로 노려보고 있는 저 얼굴은…… 눈에 익었다.

"앗! 너, 아까 전의 방문판매원!"

"안녕하세요. 아까는 실례했습니다~. 헷헷헷."

이게 원래 모습인지 그 남자는 풍채에 걸맞은 험악한 어조로 입을 열었다.

"여어. 신세 좀 지고 있다. 우리는 반항조직 리벨레의 구성원이다. ……뭐, 딱히 자기소개를 할 필요는 없겠지만 말이지."

"즉, 아만테의 부하라는 거냐!"

"그래. 이해한 것 같으니 잘됐군. 아까는 실패했지만, 이번에는 깔끔하게 처리해주지. ……어이, 이 자식들아!"

"알았다고, 포치! 좋아, 화끈하게 해보자고!"

"다 부숴버려어어어어엇! 끼얏호오오오오!"

포치라는 이름의 남자가 고함을 지르자 건달들이 날뛰기 시작했다. 검과 도끼를 휘둘러대며 현관홀에 남아있던 기둥과 계단을 부쉈다.

잠자코 보고 있을 때가 아니었다. 막아야 한다. 마사토는 검을 뽑아들면서 현관홀로 돌격하려 했다.

“어이, 그만해! 적당히 안 하면……!”

“뭐냐, 꼬맹아. 우리와 싸우려는 거냐? 관두는 편이 좋을걸? 우리를 건드렸다간, 큰일이 날 테니까 말이다.”

“그 큰일이 뭔데?!”

“바로 이런 거지.”

포치는 품속에서 종이 한 장과 조그마한 광석을 꺼내들었다. 「으음, 우선은 이 녀석이군」 뭔가를 확인하면서 광석을 엄지로 꾹 눌렀다.

그 순간, 마사토 일행의 뒤편에서 격렬한 폭발이 일어났다. 「어……?!」 뒤를 돌아보니, 바다에서 거대한 물기둥이 솟아났다. 폭발로 인해 밀려난 바닷물이 비처럼 하늘에서 내렸다.

“어, 어이……?!”

“시범 판매라고나 할까? 아까 소개했던 폭탄 수정구슬을 쓰면 이렇게 되는 거지. ……그리고 똑같은 걸 마을 곳곳에 설치해뒀다.”

“뭐엇?! 잠깐만 있어봐! 거짓말이지?!”

“저렇게 위력적인 폭탄을 마을 안에 설치해뒀다고요?!”

“어어어엇! 어어어어, 어떻게 하죠?! 마마 씨!”

"그, 글쎄……. 우선 전부 찾아내서 어를 수밖에……."

"마마코 씨의 묘한 힘으로 폭발을 막을 수 있더라도 숫자가 스무 개가 넘거든. 그걸 다 막지는 못할걸? 내가 기폭 스위치를 가지고 있으니까 말이지. 크큭."

자, 누른다? 확 누른다? 손바닥 위에 있는 광석을 만지작거리던 포치는 우월감에 젖으면서 말을 이었다.

"뭐, 이렇게 된 거다. 자기들이 처한 상황을 이해했냐? 우리는 아무래도 상관없지만, 마을이 박살나는 광경을 보고 싶지 않다면 태도를 신경 쓰는 편이 좋을걸? 어때? 아앙?"

"크…… 알았어."

페이스는 상대방이 움켜쥐고 있다. 괜히 저항하는 것은 좋지 않다. 어쩔 수 없다. 마사토는 검을 검집에 집어넣으면서, 저항을 하지 않겠다는 뜻을 표시했다.

다른 애들도 전투태세를 풀었다. 그리고 천천히 마사토라는 이름의 방패 뒤편으로 이동했다. 「크. 이럴 때만 나한테 기대는 거냐……」 마사토는 그렇게 말했지만, 조금 기쁘다는 건 비밀로 했다.

"……그런데, 너희 목적은 뭐야?"

"목적은 단순하지. 여기서 마음껏 날뛰라는 게 윗분들의 명령이었거든. 우리가 좋을 대로 해도 된다더라고. 그러니까 멋대로 해주겠어. ……헷헷헷, 그럼 메이드들에게 주인인 우리가 봉사를 좀 받아볼까?"

포치가 음흉한 미소를 지으며 요구한 것은 바로……!

식당.

"우선 밥이다! 뭐든 좋으니까 먹을 걸 가져와! 빨리 내오라고!"

황폐한 실내는 개의치 않았다. 「어이, 서둘러!」, 「빨리 내와!」 그들은 대충 자리에 앉더니 그런 소리를 늘어놓았다.

주방은 정신없이 바쁘게 돌아가고 있었다.

"젠장! 저 녀석들, 대체 뭐야?! 왜 갑자기 먹을 걸 내오라는 건데?!"

"마사토! 네 심정은 이해하지만, 불평할 시간에 손을 놀려! 일단 식재료를 썰어! 빨리 다음 달걀을 깨서 풀란 말이야!"

"상대는 마을에 폭탄을 설치했어요! 일단 거역하면 안 돼요!"

"괜찮은 게 만들어질까? 괜찮은 게 만들어질 거야! 괜찮은 게…… 만들어졌어~! 와이즈 씨, 기다리게 해서 죄송해요! 프라이팬이 완성됐어요!"

"고마워, 포타! 잘 쓸게!"

마사토 일행은 요리를 만들고 있었다. 전원이 힘을 합쳐서, 조리기구도 포함해 뭐든 좋으니 일단 서둘러 만들어댔다.

하지만, 어찌된 영문인지 한 명의 모습이 보이지 않았다.

"정말! 엄마는 대체 어디 간 거야?! 지금이 바로 엄마가 활약할 때잖아!"

"준비할 게 있다고 하셨어! 아마 요리 밑준비를 하고 있는 게 틀림없어! ……하지만……!"

우선 요리를 완성시킨 이는 와이즈였다.

"좋아, 완성됐어! 여고생 달걀말이야!"

달걀을 풀어서 구웠을 뿐이다. 약간 타기도 했지만, 그건 애교로 봐주고 넘어가줬으면 한다.

달걀말이를 접시에 담은 후, 와이즈는 포치를 향해 뛰어갔다.

"자, 오래 기다리셨어요! 너희 같은 녀석들은 마마코 씨의 요리를 맛볼 자격이 없어! 이거나 먹고 빨리 꺼져!"

"아앙? 달걀말이? 뭐, 좋다. 그럼 먹어볼까."

포치는 와이즈가 만든 달걀말이를 씹어 먹었다. 과연 그 맛은……?

"으음…… 엄청 평범하네. 맛있지도, 맛없지도 않아. 완전 평범해."

"펴, 평범하면 안 되는 것도 아니잖아?! 불평 늘어놓지 말고 빨리 먹기나 해!"

"아앙? 헛소리 말라고. 맛있는 걸 내놔야 먹어줄 거 아냐. 다음."

"크윽!"

맛있지도 맛없지도 않은 달걀말이를 만든 와이즈가 엉엉 울면서 퇴각했다. 유감이다.

바로 그때, 메디도 요리를 완성했다.

"휴우. 다 됐어요. 이걸로 저 사람들도 만족할 거예요."

메디는 자신이 넘치는지 달성감으로 가득 찬 미소를 지었다.

그리고 녹색과 보라색으로 점철되어 있으며 곳곳이 검붉은 빛이 감돌고 있는 물컹물컹한 무언가를 접시에「어이, 너! 그딴 걸 내놓을 생각은 꿈에도 하지 마!」담기 전에 마사토에게 퇴짜를 맞았다.

“너, 너무해요……. 모처럼 만든 요리인데…….”

메디는 꽤 아쉬워했다. 표정이 어두워진 채로 고개를 푹 숙이더니, 벽 앞에 선 후, 천천히 벽을 퍽퍽퍽퍽 걷어차기 시작했고「잠깐만, 메디?!」,「스톱! 건물이 무너진단 말이야!」다크 파워의 표출은 일단 관두게 했다.

아무튼, 메디는 엄청 유감스러워하는 것 같았다.

“……회심의 역작이었는데, 내놓지를 못한다니…….”

“좋은 작전이었는데 말이야. 메디, 아쉽게 됐는걸.”

“그래. 역시 음흉 메디야. 이상한 걸 먹여서 너무 만족한 나머지 그대로 저세상으로 훅 가버리게 만드는 멋진 작전이었구나.”

“예? 작전? 아뇨, 그렇지 않아요. 저는 순수하게 요리를 했을 뿐이에요. 맛있게 드셔주시기를 바라면서 만든 건데요?”

““뭐…….””

아무래도 그 물체X는 메디가 정성을 다해 만든 요리인 것 같았다.「……와이즈」,「응. 알아」마사토와 와이즈는 절대 메디에게는 절대 요리를 시키지 말자고 아이 콘택트를 통해 의견교환을 했다.

하지만, 이런 짓이나 할 때가 아니다.

“다음 요리는 언제 나오는 건데?! 빨리 내와! 마을이 폭파되어도 괜찮은 거냐?!”

포치의 고함소리가 들려왔다. 「젠장! 일단 뭐라도 만들어서 내놔야해!」 와이즈는 너무 평범하고, 메디가 만든 건 손님에게 내놓을 수 없는 수준이었다. 이렇게 된 이상, 마사토가 어설픈 요리 실력으로 직접 음식을 만들 수밖에…….

바로 그 순간, 주인공이 등장했다.

"늦어서 미안해! 지금 바로 요리를 할게!"

"아, 드디어 왔구나! 그럼 바로…… 어……라?"

마마코가 식당에 뛰어 들어온 순간, 마사토는 보고 말았다.

10대 소녀들과 마찬가지로 프릴이 잔뜩 달린 드레스를 착용한 엄마를 말이다. 가슴이 너무 큰 탓에 앞섶이 한껏 벌어져 있었으며, 프릴스커트가 너무 짧아서 몸을 조금만 굽혀도 조그마한 팬티가 훤히 보일 것만 같았다.

그런 엄마 메이드의 모습을 본 순간, 마사토의 머릿속에서는 뇌세포가 한꺼번에 사멸하는 소리가 울려 퍼졌다. 뿌직뿌직뿌직뿌직뿌직뿌직뿌직. 겸사겸사 뿌지직, 하는 소리도 들렸다.

"다, 당신, 아들을 죽일 셈이냐아아아아아아앗?!"

"뭐어?! 그, 그럴 생각은 없어! 마 군, 진정해!"

"이 상황에서 어떻게 진정하냐고! 왜 엄마가 메이드복을 입은 건데?!"

"그, 그게…… 저기 있는 파치 군이……."

"파치가 아냐. 포치라고. 내 이름을 헷갈리지 마."

"어머, 미안하구나. ……그러니까 저기 있는 페치 군이 메이드에게 봉사를 받고 싶다는 말을 했잖니? 그러니까 이 엄마도 갈아입는 편이 좋을 것 같아서…….”

“푸치 말 같은 건 들을 필요 없어! 하아!”

“아니, 그러니까 내 이름은 피치, 아니, 포치라고 몇 번이나 말했잖아. ……그것보다 마마코 씨…….”

포치는 마마코의 머리부터 발끝까지 차근차근 살펴보더니, 비웃음을 흘렸다.

“뭐, 마마코 씨는 젊고 아름답긴 하지. 그래서 잘 어울리기는 하지만…… 엄마가 메이드복을…… 크큭. 역시 엄마들은 하나같이 바보인걸.”

포치는 반항조직 리벨레의 일원이다. 부모에게 반항하는 자답게, 마마코에게도 인정사정없이 독설을 퍼붓고 있었다.

그 말을 듣자마자…….

“어이, 닥쳐.”

마사토가 주저 없이 입을 열었다.

포치가 한 말은 옳다. 마마코는 아들이 보기에도 바보 같아 보였다.

하지만, 생판 남이 마마코에게 그런 소리를 하니 기분이 나빴다.

마사토가 노려보자 포치도 마주 노려보았다.

“어이어이, 마사토 군. 그렇게 반항적인 태도를 취해도 되겠어? 내가 폭탄의 스위치를 쥐고 있다는 걸 잊은 거 아냐?”

“아뇨, 알고 있습니다. 무례를 범해 죄송합니다~.”

"알았으면 됐어. ……그럼 저딴 바보 같은 꼬락서니를 한 엄마한테 빨리 밥이나 만들게 해. 뭐, 바보 같은 요리 밖에 못 만들겠지만 말이야. 크크큭."

"큭……."

왠지 포치를 마구 두들겨 패주고 싶어졌다. 저 모히칸 헤어를 잡아서 뽑아버리고 싶을 지경이었다. 하지만…….

기왕이면 자기가 바보 취급한 사람의 요리로 먹고 저 입을 다물게 되는 편이 통쾌할 것이다.

"엄마! 일단 그 옷차림에 대해서는 불문에 붙이겠어! 그러니까……!"

"응, 알고 있어! 최선을 다해 요리를 할게!"

마마코가 허름한 주방에 서면서 말했다.

"마 군! 재료는 뭐가 있니?"

"아침에 먹고 남은 밥과, 달걀, 그리고 채소가 좀 있어! 일단 다 썰어두긴 했어!"

"그럼…… 포타 양! 중화냄비를 만들어주렴!"

"예! 괜찮은 게 만들어질까? 괜찮은 게 만들어질 거야! 괜찮은 게…… 만들어졌어~!"

"와이즈 양은 마법으로 불을 피워줘! 센 불로 부탁해!"

"알았어요! ……스파라 라 마지아 펠 미라레…… 화염(푸오코 피암마)!"

"메디 양은 접시를 준비해줬으면 좋겠어!"

"예! 저도 요리를 돕고 싶지만, 일단 지금은 접시 준비에 전념할게요!"

마마코는 메디에게 적절한 지시를 내린 후, 본격적으로 실력을 발휘했고…….

순식간에 요리를 완성했다!

"우후후! 완성됐어! 엄마 특제 볶음밥이란다!"

금방 완성되는 요리하면 역시 이거다. 마마코는 볶음밥이 동그랗게 담긴 접시를 손에 들더니, 포치를 향해 뛰어갔다.

"자, 여기 있어. 뜨거우니 조심해서 먹으렴."

"어이어이, 볶음밥이냐? 그냥 대충 볶기만 하는 요리냐고. 이래서 엄마들은 문제라니깐……."

"그런 소리 하지 말고 먹어봐. 정말 맛있어."

"맛있…… 흐, 흐음, 냄새는 좋고…… 밥도 한 알 한 알 완벽하게 볶아진 것 같은데…… 꿀꺽…… 그, 그럼, 일단 먹어보긴 할까."

포치는 숟가락으로 볶음밥을 떠서, 입 안에 밀어 넣었다.

그리고, 아연실색했다.

"이, 이건…… 단순한 볶음밥이 아냐……. 이건, 햄 볶음밥이잖아!"

"그래. 실은 차슈 볶음밥을 만들고 싶었지만, 차슈가 없었거든. 그래서 대신 햄을 넣어봤어. 어떠니?"

"햄 볶음밥…… 그러고 보니 우리 엄마도 자주 만들어줬어……. 차슈는 비싸니까 햄을 넣으면 될 거라고 지껄이면서…… 뭐, 이제와선 아무래도 상관없는 일이지."

포치는 약간 가라앉은 어조로 그렇게 말하면서 볶음밥을

계속 먹었다. 「어이, 포치! 너 혼자 다 먹을 거냐!」, 「나도 먹고 싶다고!」, 「자, 먹으렴」 다른 남자들도 볶음밥을 먹어댔다. 그리고 그들의 감상은…….

"""……우와…… 이걸 먹으니까, 우리 집 볶음밥이 생각나……."""

그들은 아련한 눈길을 머금었다. 가족들을 생각하고 있는 것 같았다.

마마코가 만든 햄 볶음밥의 효과는 정말 끝내줬다.

"그렇게 시끄럽게 떠들던 녀석들이 엄마가 만든 볶음밥을 묵묵히 먹고 있어……. 역시 우리 엄마야. 요리 실력 하나는 끝내준다니깐."

"요리 하면 마마코 씨잖아. 내 요리 실력이 형편없었던 게 아냐."

"역시 대단하세요……. 저도 나중에 볶음밥 만드는 법을 배워서, 여러분에게 만들어……."

""그러지 마."" 빙긋.

새로운 위험이 탄생하려는 것 같지만, 아무튼 포치 일행의 요구를 들어줬다. 마사토 일행은 안심…….

바로 그때였다.

"어이, 너희들. 설마 다 끝났다고 생각하는 건 아니겠지? 이건 어디까지나 탐색전에 지나지 않다고. 우리는 이제부터 본격적으로 날뛸 거란 말이다. 밥을 먹어서 배가 부르니까, 다음에는…… 헷헷헷. ……자, 뭘 요구할까~?"

"크! 이번에는 뭔데?!"

마사토가 경계심을 품자, 볼에 햄 조각이 붙은 포치가 히죽 웃으면서…….

목욕탕.

"다음은 목욕이다! 빨리 목욕 준비를 해!"

목욕탕이 엉망인데도 불구하고, 포치를 비롯한 남자들은 장비와 옷을 벗어던지며 목욕 준비를 시작했다. 그들은 목욕을 요구한 것이다.

마사토 일행은 머리를 감싸 쥐었다.

"목욕…… 욕조가 파손되어서 물을 받을 수가 없는데……."

"그 이전에 온수는 고사하고 물도 나오지 않잖아요……. 어제 저희가 목욕을 하러 갔던 여관에 이 사람들을 데려갈 수도 없고……."

"수리 자재가 있으면 제가 고칠 수 있는데…… 자재가 없으니 손쓸 방법이 없어요……."

"그럴 거야……. 그건 그렇고, 이렇게 큰일이 났는데 엄마는 또 어딜 간 건지……."

마마코의 행방에 대한 궁금증은 덮어두기로 하고, 마사토와 메디와 포타가 난처한 표정으로 끙끙대고 있을 때…….

"흐흥. 그럼 이번에야말로 내가 나설 차례인 거네."

자신만만한 목소리로 그렇게 말한 이는 바로 와이즈다. 그녀는 뭔가 생각이 있는 것 같은데…….

그렇다. 와이즈는 마법을 쓸 수 있다.

"나만 믿어! 우선…… 스파라 라 마지아 펠 미라레…… 석벽(피에트라 무로)! 그리고! 석벽(피에트라 무로)!"

와이즈의 연속마법이 발동. 폭이 넓은 석벽 두 개가 마주보고 생겨났다.

"연달아 가겠어! 스파라 라 마지아 펠 미라레…… 석벽(피에트라 무로)! 그리고! 석벽(피에트라 무로)!"

또 석벽 두 개가 더 생겨났다. 아까 생겨난 두 개의 벽과 딱 맞물리면서 욕조를 형성했다.

그 뒤를 이어 또 연속마법이 펼쳐졌다.

"이걸로 끝이야! 스파라 라 마지아 펠 미라레…… 대수구(알토 악쿠아 스페라)(大水球)! 그리고 폭염(봄바 피암마)!"

석벽 안에 대량의 물과 맹렬한 불꽃을 집어넣자, 격렬한 수증기가 피어올랐다. 그리고…….

짜잔~. 마법의 즉석 목욕탕이 완성됐다.

"흐훙. 어때? ……그럼 포치라고 했지? 너희도 빨리 들어가."

"어이어이, 말투를 좀 신경써줬으면 좋겠는데…… 뭐, 좋아. 그럼 오래간만에 목욕을 즐겨보도록 할까."

포치는 석벽에 손을 대더니, 그대로 안에 들어가려 했지만…….

그 순간, 석벽으로 만든 욕조도, 그리고 온수도 전부 사라졌다.

"앗! 어이! 갑자기 사라졌잖아! 이게 대체 어떻게 된 거냐고!"

"그, 그게…… 어떻게 된 거야?!"

포치뿐만 아니라 와이즈도 당황한 것 같았지만…….

솔직히 말해, 마사토 일행은 애초부터 알고 있었다.

"으음~. 그야 뭐, 마법이잖아."

"와이즈 양이 쓴 건 공격마법이에요. 발생한 현상이 장시간 유지되지 않죠. 사라지는 게 당연해요."

"으음…… 그래서 마법으로 욕조를 만들지 말자고, 어제 다 같이 이야기를 했던 걸로 기억하는데요……."

"어라?! 그랬어?!"

그렇다. 그러니 와이즈에게는 다시 안쓰러운 현자라는 칭호를 선물하고 싶지만…….

지금은 그럴 때가 아니다. 포치가 분노에 사로잡힌 채 길길이 날뛰고 있었던 것이다.

"어이어이어이어이! 장난치지 말라고! 빨리 목욕 준비를 해! ……우리는 탑 안에서 생활하느라 목욕을 못했단 말이다……. 목욕에 굶주려 있다고! 빨리 준비해! 마을이 박살나도 괜찮은 거냐?! 아앙?!"

포치는 폭탄 수정구슬의 기폭 스위치를 들어보였다. 다른 녀석들도 인내심이 바닥났는지 협박을 하듯 목욕탕의 벽을 걷어찼다. 「자, 잠깐만 있어봐! 금방 어떻게든 하겠어!」 마사토는 필사적인 목소리로 그렇게 외쳤지만, 어쩌면 좋을지 짐작조차 되지 않았다…….

바로 그때였다.

"늦어서 미안해!"

마마코가 욕실에 뛰어 들어왔다. 여전히 메이드 코스튬을 장비한 엄마 메이드 상태였다.

"설거지가 좀처럼 끝나지를 않지 뭐야……. 역시 주방에 물이 안 나오니 참 불편해……."

"고생 많았습니다~. 그것보다 엄마. 이번에는 쟤들이 목욕을 하고 싶다는데……."

"어머나, 이번에는 목욕 준비를 해야 하는 거니? 그럼…… 아, 맞아."

마마코는 그렇게 말하면서 대지의 성검 테라디마도레를 뽑아들었다. 「어, 어이! 한판 뜨자는 거냐?!」 포치 일행은 허둥지둥 응전하려고 했지만, 마마코는 그들과 싸울 생각이 없었다.

마마코는 검 끝을 내리면서 소원을 빌었다.

"만물의 어머니 되는 대지여…… 당신도 어머니라면, 내 심정을 이해할 거야……. 목욕 준비가 되어 있지 않아……. 그러니까 어떻게든 해야 해……. 이 심정을 이해한다면, 제발 도와줘!"

마마코는 강하게 소망하며, 검을 치켜들었다.

그러자 대지가 마마코의 소망에 부응했다. 다음 순간, 파손되어 있던 욕조가 바닥으로 가라앉으며 사라지더니, 그 자리에는 자연의 암석으로 된 거대한 욕조가 생겨났다.

잠시 후, 바닥에서 우윳빛 온수가, 아니, 온천이 단숨에 뿜어져 나왔다.

저 온천의 색깔, 그리고 저 온천의 냄새는 마사토의 기억에 남아 있었다.

“저건 설마, 마망 촌의……!”

“어머, 그러네. 마망의 젖탕이야.”

“이름까지 말할 필요는 없잖아! ……아, 아무튼 이제 됐어!”

포치 일행도 납득할 게 틀림없다. 마사토가 고개를 돌려보니…….

“뭐, 뭐야. 영문을 모르겠네……. 어차피 온천 입욕제를 넣은 게 분명하다고……. 뭐, 일단 들어가 보기는 할까.”

갑작스럽게 온천이 등장해서 놀란 것 같지만 포치는 머뭇거리며 온천물 안에 들어갔다. 그리고 천천히 몸을 집어넣더니 어깨까지 물에 담갔다.

그 상태에서 한숨 돌린 순간, 포치의 표정이 누그러지며 희열로 가득 찼다.

“키야~. 죽여주는걸. ……그건 그렇고, 이건 진짜 온천이잖아……. 그러고 보니 우리 엄마도 온천에 가고 싶어 했지……. 하지만 돈도 없고, 일이 바빠서 휴가를 낼 수가 없어서…… 온천 입욕제를 사와서 여행 기분이나 내자고 했다니깐…….”

포치는 약간 울적해 보였다. 「어이, 포치! 약았잖아!」, 「나도 들어갈래!」 다른 녀석들도 온천에 차례차례 뛰어들었다.

“““……휴우…… 그러고 보니 우리 엄마도 온천 입욕제를 자주 사왔는데……. 조금만 넣으며 아끼다가, 남은 게 습기를 먹어서 딱딱하게 굳어버렸지…….”””

다른 녀석들도 부모님과 있었던 일을 떠올리며 울적한 기분을 맛보고 있었다.

마마코의 온천은 효과가 끝내줬다. 참고로 마마코 또한…….

"그래……. 딱딱하게 굳어도 금방 녹을 거라고 생각해서 물에 넣었는데, 그게 좀처럼 녹지 않았어……. 우리 가족의 추억이야." 울적.

"그런 건 아무래도 상관없잖아. 엄마까지 온천 입욕제 때문에 울적해하지 마. ……아무튼, 엄마 덕분에 살았어. 이걸로……."

이제야말로 안심해도 될 거라고 생각했지만…….

포치가 마사토를 노려보기 시작했다.

"어이어이. 이걸로 끝일 리가 없잖아? 오히려 이제부터가 본편이라고. ……밥을 먹었고, 목욕도 했지. 그럼 다음은 뭐일 거 같아? 우리는 다음에 뭘 요구할 것 같아?"

"어? ……식사, 목욕, 그 다음은…… 서, 설마……?!"

"헷헷헷. 바로 그 설마다. ……이 자식들아, 가자! 다음은 침실이다!"

"""끼얏호오오오오! 기다리고 있었습니다요오오오오!"""

드디어 이때가 왔다. 그들은 벌떡 일어서더니, 짐승 같은 표정을 지으며 일제히 목욕탕 밖으로 뛰쳐나갔다.

밥을 먹었다. 목욕을 했다. 그 다음은 물론…….

침실로 이어지는 통로.

포치는 목욕수건을 허리에 두른 채, 음흉한 미소를 지으며 나아갔다.

"자, 그럼 젊고 아름다운 네 엄마한테 침대에서 듬뿍 서비스해달라고 할까? 헷헷헷. 정말 고대되는걸."

"어이! 기다려! 기다리라고!"

"잠깐만 있어봐! 마마코 씨한테 이상한 짓 시키지 마! 그건 절대 안 돼!"

"이렇게 되면 실력행사로 막죠! 그 방법뿐이에요!"

"예! 저도 비장의 아이템을 쓰겠어요!"

"어이쿠, 나한테 허튼 짓 할 생각이라면 집어치워. 마을 곳곳에 폭탄이 설치되어 있다는 걸 잊지 마. 기폭 스위치는 동료한테 맡겨뒀지. 나한테 무슨 일이 생기면 바로 쾅~이라고. 헷헷헷."

"크……!"

마사토 일행은 어떻게든 포치를 막고 싶지만 막을 수가 없었다. 손을 쓸 방법이 없었다.

그러는 사이, 침실 앞에 도착하고 말았다.

"자, 준비는 되어 있으려나……. 오오, 방은 허름하지만, 나쁘지 않은걸."

포치는 마사토 일행을 밀쳐내면서 방 안으로 들어갔다. 실내에는 깔끔하게 정돈된 침대가 놓여 있었다.

그곳에는 마마코가 있었다. 약간 난처하다는 듯한 미소를 머금고 있는 마마코가 있었다.

"엄마…… 왜 도망치지 않은 거야……. 내가 도망치라고 했잖아!"

"마 군, 괜찮아. 마을 사람들의 목숨이 걸려 있잖니? 도망칠 수는 없어."

"그런 소리를 할 때가 아니라고!"

"우후후. 마 군은 엄마를 걱정해주네. 역시 이 엄마를 좋아하는 거지?"

"그, 그런 게 아니라고!"

"어, 아니야? ……엄마, 실망했어." 훌쩍훌쩍.

"울지 마! 좋아하고 말고가 아니라, 아들이라면 이런 상황에서 엄마를 걱정하는 게 당연하잖아……!"

"자~ 그쯤 해둬. 솔직하지 못한 아들의 호소 따위를 들어줄 생각은 없어. 나는 이제 인내심이 바닥났거든? 빨리 시작하자고."

포치는 마사토의 말을 끊었다. 드디어 이 순간이 찾아온 것이다.

포치는 침대 위에서 대자로 눕더니, 마마코를 향해 음란하게 손짓을 했다.

"그럼 마마코 씨, 잘 부탁해. 서비스 한 번 제대로 해달라고. 헷헷헷."

"응. 알았어."

"어이! 기다려……!"

"거 되게 시끄럽네! 너도 남자면 마음 굳게 먹고, 네 엄마가 유린당하는 모습을 거기서 손가락이나 빨며 쳐다보라고!"

"크…… 젠장…… 빌어먹을……!"

마사토가 고뇌에 찬 표정을 짓고 있는 가운데, 마마코는 천천히 아들의 앞을 지나갔다. 마사토는 힘없이 손을 들어 올렸지만, 어머니를 말리지 못했다.

마마코가 침대 옆에서 몸을 숙였다.

"마마코 씨~. 이제부터 뭘 하면 되는지는 말 안 해도 알지?"

"응. 알아. ……그럼……."

마마코는, 천천히 손을 뻗어서…….

이불을 당겨서 포치에게 덮어줬다. 그리고 달콤한 목소리로 속삭이듯 말했다.

"잘자라, 우리 포치~. 앞뜰과 뒷동산에~ 새들도 포치도~ 다들 자는데~."

마마코는 그렇게 속삭이면서 이불을 토닥거렸다. 착한 아이는 잘 시간이에요~.

어이.

""어이?! 너 지금 뭐하는 거야?!""

마사토와 포치가 동시에 그렇게 외쳤다. 「내가 말할 거니까 닥쳐!」, 「아, 예. 그러시죠」 당사자가 더 불만이 많을 것 같기에 양보하기로 했다.

"어이어이어이어이어이! 마마코 씨~! 당신 지금 뭐하는 거야?!"

"뭐긴 뭐야. 엄마의 이부자리 서비스지. 자장자장, 우리 포치~." 이불 토닥토닥.

“『자장자장』은 무슨! 내가 말한 서비스는 이딴 게 아냐! 좀 더 어덜트한……!”

“자장자장~.” 이불 토닥토닥.

“그러니까 이딴 게 아니라……. 아아, 하지만…… 그러고 보니 옛날에, 내가 아직 어린애였을 적…… 잠 못 드는 밤에는, 엄마가 이렇게 해줬지……. 왠지 그리워……. 흠냐…….”

포치는 잠들었다. 모히칸 아저씨가 어린애 같은 표정으로 쿨쿨 자고 있었다.

그리고…….

“어이, 포치! 뭐하는 거야!”

“마마코 씨가 이불 토닥토닥을 해주니 잠들어버렸네! 꼴사나운걸!”

“하지만 우리는 그렇게 안 돼! 어덜트한 이부자리 서비스를 받을 거라고!”

“앙앙~ 거리게 만들어주지! 쿠헬헬헬헬!”

다른 녀석들이 차례차례 침실로 몰려왔지만…….

방바닥에 이부자리를 깐 후, 마마코가 이불 토닥토닥을 해준 결과…….

““““……흠냐…… 엄마…… 쿠울…….””””

“우후후. 다들 어린아이처럼 곤히 잠들었네.”

결국, 하나같이 꿈나라를 향해 전력질주하고 말았다.

잠들어버린 남자들 중 한 명한테서 마을에 설치된 폭탄 수정구슬의 위치가 표시된 지도와 기폭 스위치를 회수한 마사토 일행은 그 지도를 통해 폭탄을 전부 수거했다.

그리고 해질녘…….

한숨 푹 잔 덕분에 개운해진 듯한 포치와 남자들은 현관 앞에 줄지어 섰다. 그리고 마마코를 향해 일제히 고개를 숙였다.

"저기, 뭐랄까…… 소란을 피워 죄송합니다."

"아니, 괜찮아. ……그런데, 앞으로 어떻게 할 거니? 혹시 탑으로 돌아갈 거야?"

"아, 저기…… 일단 집에 얼굴을 비출까 합니다. 딱히 엄마가 그리워진 건 아니지만, 그래도 한 번 가봐야 할 것 같아서요. 가출하듯 뛰쳐나왔으니까, 어쩌면 걱정하고 있을지도 모르거든요."

"그렇구나. 그럼 빨리 돌아가서 어머니에게 건강한 모습을 보여줘."

"아, 예. 그럴게요. ……그럼 가보겠습니다. 소란 피워서 죄송함다."

"아냐. 괜찮아."

순박한 양아치처럼 몇 번이나 고개를 숙이며 인사를 한 후, 포치 일행은 사라졌다. 마마코는 그런 그들을 환한 미소를 지으며 배웅했다.

마사토 일행은 이 상황을 뭐라고 표현하면 좋을지 짐작이 되지 않았기에, 그냥 미간을 찌푸린 채 지켜볼 수밖에 없었다.

아마튼, 마마코 덕분에 문제는 깔끔하게 해결됐다.

밤.

"휴우……."

난리법석을 떠느라 지친 몸을 대지의 온천탕에 담근 마사토는 깊은 한숨을 내쉬었다. 하루의 마무리는 역시 온천이 최고다. 물이 정말 기분 좋았다. 몸도 마음도 평온해지는 것 같았다.

무심코 「좋은 물인걸~. 아하하~」 하고 웃으며 콧노래를 부를 뻔 했지만, 그건 자중했다.

마사토 이외에도 온천을 즐기고 있는 이들이 있기 때문이다. 폐를 끼칠 수는 없다.

"하아~. 역시 넓은 욕조는 최고야~. 나, 현실세계에서는 아파트에서 살았거든? 욕조도 엄청 좁아서 다리도 펼 수 없을 정도였어. 그래서 더 기쁜 것 같아~."

"와이즈 양의 집은 낡은 아파트였군요. 저희 집은 고급 맨션이어서 욕조도 꽤 넓었어요. 이 정도는 아니지만 말이에요."

"메디, 멋대로 우리 집을 낡은 아파트로 치부하지 말아줄래? 너, 날이 갈수록 심성이 배배 꼬이는 것 같거든? ……뭐, 우리 집이 낡은 아파트였기는 하지만 말이야."

"으으으…… 이렇게 넓은 탕에 들어가면 저는 수영하고 싶다는 욕구가 치솟아요. 그걸 참는 게 쉽지 않네요……."

온천 안의 자욱한 김 너머에 있는 소녀들도 온천을 즐기고 있는 것 같았다.

와이즈는 모은 손에 물을 담더니, 그것을 자신의 목덜미에 뿌렸다. 불그스름해진 피부를 타고 흘러내린 그 온천물은 쇄골을 지나더니, 꽤나 평탄한 가슴을 따라 흘러내렸다.

메디도 와이즈와 마찬가지로 목덜미에 물을 뿌렸지만, 그녀의 피부를 타고 흘러내린 물은 상당한 사이즈의 가슴 계곡에 주둔했다. 온수 부대는 차례차례 합류했다. 온천 계곡이 형성된 것이다.

그런 두 사람 사이에 있는 포타는 현기증을 방지하기 위해서인지 때때로 벌떡 일어나서 자신의 몸에 손으로 부채질을 했다. 「우왓!」 머리 위에 올려둔 숄더백이 떨어지지 않도록 조심하면서 말이다. 아무튼…….

음, 다들 릴랙스하고 있었다.

맞은편에 마사토가 있는데도 말이다.

"……아~ 저기 말이야. 즐겁게 목욕 중인데 이런 소리를 해서 미안한데……."

"응~? 혼욕이 어쩌고 같은 소리 하려는 거야? 이제 신경 안 써. 나도 익숙해졌거든. 그리고 이쪽 쳐다보지 마. 쳐다보는 건 금지야."

"저는 이제 목욕이라는 건 여러분과 함께 하는 거라고 생각해요!"

"우후후. 그래. 목욕은 다 같이 해야 즐겁잖니."

"그, 그렇사옵니까. ……그럼 이번에 처음 참가한 메디는……."

"저는…… 물론 부끄럽기는 하지만…… 저 혼자만 여러분과 똑같은 걸 못하는 것도 동료로서 왠지 분해요. 그러니 빨리 익숙해져서, 제가 같이 목욕하자는 말을 꺼낼 수 있게 되고 싶어요. 그러니 개의치 마세요."

"항상 1등을 목표로 삼는 교육방침이 이런 식으로 효과를 발휘하다니……. 뭐, 뭐어, 너희가 괜찮다면 나도 됐어."

메디의 동의를 얻으면서, 마사토가 몰래 보유하고 있던 칭호 【혼욕남 레벨2】가 【혼욕남 레벨3】으로 승격됐다! 이 혼욕남이라는 건 대체 몇 레벨까지 있는 거냐고!

여자들이 OK한 이상, 이제 마사토의 몸 일부가 쓸데없이 건강해지지 않도록 조심하기만 하면 된다. 그것도 쉬운 일은 절대 아니지만…….

"그것보다 마사토. 그런 소리를 할 때가 아니잖아. ……네 옆 좀 봐."

"아, 응……."

마사토가 와이즈의 말을 듣고 옆을 바라보니…….

깊은 생각에 잠긴 마마코가 있었다. 특대 가슴 섬을 물 위에 띄운 마마코가 가라앉은 표정을 짓고 있었다.

딱히 신경 쓰일 일은 없을 것 같지만, 그래도 일단 마사토는 말을 걸어보기로 했다.

"아~ 엄마. 아까부터 무슨 생각을 그렇게 하고 계신 것이옵니까? 알몸 작전회의를 하자는 말을 꺼낸 사람은 바로 엄마잖아. 상의할 일이 있으면 말해줘.”

“뭐? 아, 그래……. 포치 군들 말인데…… 좀 걱정되는 일이 있어서…….”

“걱정되는 일?”

“그 애들, 무사히 집에 돌아갔을까?”

“……뭐?”

마마코가 그런 것을 진심으로 걱정하고 있었다. 어머니니까 말이다. 어머니니까 걱정이 되는 게 당연했다.

그게 그렇게 진지하게 걱정할 일이냐, 하고 마사토가 말하려던 바로 그때였다.

“그 녀석들이라면 짐 챙겨서 집으로 돌아갔어! 덕분에 우리는 일손이 줄어서 고생이 이만저만이 아니거든?!”

아만테의 고함 소리가 욕실에 울려 퍼졌다.

그와 동시에 욕실의 문이 거칠게 열리더니, 아만테가 성큼성큼 안으로 들어왔다.

명백하게 와이즈 이상, 하지만 메디에게는 약간 못 미치는 듯한 보디에 목욕수건을 두르고, 스펀지와 샴푸가 들어있는 목욕통을 안아들고 있었다. 목욕 준비를 완벽하게 마친 아만테다. 저 모습을 봐선 상상이 안 되겠지만, 적대조직의 보스가 느닷없이 등장한 것이다!

하지만 아만테는 허둥지둥 탈의실로 되돌아가더니, 문 뒤편에 숨어서 새빨개진 얼굴을 쏙 내밀었다.

“어이. 느닷없이 나타나자마자 바로 숨어버리면 어떻게 하냐고. 대체 왜 그러는 거야?"

"그, 그걸 몰라서 물어?! 나는 목욕수건만 몸에 둘렀거든?! 그런 모습으로 남자애 앞에 어떻게 서냔 말이야!"

"뭐? ……아, 그, 그래! 맞아! 우와! 평범한 반응이네!" 감탄.

"네가 그런 식으로 놀라는 게 더 뜻밖이거든?! 그, 그것보다 너희는 대체 뭘 하고 있는 거야?! 전원이 다 같이 목욕을 해?! 그, 그건……!"

아만테는 지극히 지당한 리액션을 보이고 있었지만, 와이즈와 메디가 태연한 목소리로 그녀의 말을 끊었다.

"아, 그래. 무슨 말을 하고 싶은 건지 아니까, 말 안 해도 돼."

"그것보다, 당신이 여기에 있는 이유를 설명해줬으면 좋겠군요. 뭐, 그냥 내버려두면 알아서 이야기하겠지만 말이에요."

"흥! 나를 얕보지 말아줬으면 좋겠네! 이 근처에 숨어서 쭉 상황을 살펴보고 있었다고 솔직하게 말할 것 같아?!"

"그리고 적당한 타이밍에 습격을…… 하려는 것 같지는 않네."

"예. 목욕수건 타임이니까요……. 혹시 욕실을 빌리고 싶었던 건가요?"

"그게 사실이더라도 「예, 그래요」 하고 대답할 필요는 없거든?! 나는 탑에 틀어박혀 지내느라 목욕을 할 수 없어서 끽해야 바닷물로 몸을 씻었기 때문에 죽도록 목욕에 굶주렸어, 같은 소리를 대놓고 할 필요는 없단 말이야!"

"어, 바닷물로 몸을 씻은 거야? 그랬다간 몸이 깨끗해지는 건 고사하고, 피부가 더 거칠어질 거야. ……그러고 보니, 이 애가 나타나고 나서 바다냄새가 코를 찌르네…….”

“예. 그런 냄새가 나요. ……아까 보니 정강이에 멍이 남아 있는 것 같고…… 피부가 거칠어진데다, 몸에서 냄새가 나는 걸로 모자라, 멍까지 남았군요. 대체 여자로서 얼마나 더 나락에 떨어지면 직성이 풀리려는 걸까요.”

“……훌쩍…… 너, 너희들…… 같은 여자니까, 좀 봐주면 안 될까……. 가슴에 푹푹 박히는 소리 좀 하지 마…… 제발 부탁이야…….”

인정사정없는 여자애들 덕분에 아만테는 어마어마한 정신적 대미지를 입은 것 같았다. 딱히 아무 짓도 할 필요 없이 격퇴할 수 있을 것 같았다…….

바로 그때, 마마코가 말을 건넸다.

“아만테 양. 저기 말이야.”

“훌쩍. 또 무슨 소리를 하려는…… 어…… 헉! 오오스키 마마코?!”

아만테는 서둘러 눈물을 닦더니, 적의를 드러냈다. 아만테도 역시 마마코 상대로는 명백한 경계태세를 취했다.

“오오스키 마마코! 내가 보낸 자객을 해치운 건 고사하고, 가족의 품으로 돌려보내?! 역시 무시무시한 여자야! 역시 당신은 위험한 엄마야!”

“위험하다니, 나는 그런 사람이…….”

“아니, 위험해! 우리의 이상 실현을 방해하는 건 틀림없이 당신이야! ……오늘은 이쯤에서 넘어가겠지만, 다음에는 절대 안 봐줄 거야! 각오해!"

아만테는 패배자의 넋두리 같은 걸 늘어놓으면서 탈의실 밖으로 나가……려다, 갑자기 돌아왔다.

"불은 꺼도 되지만, 욕조 안의 물은 빼지 마! 내가 나중에 몰래 목욕하러 오려는 건 아니거든?! 그런 짓은 안 할 거지만, 그래도 절대 물은 빼지 마! 알았지?!"

필사적인 어조로 그렇게 말한 후, 아만테는 부리나케 목욕탕을 빠져나갔다.

엄마 길드 업무일보

【직책】 엄마 메이드(겸사겸사)

【성명】 오오스키 마마코

【업무 보고】

엄마 길드 첫날. 많은 사람들이 길드를 찾아줘서, 정말 시끌벅적했습니다.
그 중에도 가장 인상적이었던 건, 제가 방문판매원에게 상품을 강매당할 뻔했을 때의 일이에요. 그 순간, 마 군이 바람처럼 나타나서 궁지에 처한 저를 구해줬죠.
역시 마 군은 저를 소중히 생각하는 것 같아요……. 이 기쁨과 감동을 전부 적고 싶지만, 이 기입란이 너무 좁아서 다 적지 못하는 게 아쉽네요.

【특기사항 등】

메디 양의 요청에 따라, 햄 볶음밥을 만드는 법을 여기에 적어볼까 해요.
재료(1인분) : 밥(사발 한 그릇 분량), 달걀(한 개), 햄(두 장), 피망(한 개), 쪽파(4분의 1), 맛소금 및 후추(적당히), 간장(작은 스푼 한 술), 샐러드유(큰 수저 두 술).
만드는 법 : ①잘게 썬 피망과 쪽파를 볶는다. ②밥을 넣고, 달걀물을 조금씩 전체적으로 뿌리면서 젓가락으로 섞어준다. ③햄을 넣고, 조미료로 간을 맞춘 후, 센 불에 확 볶으면 완성.

【멤버들의 코멘트】

할 말이 많지만,
아무튼 메디는 못 읽게 해.

이미 읽었는데요?

＼(^o^)/ 끝장났다

보슬보슬하게 만드는 포인트는 바로, 젓가락으로
밥과 달걀을 잘 섞어주는 거래요!

제3장
엄마가 모이면 연쇄작용이 일어난다. 퍼즐게임 이야기가 아냐. 더 무시무시한 뭔가라고.

다음날 아침. 아침은 물론 아침 식사로 시작된다.

식당은 어제 쳐들어왔던 건달들 때문에 더 엉망이 되어버렸지만, 마마코가 만든 수제 아침밥을 보니 왠지 기분이 행복해졌다. 오늘 하루도 열심히 살 수 있을 듯한 느낌이 들었다.

그런 행복의 향기를 맡기라도 한 것처럼 아침 일찍부터 찾아온 시라아세와 함께, 마사토 일행은 일본풍 아침식사를 먹으며 정보교환을 했다.

“어이, 와이즈. 간장 좀 줘.”

“응~. 자~.”

“땡큐. ……뭐, 어제는 그런 일이 있었어요. 아만테의 부하들이 쳐들어와서 정말 난리도 아니었다니까요. 뭐, 결국 평소와 마찬가지로 엄마가 깔끔하게 해결했지만요.”

“마마코 씨의 활약 덕분에 반항조직 리벨레의 구성원들은 집으로 돌아간 건가요……. 그랬군요. 역시 마마코 씨예요. 정말 대단하세요.”

“아뇨, 그렇지도 않아요. 저는 딱히 아무것도 안했답니다.”

"무슨 말을 하시는 거예요. 마마코 씨는 대활약을 했잖아요. ……아, 포타 양. 볼에 밥풀이 붙어있어요."

"우왓?! 어느새 붙은 거지?!"

아무튼, 엄마 길드는 왁자지껄하게 식사를 하면서 활동 보고를 마쳤다.

다음은 시라아세 측이 보고를 할 차례다.

"그런데, 시라아세 씨 쪽은 어떻게 되어가고 있나요?"

"저는 딱히 여러분에게 드릴만 한 이야기가 없군요. ……운영 측의 각 부서에 직접 문의를 했지만, 이 마을에서 발생한 상황과 조직에 관한 정보는 입수하지 못했습니다."

"어, 그게 무슨 소리야? 시라아세 씨는 운영 측 사람이잖아? 그런데 모르는 거야?"

"운영 내부에도 정보가 없다는 건 말도 안 된다고 생각하는데요……."

"와이즈 양과 메디 양의 말이 맞습니다. 게임 안에서 실제로 상황이 발생하고 있으니, 그것에 관한 데이터 등을 비롯한 정보가 분명 있겠죠. 하지만 제 귀에는 들어오지가 않아요. ……그렇다는 건……."

"의도적으로 숨기고 있다는 건가요?"

마사토가 그렇게 묻자, 시라아세는 약간 망설이면서 고개를 끄덕였다.

"그래요. 그렇게 생각하는 게 타당하겠죠. ……저에게 정보를 가르쳐주지 않다니…… 대체 어떤 이유로 그러는 건지 전혀 짐작도 안 됩니다만……."

"으음~. 어쩌면 유감스럽게도 시라아세 씨가 다른 운영 스태프에게 미움을 받고 있다거나……."

마사토가 무심코 그렇게 말하자…….

시라아세가 마사토를 지그시 쳐다보았다. 냉정하고 침착한 얼굴로 지그시 말이다. 그러니 어마어마하게 무서웠다. 「바, 방금 그 말은 농담이었어요!」 마사토는 필사적인 어조로 그렇게 외쳤다.

시라아세는 감정이 전혀 느껴지지 않는 얼굴로 말을 이었다.

"으음~ 그럼 마사토 군에게는 언젠가 리벤지를 하기로 하고……."

"큭…… 역시 화난 건가요……."

"유익한 정보를 하나도 알려드리지 못해서야 제 체면이 손상될 테니까요. 딱 하나, 길드의 인원 증가에 도움이 될 좋은 정보를 전달해드리겠습니다. 사실 길드에는 테스트 플레이어와 모험가 NPC만이 소속할 수 있습니다만, 이번에는 특별히……."

시라아세가 무슨 말을 하려던 바로 그때였다.

"안녕하세요! 이른 아침부터 실례 좀 할게요! 아무도 안 계신가요?!"

현관 쪽에서 여성의 목소리가 들렸다.

"어머나, 손님이 왔나 보네. 좀 나가보고 올게."

"아냐. 내가 보고 올게."

"어머나, 마 군은 참 상냥하네."

"딱히 그런 건 아니거든?"

솔선해서 움직이지 않았다간 활약할 기회가 없을 듯한 위기감이 느껴져서 나서는 거예요, 하고 솔직하게 말하지는 않았다.

마사토가 현관홀에 가보니, 그곳은 사람들로 붐비고 있었다.

"어, 무슨 일이지……?"

포치를 비롯한 건달들이 있었다. 그리고 과자 선물 세트 같은 것을 안아든 중년 여성도 있었다. 손님의 숫자는 상당했으며, 현관홀에 차마 다 들어오지 못해, 밖에 있는 이도 있는 것 같은데…….

마사토가 모습을 보이자, 한 여성이 포치를 잡아끌며 앞으로 나서면서 일제히 고개를 숙였다.

"아, 나오셨군요! 일전에 저희 애가 폐를 끼쳤죠?! 정말 죄송합니다!"

"아~ 으음, 어제는 미안했어."

"포치! 열일곱 살이나 되어서 사과도 제대로 못하는 거니?! 똑바로 사과 안 할래?!"

"으, 응. 잘못했습니다."

모히칸 헤어에 아저씨처럼 생긴 포치가 실은 마사토와 두 살 밖에 차이가 나지 않는다는 충격적인 사실이 밝혀졌지만, 그건 일단 제쳐두기로 하고…….

약간 통통한 체형인 여성 쪽도 얼굴이 눈에 익었다. 잡화점에서 점원을 하던 그 사람이다. 아무래도 이 사람이 포치의 어머니 같았다. 포치의 어머니는 미안하다는 말을 연이어 하면서 몇 번이나 고개를 숙였다.

그 뒤를 이어 「우리 애가 실례를 범했어요!」, 「멍청한 아들 녀석이 폐를 끼쳤죠?!」 하고 말하며 다른 어머니들도 자식과 함께 일제히 사과를 했다. 그 목소리에 낡은 여관이 뒤흔들리더니, 금방이라도 무너질 것만 같았다.

아무래도 어제 폭거를 저지른 포치 일행의 어머니가 자식을 데리고 사과를 하러 온 것 같았다.

으음, 이럴 때는…….

"어…… 엄마! 헬프! 헬프 미~!"

자신이 대처할 수 없는 상황이라고 판단한 마사토는 과감하게 도움을 요청했다.

이 여관은 너무 허름해서 안에 사람을 들일 수 있는 상황이 아니었다.

그래서 여관 앞뜰에 자리를 만든 후, 차라도 마시면서 차분하게 이야기를 나누기로 했다.

하지만 마사토를 비롯한 아이들 팀은 이런 식의 대처가 무리였기에, 어머님들이 가지고 온 과자들을 안아들고 후방 대기를 하기로 했다. 참고로 시라아세도 후방 대기다.

최전선에서 사과를 하러 온 이들에게 대응하고 있는 이는 마마코다.

"……그랬군요. 이렇게 사과를 하러 와주셔서 감사해요."

"아뇨. 정말 죄송해요."

사죄 모자 군단을 대표해, 포치의 어머니가 다시 사죄를 했다. 「자—! 너도 빨리 사과해!」, 「으, 응! 잘못했습니다!」 포치도 어머니의 말에 따라 사죄를 했다.

"우리 애가 폐를 끼쳐 정말 죄송합니다. ……아아, 정말…… 남의 집을 이렇게 만들어놓다니……."

"아, 아뇨. 원래 부서져 있던 곳도 많으니, 신경 쓰지 마세요……."

"아뇨! 어떻게 신경을 안 쓰겠어요! 저는 잡화점을 운영하고 있고, 건물 자재도 취급하니 전부 깨끗하게 고쳐드릴게요! 허락해주세요! 부탁이에요!"

……라고 한다.

뒤편에 있는 마사토 일행은 낮은 목소리로 이야기했다. 「길드 거점이 수리될 것 같아」, 「그런 것 같아. 러키네」, 「요행이군요」, 「요행?」, 「뜻밖의 행운이라는 뜻이에요」 그렇다고 한다. 아무튼…….

한편, 최전선에서는…….

"그럼 건물 수리는 맡겨주세요! 성심성의를 다해 깨끗하게 고쳐드릴게요!"

"아, 예…… 너무 사양하는 것도 실례일 것 같으니, 호의를 감사히 받아들일게요. 잘 부탁드려요."

"아뇨! 부탁은 저희가 드리고 있잖아요! ……아, 하지만 이것만으로는 사과로는 좀 부족할 것 같은데……. 아, 맞다! 저기, 마마코 씨!"

"예? 왜 그러시죠?"

"여러분은 모험가죠? 혹시 저 탑을 오르기 위해 이 마을에 오신 건가요?"

"예, 그래요. 원래 그럴 생각으로 왔지만…… 이 마을의 아이들이 탑에 들어간 후로 돌아오지 않는다는 이야기를 듣고, 그렇다면 더욱 올라갈 수밖에 없다고……."

"어머나! 아이들을 데려올 생각이군요!"

"예. 저희가 할 수 있는 일이 있을 것 같아서요. 그래서 길드를 만들었답니다. 길드명은【엄마 길드】……."

"어머나! 어머나! 길드를 만드셨군요! 그럼 저희도 돕겠어요! 아직 돌아오지 않은 아이들이 많은 것 같으니, 당연히 도와드려야죠! ……여러분, 안 그래요?!"

포치 어머니가 그렇게 말하자 다른 어머니들도 힘차게 고개를 끄덕였다. 대체 어떤 식으로 협력을 해주려는 건지 매우 신경이 쓰였지만…….

바로 그때, 포치와 건달들이 마사토 일행을 향해 고개를 돌렸다.『우리만 믿어!』,『도와줄게!』하고 말하고 있는 것처럼, 자신만만한 표정을 짓고 있었다.

이거 혹시? 혹시?

마사토 일행은 약간 기대에 찬 표정을 지으며 소곤거렸다. 「거점 수리뿐만 아니라 인원 부족도 해결될 것 같아」, 「완전 러키 아냐?」, 「요행수군요」, 「요행수?」, 「뜻밖의 좋은 운수라는 의미예요」 요행과 거의 같은 의미 같았다. 아무튼…….

그 순간이 찾아왔다. 「그럼 저희 아이들을 길드에 넣어 주세요!」라는, 반가운 말이 곧 들려올 것이다. 인원이 갖춰지면 탑 공략의 막이 오른다. 자—! 자, 빨리 말하라고!

포치의 어머니가 말했다!

"그럼 마마코 씨! 저희들, **어머니**들을 당신의 길드에 넣어 주세요! 저희가 여러분과 함께 탑을 공략하겠어요!"

그런 고로…….

낡은 여관 앞에는 장비를 갖춘 마사토 일행 다섯 명과, 겸사겸사 시라아세, 그리고…….

외출을 위해 나름 예쁘게 꾸몄고, 뭐가 들어있는지 모르겠지만 빵빵한 백을 손에 든 어머니들 열세 명이 줄지어 서있었다.

총 열여덟 명. 이들이 바로 엄마 길드의 멤버다! 자, 탑 공략을 시작하자!

잠깐만 있어봐.

"응? 이게 뭐야? 뭔가 이상한 게 눈에 들어왔는데…… 아, 그래. 나는 환각 마법에 걸렸……."

"마사토. 심정은 이해하지만, 네 눈에 보이는 건 전부 진실이야.”

“눈을 돌려선 안 돼요. ……사실 저도 믿기지 않지만 말이에요.”

“저, 저도 좀 믿기지 않지만, 진짜예요!”

“진짜인 거냐…….”

그렇다. 동료들이 침통한 표정으로 말한 대로다. 그것은 전부 진실이다.

어머니들이 출격을 위해 줄지어 서있었다.

포치와 건달들의 어머니 열세 명이 엄마 길드의 멤버가 됐다. 농담이 아니라 진짜로, 엄마 길드에 들어온 것이다.

마사토는 뭐가 뭔지 알 수가 없었다. 아무튼 설명을 해줬으면 좋겠다.

“……저기, 시라아세 씨. 뭐 하나 물어봐도 돼요?”

“예. 그러세요.”

“이 마을에 사는 어머니들이 길드 멤버가 됐거든요? 아무리 생각해도 길드 멤버가 될 수 있을 리가 없는 사람들이 우리 길드에 들어왔거든요? ……『길드에 속할 수 있는 건 테스트 플레이어와 모험가 NPC뿐』이라고 시라아세 씨가 아까 말했죠? 아침을 먹으면서 그렇게 말했잖아요.”

“예. 분명 말했습니다. 하지만 그때 미처 하지 못한 말이 있죠.”

“그게 대체…….”

“『이번만 특별히, 마을 NPC도 길드 소속이 가능하게 되었습니다』입니다.”

"당신, 왜 그렇게 성가신 일을 벌이는 건데에에에……."

"엄마 길드의 인원 획득에 도움을 드리고 싶어 그런 겁니다. 제 인간성이 나쁜 게 아니에요. ……하지만 마사토 군이 매우 유쾌한 반응을 보여주는 걸 보니 참 잘했다는 생각이 드는군요. 후후후."

"큭…… 앙심을 품고 있었던 거야……. 즐거워 죽겠다는 듯이 웃고 있어……."

"자, 수많은 어머님들과 함께 탑을 공략해 주시죠. 저는 오늘도 반항조직 리벨레에 관한 정보 수집에 힘쓰겠습니다. 그럼 이만 실례하죠."

시라아세 씨는 마사토의 어깨에 살며시 손을 얹으며 「후후훗」 엄청 즐거운 듯이 웃음을 흘리더니, 그대로 사라졌다.

그리고 마치 이때를 기다렸다는 듯이, 포치와 건달들이 마사토 일행에게 다가왔다.

"여어, 마사토 군. 고생이 많아 보이네."

"정말이에요. ……포치 씨와 여러분이 길드에 들어왔다면, 이런 일은 벌어지지 않았을 텐데……."

"아~ 뭐, 그건 그렇지만…… 길드명이, 좀……."

마마코가 설립한 길드의 이름은, 웬만한 남자들은 입에 담는 것도 거리낄 듯한 【엄마 길드】다. 「도저히……」, 「그래……」 포치와 건달들에게는 허들이 너무 높은 것 같았다. 뭐, 당연하다면 당연할 것이다.

"그러니까! 우리는 길드에는 들어가지 않겠지만, 거점 수리는 맡겨달라고! 너희는 탑의 공략에 힘써! 그럼 잘 부탁한다!"

"앗! 잠깐……!"

포치와 건달들이 재빨리 사라졌다.

그리고 현실이 움직이기 시작했다. 사람은 체념을 할 줄 알아야 한다. 이제 이 사태는 멈추지 않는다.

"그럼 탑 공략을 하러 가죠! 여러분, 잘 부탁드려요!"

""""예!""""

마마코의 말을 신호 삼아, 엄마 길드가 활동을 시작했다.

낡은 여관의 현관 앞에서는 포치와 건달들이 배웅을 하고 있었다. 아까 저 자식들이 자신만만한 표정을 지었던 것은 바로 거점 수리에 관해 의욕을 불태우고 있었기 때문이었던 것 같았다.

어이, 뭐하는 거야. 최전선에서 단련한 육체와 스킬을 활용해야 할 거 아냐. 아직 안 늦었으니까 탑 공략에 참가하라고, 이 멍청이들아…… 하고 마사토는 외치고 싶었지만…….

바로 그때, 마마코가 마사토에게 말을 걸었다.

"마 군. 이해해줘. 탑에 들어갔다간 예의 그 반항조직과 마주치게 될 가능성이 있잖니. 그런 일에 자식들이 두 번 다시 휘말리게 하고 싶지 않다고 이 마을 어머니들은 생각하고 있는 거야. 그러니까 말이지?"

"큭! 나, 나도 알아! 그런 부모의 걱정도 이해해주라는 거지?! 무시할 수는 없는 거잖아! 그래, 알아! 안다고!"

"어머나! 마 군은 어머니들의 심정을 이해할 수 있게 됐구나!

마 군이 성장했다는 걸 느낄 수 있어서 엄마는 정말 기뻐!"

"예~ 그러시군요~! 하아!"

어른이 된다는 건 어쩌면 납득하고 싶지 않은 일에 억지로 납득하게 되는 걸지도 모른다는 생각이 마사토의 머릿속을 스쳤다.

아무튼, 출발. 엄마 길드는 탑으로 향하기 위해, 오솔길을 따라 나아갔다.

마사토와 마마코가 선두에 섰고, 와이즈와 메디, 그리고 포타가 두 사람의 뒤를 따랐다.

그리고 그 뒤에는 어머니 군단이 존재했다.

"날씨가 좋아서 다행이네."

"맞아요. 정말 날씨가 좋군요. 저는 이불을 널어두고 왔답니다."

"어머, 당신도요? 저도 그랬답니다. 그리고 집안의 공기를 환기시키고 싶어서 창문도 활짝 열어뒀죠. 우후후."

"아, 그러고 보니 일전에 나눠준 반찬, 정말 맛있었어~. 다음에 답례할게."

"어머, 그러지 않아도 돼. 너무 많이 만들어서 나눠준 것뿐이야. 오히려 받아줘서 고마워. 그러니까 다음에도 받아주면 좋겠네."

"그럼 호의를 감사히 받아들일게. 고마워. 우후후."

열세 명의 어머니들은 왠지 마을 어귀에서 나눌 법한 일상적인 대화를 나누면서 뒤따라왔다.

평범한 용사, 현자, 치유술사, 여행상인.

그 뒤편에는 어느새 뒤편으로 이동해 수다에 참가하고 있는 평범한 용사의 어머니와, 어머니, 어머니, 어머니, 어머니, 어머니, 어머니, 어머니, 어머니, 어머니…….

뭐야. 이게 대체 뭐하는 모임이냐고.

'영문을 모르겠어……. 남들이 보면 어떻게 생각할까…….'

그야 물론…….

"……저 집단은 대체 뭐야? 저 멤버로 탑을 공략하려는 거야? 제정신 맞아?"

나무 뒤편에 숨어있던 아만테가 엄마 길드의 진군을 보면서 그렇게 중얼거렸다. 확실히 맞는 말이었다. 상식적으로 생각해보면 말도 안 되는 멤버 구성이다. 엄마들만으로 탑을 공략하겠다니, 무리라거나 무모하다는 소리를 하기 이전에, 제정신인지 의심해보는 게 당연했다.

하지만 이 집단을 이끌고 있는 건 바로 오오스키 마마코다.

"정말 말도 안 되기는 하지만, 그래도 오오스키 마마코가 탑을 올라오는 건 틀림없어……. 그렇다면 방심은 금물이야. 방치해둘 순 없어. 손을 쓸 필요가 있겠네……. 아, 맞아. 좋은 아이템이 있었지."

아만테는 품속에서 조그마한 광석을 꺼내더니, 씨익 미소지었다.

"탑 안에는 폭탄 수정구슬이 잔뜩 있어……. 그걸 설치해뒀다가, 저 사람들이 탑에 들어온 순간에 폭발시키면…… 후후훗! 자, 빨리 와! 환영해줄게! 후후훗! 아하하핫!"

아만테는 새된 웃음을 흘리면서 암약하기 시작했다.

마사토 일행과 어머니 군단은 언덕을 내려간 후, 마을을 빠져나갔다.

마을 대로를 지날 때는 길 가던 사람들이 무슨 일인가 싶어 뚫어져라 쳐다보았기에 마사토는 몸을 웅크릴 수밖에 없었지만, 그런 시련도 어찌어찌 돌파했다.

일행은 탑이 있는 섬으로 이어지는 다리를 건넜다. 곧 탑의 입구에 도착할 것이다.

"하아…… 여기까지 오는데도 상당한 정신력을 소모한 것 같은 느낌이 들어……."

"마 군. 기운 내렴. 이제부터 본격적인 활동을 시작할 거잖니."

"응. 맞아. 겨우 탑 공략을 할 수 있게 된 거잖아. 고대하고 고대한 모험이라고. ……좋아. 의욕 한 번 내볼까!"

고대해왔던 공략이 이제 곧 시작된다. 입구인 문이 눈앞에 있는 것이다.

마사토는 가장 먼저 도착하기 위해 내달……리려고 한 순간, 와이즈가 잽싸게 뛰어갔다.

"헤헤~. 먼저 갈게~."

"앗, 와이즈! 1등은 나한테 양보하라고! ……어, 메디와 포타까지……!"

"마사토 군! 빨리 오세요!"

"마사토 씨, 달리기 경주해요!"

"좋아! 바라던 바야!"

마사토는 대시했다!

앞장서던 여자애들을 따라잡더니, 그대로 추월, 하는 척 하다가…….

아장아장 귀엽게 뛰고 있는 포타를 뒤편에서 살며시 안아 들려 했지만……「헉?! 엄마의 시선이 느껴져!」어머니가 보고 있는 것 같아서 관뒀다. 아니, 어머니가 보고 있지 않더라도 하지 않았을 것이다. 장난이니까 말이다.

그렇게 일행은 문 앞에 도착했다. 1등은 마사토. 2등은 포타. 3등은 메디였다.

"와이즈는 엉덩이가 참 무겁네."

"잠깐만, 마사토! 그게 무슨 소리야?! 내 엉덩이가 무거운지 재어보기라도 했어?!"

"응? 아, 그냥 네가 달리기를 못한다는 의미인데……."

"와이즈 양의 엉덩이는 펑퍼짐~한 게 무거워보이니까요. 맞는 말이라고 생각해요."

"나는 그렇게 엉덩이가 펑퍼짐하지 않거든?!"

허둥지둥 엉덩이를 감싸 쥔 와이즈가 네 번째, 즉 꼴찌로 도착했다. 아무튼 이 레이스는 제쳐두기로 하고…….

평소와 다름없는 페이스로 이곳에 도착한 그들은 드디어 탑 공략을 시작했다.

“문 앞에 사람들이 모이면 발치에 마법원이 생겨나면서 인원수를 센 후, 문이 열리는 방식이었지?”

“응. 그랬어. 그럼 빨리 가자.”

“그래요. 다른 분들에게 서둘러 모여 달라고…… 어머?”

“어떻게 된 거죠?! 마마 씨 일행이 오지를 않아요!”

“뭐? 안 온다고?”

마사토 일행이 뒤쪽을 돌아보니…… 마마코와 어머니 군단은 아직 다리 건너편에 있었다. 그곳에 서서 이야기를 나누고 있는 것 같았다.

“하아, 뭐하고 있는 거야. ……좀 보고 올게!”

마사토는 마마코가 있는 곳으로 뛰어갔다.

“어이, 엄마! 뭐하고 있는 거야?!”

“아아, 마 군……. 그게 말이지……. 이 분이, 좀…….”

마마코가 소개해준 어머니는 새파랗게 질린 얼굴을 숙이고 있었다.

혹시 여기까지 와서 겁을 먹은 걸까. ……상대는 이 마을 사람이다. 원래라면 던전에 들어갈 일이 없는 것이다. 이제 와서 두려움을 느끼게 됐더라도 이상할 게 없다. 오히려 당연한 일일지도 모른다.

마사토는 마음을 진정시키면서 담담한 어조로 말을 걸었다.

“……저기, 괜찮으세요?”

"아, 예…… 저기, 너무 걱정이 되어서……."

"그런가요……. 하긴, 느닷없이 던전에 들어가게 됐으니, 불안을 느끼는 게 당연……."

"아, 그런 게 아니에요. ……실은, 집의 창문을 전부 열어놓고 와버렸어요."

"그런가요. 집의 창문을…… 잠깐, 어? 응?"

"오늘은 날씨가 좋아서 집에 환기를 시키자고 생각했어요. ……하지만, 다른 집 어머님들과 이야기를 나누다보니 점점 걱정이 몰려와서……. 저희 집 근처는 아니지만, 다른 지역에서 빈집털이가 빈번하게 일어나고 있대요……. 아아, 정말 걱정돼! 너무 걱정되어서 정신이 나갈 것만 같아! 빨리 집에 돌아가서 집단속을 해야겠어!"

"아…… 그, 그런가요……."

아무래도 집단속 걱정을 하고 있는 것 같았다. 예상은 완전히 빗나간 것이다.

으음, 하지만…….

"하지만, 여기까지 왔으니까…… 이제 와서 시간을 허비를 하는 건 피하고 싶으니…… 좀 참아주시면 감사하겠는데……."

마사토가 자신의 생각을 별생각 없이 말하자…….

"에? 방금, 뭐라고 하셨죠?"

그 문제의 어머니가 눈을 치켜뜨며 그를 응시했다.

어? 이 애가 지금 무슨 소리를 하는 거지? 내가 이상한 소리 했나? 안 했지? 나는 진짜로 걱정하고 있거든? 우리 집에 무슨 일이 생겨도 괜찮다는 거야? 무슨 일 생기면 책임 져줄 거야? 변상해줄 거야?

……같은 의미를 지닌 무언의 압력이 밀려왔다. 진짜로 무서웠다.

안 된다. 거역하면 안 된다. 마사토는 바로 차렷 자세를 취했다.

"아! 예! 걱정되실 만도 해요! 당연하죠! 아하하!"

안 된다. 절대 거역하면 안 된다. 집을 지키려 하는 어머니는 진지하기 그지없었다.

그렇다면, 이 상황을 해결할 방법은…… 아, 그렇다.

"어이, 와이즈! 저기 말이야! 빨리 이쪽으로 와봐!"

"알았어~! 무슨 일이야~?!"

와이즈가 마사토의 말을 듣고 뛰어왔다. 그럼 현자님에게 활약을 요청하자.

"와이즈. 이 분이 집단속을 하러 잠시 집에 다녀와야겠대. 그러니까 네 전송마법으로 다녀와. 볼일을 마치면 바로 모시고 오는 거야. 가능하겠어?"

"아~. 그 정도는 식은 죽 먹기야."

"저희 집은 잡화점 근처에 있어요! 잘 부탁드려요!"

"같이 가실 분이 장소를 이미지해주신다면, 어디든 오케이예요. 그럼 바로……."

와이즈가 마법서를 출현시키더니, 마법을 영창…….

……하려던 순간, 어머니 군단이 와이즈의 곁으로 몰려들었다.

"어머, 마법으로 금방 집에 다녀올 수 있는 거니? 그럼 나도 부탁해도 될까?"

"어? 아, 뭐, 함께 갈 수 있는 인원에는 제한이 있지만, 한 명 정도 늘어나는 거라면……."

"그럼 나도 괜찮을까? 저 분의 이야기를 들으니, 나도 왠지 불안해져서……. 부탁해도 될까?"

"으, 으음…… 뭐, 두 곳 정도라면……."

"그럼 이 참에 나도 부탁할게."

"어……."

그리고 「그럼 나도」, 「부탁해도 되겠니?」, 「겸사겸사 나도 좀」, 「나도 부탁할게」 희망자가 점점 늘어났다.

최종적으로, 열세 명의 어머니 전원이 일시 귀가를 희망했다.

와이즈는 아연실색했다. 식은땀 또한 줄줄 흘리고 있었다.

"으, 으음…… 나, 전송마법을 몇 번 써야 할까……. 내 MP가 버텨줄까……. 아하하……."

"와이즈. 잘 됐네. 지금이 바로 네가 활약할 때야. 마법을 마음껏 쓸 수 있겠는걸."

"으, 응……. 그건 그런데……. 하지만, 내가 상상했던 활약과는 좀 다른 것 같은데……."

이해한다. 그 심정은 진심으로 이해한다. 하지만…….

마사토는 와이즈의 어깨에 손을 얹으며 상냥한 목소리로 말했다.

"와이즈. 이게 우리의 모험이야. 우리의 운명인 거지. 거역할 방법 같은 건 없어."

"크! 그 누구보다도 엄마 때문에 고생하고 있는 마사토가 한 말이라 그런지 설득력이 너무 엄청나!"

세상은 어머니를 중심으로 돌고 있다.

어머니의 불안이 전부 해소될 때까지, 탑 공략은 미룰 수밖에 없다.

한편, 탑 내부의 1층에서는 현재…….

"……안 오네."

폭탄 수정구슬의 기폭 스위치인 광석을 쥔 아만테가 폭탄을 터뜨릴 순간을 이제나 저제나 기다리고 있었다.

마마코 일행이 올 때가 다 된 것 같은데 말이다.

"……좀처럼 안 오네."

오지 않는다. 너무 안 온다. 아무리 기다려도 마마코 일행이 나타나지 않았다.

"정말, 뭐하고 있는 거야……. 그 사람들이 탑에 들어온 순간, 위층에 설치한 폭탄을 폭발시켜서 생매장시킬 생각인데…… 왜 이렇게 안 오는 걸까……. 밖을 좀 살펴보는 편이 좋을까?"

기다리다 지친 아만테는 숨어있던 곳에서 나와 탑의 입구로 향했다.

그리고 닫힌 문 앞에 서서…….

"여기는 밖에서 들어올 때는 인원 확인이 필요하지만, 나갈 때는 혼자라도 간단히 열 수 있지."

그렇게 혼잣말을 중얼거린 아만테가 문에 손을 대고 밀었다.

폭탄 스위치인 광석을 쥔 손으로, 힘껏 말이다.

그 순간, 위쪽에서 귀에 거슬리는 소리가 들려왔다.

"어? 이 소리는 뭐지? 마치 갓난아기 울음소리 같은 게…… 아냐, 이건 분명 폭탄의 카운트다운이 시작되는 소리…… 어어어어엇?! 스스스스, 스위치?! 실수로 눌러버렸어어어어어어어어어어어어어어어어어어어어어어엇?!"

ON이다.

잠시 후, 2층에서 19층 사이의 모든 층에 설치해둔 폭탄 수정구슬이 일제히 터지면서 「안 돼애애애앳?!」 대량의 건물파편이 쏟아지기 시작했고…….

악은 멸망했다.

거대하고 튼튼한 탑의 내부에서 무슨 일이 일어났는지, 밖에 있는 이들이 알 수 있을 리가 없다.

잠시 후, 어머니들의 일시귀가가 완료됐다.

"휴우, 집단속을 했더니 이제 마음이 놓이네."

"나도 집에 돌아갔다 오기 참 잘한 것 같아. 현관문을 잠그는 걸 깜빡했지 뭐야. 정말 놀랐다니깐. 요즘 너무 덤벙대."

"나도 부엌의 창문을 활짝 열어놔서…… 아, 참. 회람판도 와 있어서 마법으로 전달을 부탁했어. 전송마법은 참 편리하네."

"맞아. 실은 나도 좀 보내고 싶은 짐이 있어서 겸사겸사 전해달라고 했지 뭐야. 덕분에 살았다니깐."

"어머, 그쪽도 그랬어? 우리 집은 남편과 할아버지가 도시락을 두고 갔길래, 몇 번 왕복해달라고 했어. 정말 도움이 많이 됐네."

다시 집결한 어머니들은 또 시끌벅적하게 수다를 떨기 시작했다.

한편…….

"어이, 와이즈. 살아 있어?"

"……집까지 데려다주기만 하는 게 아니라, 다른 곳까지……겸사겸사라면서…… 하아, 정말……. 이제 다 싫어……. 이제 전송마법 싫어……. MP 바닥났어……. 더는 무리야……."

"와이즈 씨! MP회복 포션이에요! 마셔요!"

"포, 포타…… 마음은 고맙지만, 이제 봐줘……. 벌써 한 다스는 마셨으니까…… 더는 진짜로 못 마셔……."

편리한 이동수단으로서 크게 활용된 와이즈는 다리 위에서 뻗어 있었다. 지칠 대로 지친 것 같았다. 꼼짝도 못하는 것 같았다. 흘러나온 눈물과 다른 즙을 닦을 힘도 남아 있지 않았다.

하지만 느긋하게 쉴 짬은 없었다. 인원이 모였으니, 이제 출발해야 하는 것이다.

"와이즈. 피곤할 텐데 이런 말을 해서 미안한데, 슬슬 출발하자. 자, 일어서."

"잠깐만아아아안…… 좀 상냥하게 대해줘도 되잖아아아아아……. 나, 진짜로 무리란 말이야아아아아……. 이제 한 걸음도 못 걸어어어어어……."

"그럼 어쩔 수 없군요. 와이즈 양은 여기에 두고…… 아니, 통행에 방해가 되면 안 되니, 바다에 떠내려 보내죠."

"메디…… 하아…… 이제 됐어……."

"아앗! 고함을 칠 기력도 없는 것 같아요! 진짜로 큰일이네요!"

"하아, 정말. 어쩔 수 없지……. 그럼, 자—."

마사토는 와이즈를 향해 등을 보이며 몸을 웅크렸다. 「업어 줄 테니까, 빨리 업혀」, 「으으으…… 항상 미안해……」 항상 업어주지는 않는데 말이다. 와이즈는 할머니가 된 것처럼 후들거리면서 마사토의 등에 매달렸다. 그대로 어부바 완성.

"영차…… 어라, 의외로 무겁네……."

"무겁든 말든 상관없어……. 하아아아……. 편하다, 편해……."

"여자애면 체중은 신경 써……. 그것보다, 할 말 있지 않아??"

"응? 뭘 말이야?"

"뭐, 딱히 할 말이 없다면 됐어."

전혀, 진짜로, 눈곱만큼도, 별일 아니지만…….

등에 가슴이 닿았으니까, 꺄아~ 변태, 사이즈가 작아서 거의 느낌이 없다고, 야~ 헛소리 하지 마~, 같은 대화가 발생할 법도 한데 말이다.

하지만 그런 일은 일어나지 않았다.

'처음 만났을 적의 와이즈라면 그러고도 남을 텐데 말이

야…….'

와이즈의 안에서 무언가가 변한 걸까……. 어쩌면 마사토를 남자로 여기지 않는 걸까…… 왠지 좀 신경이 쓰이기는 했다.

아무튼, 마사토가 와이즈를 업은 덕분에 문제는 해결됐다. 그럼…….

"그럼, 탑 공략을 재개하죠! 여러분, 잘 부탁드려요!"

""""예!""""

마마코의 말에 맞춰, 엄마 길드는 활동을 시작했다. 시끌벅적한 수다를 이어가면서, 이번에야말로 탑으로 향한 것이다. 입구인 문을 향해 출발한 그들은 다리를 건넜다.

그리고 스무스하게 현장에 도착했다. 여기까지 오느라 고생한 만큼, 이 스무스함이 정말 기분 좋았다.

"그리고…… 오, 시작됐어."

곧 마사토 일행과 어머니 군단의 발치에 마법원이 생겨나더니, 카운트가 시작됐다.

일전에 왔을 때는 마사토 일행과 시라아세를 합쳐 여섯 명으로 통과됐다. 그러니 이번에도 여유롭게 통과됐다. 그리고 문이 열리자…….

문 너머에 펼쳐진 1층의 상황을 본 마사토 일행은 얼이 나갔다.

"뭐, 뭐야? 탑 안이 무너져 있잖아."

큰 통로가 있었던 그곳 일대는 건물 파편으로 뒤덮여 있었다. 심각한 상황이었다.

아무래도 위층이 붕괴된 것 같았다. 그것도 한두 층이 아니라 꽤 위층까지 뻥 뚫려 있었다.

"왜 이렇게 된 거지……. 대체 무슨 일이 일어났던 거야……."

"그래……. 대체 무슨 일이 벌어진 걸까……."

무슨 일이 일어났던 걸까. 무슨 일이 벌어졌던 것은 틀림없지만, 마사토 일행은 그게 뭔지 알 수 없었다.

바로 그때, 메디가 불쑥 입을 열었다.

"혹시…… 이 파편들을 밟고 위층으로 올라갈 수 있지 않을까요?"

"응? 파편을 밟고……?"

마사토가 그 말을 듣고 주변을 둘러보니…… 충분히 가능해 보였다. 건물파편이 절묘하게 쌓이면서 계단을 형성하고 있었던 것이다.

"가능할 것도 같은걸……. 좋아. 가보자."

"기다리렴, 마 군. 파편을 밟고 올라가는 건 위험하지 않을까? ……게다가 우리만이라면 몰라도, 다른 어머님들도 계시니까……."

"그 점은 걱정 안 해도 될 거야. 봐봐."

파편으로 된 계단을 올라가는 건 그렇게 어려워 보이지 않았다. 그 증거로…….

"제 눈으로 살펴보면서 안전한 길로 안내할게요! 저한테 맡겨 주세요!"

포타가 경쾌한 발걸음으로 파편을 뛰어올라가며 루트를 안내해주고 있었다. 열두 살 여자애도 이렇게 수월하게 올라가니, 어머니 군단도 여유롭게 올라갈 수 있을 것 같았다.

"우후후. 포타 양이 안내해준다면 안심해도 될 거야."

"응. 귀여우니까 안심이 돼. ……그럼 가자."

"그래요. 가죠."

"응, 출발~. 자, 마사토~. 빨리 가~."

"와이즈…… 너, 실은 꽤 기운이 넘치지?"

마사토는 자신의 등에 업힌 채 난리법석을 떨고 있는 녀석을 확 내던져버리고 싶었지만, 일단 봐주기로 했다.

아무튼 마사토 일행은 함정과 몬스터, 계단을 찾는 수고 등, 그런 괜한 수고를 전부 생략하며, 쑥쑥 나아갔다.

마사토 일행이 파편으로 된 계단을 올라가고 어느 정도 시간이 지났을 즈음…….

입구 인근의 파편이 희미하게 흔들렸고, 점점 떨리기 시작하더니, 그대로 걷어차였다.

그리고 아만테가 천천히 모습을 드러냈다.

"콜록콜록…… 으으, 죽는 줄 알았네……."

아만테는 건재했다. 악은 멸망하지 않은 것이다. 악은 튼튼했다. 게다가 바보라 더 튼튼한 것이다.

몸에 딱히 이상이 없다는 것을 확인한 아만테는 몸을 일으키더니, 주위의 상황을 확인했다. 주변을 둘러본 후, 위를 올려보자…….

건물 파편을 밟으며 올라가고 있는 어머니 군단의 뒷모습이 눈에 들어왔다. 던전에 들어온 사람답지 않게 예쁘게 꾸미고 있는 이들이 그곳에 있었다.

"앗! 저 사람들, 어느새 들어온 거야?!"

타깃은 이미 탑에 들어왔고, 아만테를 발견하지 못한 채 위로 올라가고 말았다. 맙소사. 말도 안 되는 추태다. 말도 안 되는 굴욕이다.

"크으으윽! 서둘러 쫓아가야해! ……아, 맞아! 그러고 보니 1층에 워프 바닥이 있었어! 그걸 이용해 21층으로 이동한 다음에……."

그리고 어떻게 할 것인가? 저들을 처리할 작전은 있는가?

"작전은…… 아, 그래! 21층부터는 특수한 함정이 있지! 그 함정을 작동시키면 외벽에 있는 창문을 통해 번개가 날아오잖아! 후후훗! 그걸 이용해야지!"

묘안이 생각난 아만테는 웃음을 터뜨리며 내달렸다.

이번에야말로 오오스키 마마코와 그 일행은 끝장이다!

마마코 일행은 수월하게 20층에 도착했다.

하지만 긴장을 풀어선 안 된다. 이 탑에는 10층별로 보스가 배치되어 있는 것이다.

마사토 일행이 문 앞에 서자, 카운트가 시작되었다. 그리고 곧 문이 열리더니…….

"멍멍! 으르르르릉!"

광포하게 울부짖는 개가 모습을 드러냈다! 보스 개다! 보스 멍멍이다! 10층에 있던 보스 야옹이와 마찬가지로 귀엽게 디자인되어 있기는 하지만, 몸집이 더 크고 강해보였다!

뭐, 그래봤자 멍멍이지만 말이다.

"마 군. 너무 심한 짓은 하지 마렴."

"나도 옆에서 보고 있거든? 너무 괴롭히지는 마."

"그래요, 마사토 군. 이 마을 어머님들도 보고 계신데다, 포타 양이 순진무구한 눈동자로 응시하고 있잖아요."

"마사토 씨! 으음, 저기…… 상냥하게 대해주세요!"

"으, 응. 살살 할게. 그럼…… 에잇." 찰싹.

"깨앵?! ……크응……." 털썩.

마사토가 검의 옆면으로 때리자, 보스 멍멍이는 오버 킬! 보스 멍멍이를 해치웠다!

그리고 마사토에게 여성들의 시선이 집중됐다. 「꽤 귀여운 멍멍이였는데…… 안 그래요?」, 「몬스터라긴 해도…… 안 그래요?」, 「아무리 그대로…… 안 그래요?」, 「큭……」 어머님들이 소곤거리는 목소리가 마사토의 가슴에 날카롭게 꽂혔다. 전투가 끝난 후, 마사토는 대미지를 받았다. 아군에게 받은 대미지다. 서글펐다.

아무튼, 보스는 격파했다.

"좋아, 그럼 계속 가자~. 자, 마사토. 빨리 걸어~."

"알았어. ……그런데 나는 언제까지 와이즈를 업어야 하는 거야……. 젠장……."

마사토는 투덜대면서 문 너머에 있는 계단으로 향했다.

계단을 올라가자, 21층에 도착했다. 석조 바닥과 벽은 아래층과 똑같았지만…….

"어? 탑 안인데 묘하게 밝네."

"맞아. 대체 왜…… 아하, 알겠어. 저기 좀 봐. 벽에 구멍이 나있어. 저 구멍을 통해 빛이 들어오는 거 아닐까?"

"아~ 그렇구나."

와이즈가 업힌 채 한 말처럼, 마사토 일행이 있는 공간의 벽에는 커다란 구멍이 존재했다. 그 구멍을 쳐다보니, 그 너머에 있는 벽에도 구멍이 존재했다.

그리고 그 너머의 벽에도 구멍이 있었으며, 그 구멍을 통해 하늘이 보였다. 아무래도 저 벽이 외벽 같았다. 밖에서 밝은 빛이 들어오고 있었다.

"바람도 불어 들어오니 기분이 좋네. ……그럼 마 군. 이제부터 본격적으로 공략을 시작하자. 마음을 단단히 먹고 올라가는 거야."

"그래……. 아, 느닷없이 몬스……."

"에잇."

몬스터를 발견했다는 말을 제대로 하기도 전에 마마코가 샤샤샷! 하고 해치웠다. 일반 전투에서는 이제까지도, 그리고 앞으로도 계속 이럴 것 같았다. 엄마 길드는 다시 출발…….

바로 그때였다.
"저기, 잠시만 기다려줄래?"
어머니 군단 중 한 명이 마사토 일행에게 말을 걸었다.
"예? 왜 그러시죠?"
"그게…… 바깥 좀 봐주지 않겠니?"
"바깥……?"
벽에 난 구멍 너머의 벽에 난 구멍의 너머. 외벽에 난 구멍 너머에 존재하는 것이 바깥이다.
거기를 쳐다보니, 어느새 하늘이 어두워졌다.
"어라, 왠지 어둡네요……."
"그렇지? 그래서 좀 걱정이 되네."
"뭐, 뭐가……."
"오늘은 아침부터 날씨가 좋았잖니? 그래서 세탁물을 밖에 널어놓고 왔단다. 그러니까……."
"맞아. 비라도 내리면 큰일일 거야. 우리 집은 이불도 널어놨거든. 비가 내리면 진짜 큰일이겠네."
"세탁물이야 괜찮지만, 이불이 젖어버리면 난처해……."
"어머, 세탁물도 마찬가지야. 다시 빨아서 널어야 하잖아. 괜한 수고를 들여야 할 뿐만 아니라, 말릴 곳이 없어서 큰일이잖아? 진짜 문제네."
"맞아……. 난처하게 됐네……. 뭔가 방법이 없을까……."
어느새 다른 어머니들도 몰려들어서 불안이 어린 목소리로 입 모아 말했다.

으음, 하지만…….

“아니, 저기…… 세탁물이나 이불 따위를 그렇게 신경 쓸 필요는 없을 것 같은데……. 비가 내리지 않을지도 모르고……. 게다가 여기까지 왔으니까, 그냥…….”

계속 올라가죠, 하고 마사토는 말하려 했다. 하지만…….

“““에? 방금, 뭐라고 하셨죠?”””

저 공포가 또 찾아왔다. 어머니들이 진심으로 가득 찬 눈매로 마사토를 응시했다!

세탁물이나 이불, 따위? 이 애가 지금 무슨 소리를 하는 거지? 세탁물과 이불을 너무 허투루 여기는 거 아냐? 당신, 세탁 해본 적 있어? 세탁과 이불을 말리는 게 얼마나 중노동인지 알아? 그걸 매일 해야 해. 그걸 알면서 그런 소리를 하는 거야? 대체 얼마나 잘났길래 그딴 소리를 지껄이는 건데? 응? 응응응응응?

……같은 소리를 늘어놓을 듯한 무시무시한 압력이 밀려왔다!

우와, 식은땀이 줄줄 나. 마사토는 즉시 차렷 자세를 취하면서 공손한 어조로 말했다!

“그, 그래요! 세탁물도, 이불도 정말 중요하죠! 가장 우선해야죠! 아하하~! 나, 지금 무슨 소리를 하는 거지?! 그럼 지금 바로 돌아가도록 할까요! ……그럼…… 와이즈, 네 차례야!”

마사토가 그렇게 외친 순간, 어머니들이 일제히 와이즈를 쳐다보았다. 요구사항을 밝히지는 않았지만, 또 마법으로 집에 데려다줄 거지? ……하고 말하는 듯한 표정으로 지그시 쳐다보고 있었다.

와이즈는 「으극!?」 하고 신음을 흘리며 눈을 치켜뜨며 허둥댔다.

"뭐?! 자, 잠깐만 있어봐?! ……으음, 뭐랄까…… 그, 그래! 유감스럽게도, 내 MP가 바닥나서 전송마법을 쓸 수 없다고나 할까……!"

"괜찮아요, 와이즈 씨! 아직 MP회복 포션이 잔뜩……!"

"포오오오타아아아앗! 이이이이입 좀 다물어어어어엇!"

"우으으으으읍?"

와이즈는 마사토의 등에서 화려하게 뛰어내리며 착지하더니, 포타를 향해 쏜살같이 뛰어가서 입을 막았다. 손바닥으로 입을 막아서 한 마디도 못하게 했다. 쓸데없는 소리를 못하게 됐다.

이 재빠른 움직임을 보아하니 와이즈는 몸이 완전히 좋아진 것 같았다.

"어이, 와이즈. 심정은 이해하지만, 어머님들이 난처해하는 것 같거든……. 괜히 거역했다간 무서울 것 같으니까…… 부탁 좀 하자."

"저기, 와이즈 양. 진짜로 무리라면 어쩔 수 없지만…… 어떻게 좀 안 되겠니?"

"아무리 마마코 씨가 부탁해도 무리인 건 무리야……!"

"와이즈 씨, 힘내죠. MP회복 포션을 1다스 더 마시고 힘내는 거예요. 그리고 뱃살이 출렁대겠죠. 풉풉."

"메디이이이이잇! 너, 남일이라고…… 아, 맞아! 메디에게 부탁하면 되겠네! 메디도 전송마법을 쓸 수 있잖아!"

와이즈가 불쑥 그렇게 외치자…….

메디의 표정이 갑자기 변했다. 얼굴에서 핏기가 쫙 빠지더니, 새파랗게 질렸다.

"어…… 어엇?! 저, 저기, 와이즈 씨!? 제가 전송마법을 쓸 수 있다는 걸 어떻게 알고 있는 거죠?! 말한 적은 없을 텐데요?!"

"뭐? 아, 응. 들은 적 없거든?"

"어? ……예?"

와이즈와 메디는 둘 다 얼이 나간 듯한 표정을 지었다.

바로 그때였다.

"대충 입에서 나오는 대로 말해봤을 뿐인데…… 너, 실은 전송마법을 쓸 수 있어?"

"어…… 으, 으음……."

"쓸 수 있어? 쓸 수 있지? 그런데 입 다물고 있었던 거구나? 그런데도 돕지 않았던 거지? 내가 죽도록 고생하는 모습을 보면서도 돕지 않았던 거네? 그렇지? 그렇지?!"

"으음, 으음…… 그건, 저기…… 우후후! 모르겠어요!"

와이즈가 무시무시한 눈길로 쳐다보며 추궁하자, 음흉 메디는 미소녀다운 미소를 머금으며 얼버무리려 했다. 하지만 부질없는 짓이었다.

이 자리에 있는 이들 모두가 메디를 쳐다보고 있었다. 아무 말 없이, 지그시. 지그시————.

이제 포기하는 수밖에 없다.

메디는 눈가에 커다란 눈물방울이 맺힌 상태에서 환한 미소를 머금으며 말했다.

"포타 양! MP회복포션을 두 다스 정도 준비해주시겠어요? 없으면 괜찮지만요! 없다고 말씀해주셔도 괜찮지만요!"

"걱정하지 마세요! 재고는 충분히 있어요! 저만 믿으세요!"

"우후후! 포타 양은 정말 믿음직하군요! 만세~!"

현자인 와이즈에 비해 총 MP량이 적은 메디의 가혹한 싸움이 시작됐다.

포타가 입수한【출구 열쇠】로 밖에 나간 후, 두 번째 일시귀가 대회의 막이 올랐고, 울먹거리면서 MP회복 포션을 마시는 메디의 배가 점점 불러올 즈음…….

탑 21층에 아만테가 모습을 드러냈다.

"이, 이상하네. 슬슬 올 때가 됐는데……."

인내심이 바닥난 아만테가 플로어 안을 둘러보면서 벽에 난 구멍을 통해 사방을 꼼꼼히 체크했다. 하지만 아무도 없었다.

"이게 대체 어떻게 된 거지……. 설마 점프 바닥으로 벌써 위층에 간 건…… 헉?!"

아만테는 갑자기 누군가의 기척을 느꼈다.

허둥지둥 고개를 돌려보니, 그곳에는 왕 도마뱀 한 마리가 있었다. 왕 도마뱀이기는 하지만 몸집은 그렇게 크지 않았다.

솔직히 말해 졸개지만, 그래도 일단은 몬스터다.
"하아…… 드디어 왔나 했더니, 몬스터였잖아……. 아아, 정말! 빨리 해치워버려야지!"
아만테는 가는 검을 뽑아들더니, 화풀이 삼아 일격을 날리려던…… 바로 그 순간이었다.
외벽 밖에 끼어있던 먹구름에서 뇌광이 뿜어졌다. 그 뇌광은 벽의 구멍을 단숨에 통과하면서 아만테의 검에 명중했다. 아만테는 바로 감전을 당했다. 「피갸앗?!」 아만테의 입에서 괴상한 소리가 흘러나왔다.
그리고 당연히, 아프로가 되었다. 순식간에 곱슬머리가 된 것이다.
"그, 그래……. 이 플로어에서 금속제 무기를 꺼내들면 일정 확률로 번개가 떨어져서…… 꼼짝도 못하게 되는, 스턴 효과와…… 아프……로……."
피험자가 설명했다시피, 아만테는 행동불능 상태가 되어서 털썩 쓰러졌다.
바로 그때, 왕도마뱀이 느릿느릿 다가왔다. 어느새 주위에는 새끼 도마뱀이 잔뜩 몰려들어 있었다.
『와아! 엄마, 커다란 먹이야!』
『응, 그렇구나. 점심때가 되었으니, 집에 가져가서 다 같이 먹자꾸나.』
『『『와아~!』』』
그런 대화를 실제로 나누고 있는 건지는 알 수 없지만, 아무튼 아만테는 질질 끌려갔다.

이렇게 악은 또다시 멸망했다.

현재 시각은 오후. 엄마 길드는 휴식 중.

탑 밖으로 나간 김에 점심 식사를 하기로 한 것이다. 탑 입구 주변에 돗자리를 깔고 앉아서 런치 파티를 가지고 있었다.

"어머나? 탑 주위만 구름이 끼어 있었던 것 같네."

"어머, 진짜잖아. 괜히 걱정했네. 세탁물을 계속 널어놨어도 괜찮았을 것 같아……."

"맞아……. 그래도 우리 집 세탁물을 다 말렸으니까 잘 된 걸로 칠게."

"그래. 그러는 편이 좋겠지. ……자, 더 먹을 사람은 없어? 집에 들른 김에 테이크아웃 가게에 가서 사온 거야. 아직 잔뜩 있어."

"나도 겸사겸사 가게에 들러서 반찬을 좀 사왔어. 자, 맛 좀 봐."

"그럼 잘 먹을게요. ……어머나, 맛있어라. 집에 돌아가는 길에 사가야겠네."

"그래. 우리 집도 오늘 저녁은 이것으로 할까?"

어머니 군단은 여전히 식사보다 수다를 즐기고 있는 것 같았다.

한편, 죽음의 문턱에 이른 이가 한 명 있었다.

"훌쩍훌쩍…… MP회복 포션을 너무 마셔서 배가 터질 것 같아요……. 저는 이제 틀렸어요……. 여자애로서 실격이에요……. 제 마음은 이미 너덜너덜해졌어요……."

"너덜너덜이 아니라 출렁출렁 아냐? 자~." 출렁출렁.

"와이즈 양! 움켜잡지 마세요…… 우, 우웁……."

메디는 목숨에는 지장이 없지만, 여자애로서는 죽음에 직면한 것 같았다. 옷의 압박감을 견디다 못해, 복부를 내놓은 채 바닥에 벌러덩 드러누워 있는 모습 또한 여자애로서는 그야말로 절망적이었다.

이 자리에는 남자애도 있는데 말이다.

'배 정도는…… 아니, 하지만…… 나를 좀 의식해줘도 좋을 텐데…….'

아름다운 복부를 구경할 수 있다는 것도 나쁘지는 않은데 말이다. 하지만, 마음속으로는 이 상황을 받아들이기 좀 힘들었다.

아무튼, 그런 건 좀 제쳐두기로 하고…….

마사토는 자신들이 처한 상황을 다시 살폈다. 진지하게 현 상황을 확인한 것이다.

"으음~. 여러분, 제 말 좀 들어보세요. 제가 질문 하나만 드릴게요. 와이즈와 메디의 참상을 물론이고, 지금까지는 탑 공략이 순조롭게 진행되고 있지 않은데…… 그 점에 대해서는 어떻게 생각해?"

마사토는 같은 돗자리에 모여 있는 동료들에게 물었다. 자신의 마음속에 존재하는 약간의 짜증을 숨기지 않고, 솔직하게 겉으로 드러내며 말한 것이다.

동료들은 마사토의 말을 듣더니, 이러지도 저러지도 못하는 듯한 표정을 지었다.

"어떻게 생각하냐니…… 그야 물론……."

"저희의 발목을 잡는 상황이…… 우웁…… 말을 하니 토할 것 같아요……."

"아~ 응. 메디는 무리하지 마. 쉬고 있어."

"으음, 으음, 저는…… 좀 더 최선을 다하고 싶다는, 생각이 들어요. 그런 생각이 들지만, 그게…… 으음……."

"괜찮아, 포타. 네가 무슨 말을 하고 싶은 건지는 나도 알아."

공략이 순조롭게 진행되지 않는 이유는 명확했다. 사사건건 진행을 방해하는 분들이 계시기 때문이다. 다들 알고 있으며, 바로 옆에 있기 때문에 딱 잘라 말하지는 않겠지만 말이다.

하지만 말이다. 그 점을 알고 있지만 어떻게 대처하면 좋을지 고민이 되었다.

인원적인 면에서는 꼭 필요했다. 그러니 내칠 수 없다. 그렇다면 원활하게 탑을 공략할 수 있도록 협력해달라고 요청할 수밖에 없겠지만…… 상대방에게는 상대방 나름의 의향이 있고, 그 의향을 무시했다간 엄청 무시무시한 눈으로 노려보았다.

"하아…… 말도 안 되는 일이라는 건 애초부터 알고 있었지만…… 이 정도로 심각할 줄은……."

"나도 좀 더 수월할 거라고 생각했어……. 역시 위기감 같은 게 부족한 걸지도 몰라."

"위기감…… 확실히 그렇군요. 협력해주고 계신 어머님들은 포치 씨들의 부모님이니까요……."

"자기 자식이 무사히 돌아왔기 때문에 안심했다는 건가요?!"

"그런 것 같아……. 뭐, 나도 위기감 같은 건 거의 느끼고 있지 않지만 말이야. 이건 어디까지나 게임의 이벤트이며, 어차피 하기로 했으니 클리어하고 싶다는 마음뿐이거든……. 그건 그렇고 역시 어머니들이네……."

게임의 난이도는 제쳐두기로 하고, 아니, 이것이야말로 이 게임의 난이도를 올리는 요소일지도 모른다. 아무튼 마사토 일행은 평소와 마찬가지로 엄마 때문에 골머리를 썩이고 있었다. 정말 괴롭지만…….

"마 군, 괜찮아."

바로 그때, 지금까지 아무 말도 없이 이야기를 듣고 있던 마마코가 입을 열었다.

"엄마…… 괜찮다니……."

"괜찮아. 어머니들은 할 때는 하거든. 그러니 걱정할 필요 없어."

"……그 말, 믿어도 되지?"

"물론이야. 이 엄마와, 다른 어머니들을 믿어. 약속할게."

마마코는 그렇게 말하며 만면에 미소를 지었다. 의심할 여지가 없는, 그리고 자식들을 안심시키는 그런 미소였다.

마마코가 저렇게까지 말하니 믿어도 될까. 마사토가 동료들을 힐끔 쳐다보니 와이즈도, 메디도, 포타도, 힘차게 고개를 끄덕였다.

다들 믿기로 결정했다. 그렇다면…….

"……알았어. 엄마와, 다른 어머니들을 믿을게."

신뢰하는 동료들과 함께 이제부터 순조롭게 탑을 공략…….

"저기, 잠깐만요."

바로 그때, 또 방해를 받았다. 어머니 중 한 명이 말을 건 것이다. 마사토가 응대를 하려고 하자, 「아, 저기, 마마코 씨에게 할 이야기가 있는데……」, 「어머, 뭔가요?」 그 어머니는 마마코를 지명하더니 둘이서 낮은 목소리로 이야기를 나눴다.

그리고 두 사람은 전단지 같은 것을 손에 쥐고 잠시 동안 이야기를 나누더니…….

마마코가 갑자기 마사토를 돌아보았다.

"우후후! 마 군! 이 엄마는 할 땐 하는 사람이란다!"

평소보다 더 기운이 넘치고, 아까보다 더 밝은 미소를…… 아니, 【어머니의 빛】을 발동시킨 어머니의 모습이 눈에 들어오자…….

마사토는 불안이 엄습했다.

그 즈음, 탑 안에서는…….

악이 또, 부활했다.

"정말. 내가 그딴 졸개 몬스터 따위에게 잡아먹힐 것 같아?"

아만테가 뒤편을 힐끔 쳐다보자, 그곳에 있던 왕 도마뱀 가족들이 허둥지둥 도망쳤다. ……하나하나 귀찮게 처리할 필요도 없는 졸개니 그냥 놔주기로 했다.

그리고…….

"하아……. 함정에 빠뜨릴 생각이었는데, 내가 오히려 함정에 걸려들다니…… 정말 꼴사나워……. 다음에야말로 반드시…… 아니지."

아만테는 머리카락을 정성들여 정돈하면서 걸음을 옮겼다.

"함정 같은 것에 의지하려고 한 것 자체가 잘못이야. 응. 그래. 내가 직접 손을 쓰는 거야. 그리고 성가시게 돌아다니면서 찾아다니는 것도 옳지 않아. 상대가 어디에 올지 알고 있잖아. 그럼 상대가 반드시 지나야할 장소에서 기다리고 있으면 돼. 바로 그거야."

아만테는 혼잣말을 중얼거리면서 망설임이 느껴지지 않는 발걸음으로 나아가더니, 계단을 올라갔다. 그리고 위층에 도착하자 다가오는 몬스터를 날카로운 눈빛만으로 쫓아낸 후, 또 위층으로 올라갔다.

그렇게 30층으로 이어지는 계단 앞에 도착했다.

"그래. 여기야. 여기서 기다리면 분명 올 거야. 나는 여기서 기다리고 있기만 하면 돼. 틀림없어."

아만테는 계단에 걸터앉았다. 그리고 기다렸다. 차분히 기다렸다.

"자, 빨리 와. 내가 직접 너희를 처리해주겠어. 후후후."

아만테는 기다렸다.

자신이 쓰러뜨려야만 할 적이 나타날 때까지, 계속, 계속, 계속…….

그 즈음, 마사토 일행은…….

마을에 있었다.

"자, 어서 오세요! 월례행사인 스페셜 서비스 중입니다! 갓 잡은 신선한 생선과 조개, 새우, 게! 한 소쿠리 가득 채워서 단돈 3,000맘! 오늘 저녁 식사용으로 사가시죠! 자, 어서 오세요!"

선착장에 쌓여있는 해산물 앞에서, 어부로 보이는 아저씨가 큰 목소리로 그렇게 외치고 있었다.

그곳에 어머니 군단이 쇄도했다.

"한 달에 한 번 뿐인 대박행사야! 이 기회를 놓칠 수는 없어!"

"계산 때까지 소쿠리에서 쏟아지지만 않으면 세이프! 쏟아지지만 않는다면 얼마든지 쌓아도 돼!"

"쌓자! 잔뜩 쌓는 거야! 하아아아아아앗! 조개조개새우생선생선생선!!"

"어머나, 아직 멀었네! 새우와 게의 손발을 얽히게 해서 고정시키는 게 요령이야!"

어머님들은 준비되어 있는 소쿠리에 해산물을 산더미처럼 쌓고 있었다. 그 손길은 눈에 보이지 않을 만큼 빨랐다. 달인이라 불리는 무도가의 백열펀치보다 훨씬 빨랐다.

그렇게 어머니들이 소쿠리 위에 30센티미터, 40센티미터, 50센티미터씩 해산물을 쌓고 있지만…….

그 중에는 해산물의 탑을 1미터 이상 쌓은 어머니가 있었다.

누구인지는 말하고 싶지 않다. 마사토는 정말 말하고 싶지 않았다. 말하고 싶지 않지만…….

마마코다.

“여기 좀 보렴, 마 군! 이렇게 많이 쌓았단다! 어떠니? 이 엄마, 할 때는 하지?!”

“아, 예…… 그렇네요…….”

마사토를 비롯해, 와이즈와 메디, 포타도 어머니들의 진지한 눈길에 압도당한 나머지 멍하니 서있었다.

그 후, 어머니들이 저녁 식사 준비를 해야 한다고 태연한 얼굴로 말했기에, 다시 탑으로 향하는 게 아니라…….

마사토 일행이 대량의 해산물을 안아들고 거점으로 돌아가자…….

“오, 돌아왔구나! 기다리고 있었어! ……자, 어때?! 엄청나지?! 우리가 온힘을 다해, 완전 고저스한 호텔로 뜯어고쳤다고!”

포치와 건달들이 자랑스레 그렇게 말하며 가리킨 것은 마치 궁전처럼 화려해진 건물이다. 벽과 기둥은 아름다운 대리석으로 되어 있었다. 그리고 건물 주변에는 흐드러지게 핀 꽃으로 꾸며져 있으며, 입구로 이어지는 통로 도중에는 분수가 있었다. 그리고 그 분수 안에는 마마코를 닮은 여신의 조각상까지 있었다.

폐허나 다름없던 낡은 여관이 하루가 채 지나기도 전에 호화로운 호텔로 랭크업! 엄마 길드 호텔이 됐다!

마사토는 무심코 포치를 향해 뛰어가더니, 눈물이 가득 맺힌 눈으로 그를 지그시 응시했다.

"이, 이렇게…… 이렇게까지…… 크윽!"

"헤헷. 어이어이, 마사토 군. 감동한 건 알겠지만, 남자가 질질 짜면 어떻게 하냐고. 뭐, 심정은 이해해. 헤헷."

"훌쩍! 그런 게 아냐! 그런 게 아니라고! 크으으윽!"

포치들이 도와줬다면 탑 공략도 순조롭게 진행됐을 텐데, 왜 이 힘을 탑 공략에 쏟지 못하는 걸까.

마사토는 그렇게 외치고 싶었지만, 너무 분한 나머지 목에서 말이 나오지 않았다.

엄마 길드 업무일보

【직책】 길드 마스터

【성명】 오오스키 마마코

【업무 보고】

마을의 어머님들이 길드 멤버가 되어 주셨어요. 그리고 함께 행동하면서 집단속과 세탁물 걷기, 그리고 해산물 세일 등, 어머니에게 있어 매우 중요한 퀘스트를 하나하나 클리어했죠. 정말 믿음직한 어머님들이었어요.

이 페이스로 엄마 퀘스트를 제패하고 싶네요.

【특기사항 등】

어머님들이 가지고 왔던 디저트 중 일부를 정리해볼까 해요.

케이크가게 『시사이드 맘』의 롤케이크(1,900맘 : 16센티미터).

스위츠바 『아르샤티에』의 마들렌 세트(2,300맘 : 16개).

과자 전문점 『우미가메야 본점』의 도라야키(2,200맘 : 12개).

여기 적지 못한 건 별지에 정리해둘게요.

【멤버들의 코멘트】

제발 부탁이니까, 우리의 진정한 목적을 잊지 좀 마.
확 울어버린다

마카롱이 정말 맛있었어!
사러갔다 올게!

저는 MP회복포션 맛만 생각나요…….
우웁…….

제 숄더백에는 장기 보존이 가능해요!
맡겨만 주세요!

제4장
받아줄 용기. 자애로운 마음. 그리고 전신갑옷. 그것이 엄마에게 꼭 필요…… 어? 갑옷?

포치와 건달들이 힘써준 덕분에, 엄마 길드의 거점은 허름한 여관에서 호화 호텔로 다시 태어났다.

겉모습은 물론이고 내부도 완전히 탈바꿈했다. 유리는 고사하고 창틀조차 남아있지 않던 창에는 자물쇠 부분에까지 세공이 된 고급스러운 창문이 설치됐다. 안전하게 걸을 수 있는 부분이 적어보이던 바닥에는 걸음을 내딛는 것조차 부담될 만큼 깨끗하게 플로어링 가공이 되었으며, 통로 곳곳에는 플라워 아트가 장식되어 있었다.

그런 고급스러운 호텔의 1층 레스토랑 라운지에서…….

"자, 그럼 식사하자. ……잘 먹겠습니다."

""""잘 먹겠습니다~.""""

오늘도 인사를 하며 일본식 아침 식사가 시작됐다.

용사, 용사의 어머니, 현자, 치유술사, 여행상인. 그리고 정체불명의 수녀까지 동석하고 있었다. 그리고 맛있게 식사를 할 상황이지만…….

용사 마사토는 된장국 그릇에 둥둥 떠 있는 생선머리를 지그시 쳐다보며 딱딱하게 굳어버렸다.

"……저기, 엄마. 이건 대체 뭐야?"

"서덜국이야. 그러고 보니 처음 만들어준 거니?"

서덜국의 『서덜』이란 생선살을 발라내고 남은 머리나 뼈를 말한다. 그것으로 육수를 내서 끓인 국을 서덜국이라고 부른다. 지방에 따라서는 된장을 쓰지 않는 곳도 있다.

이것은 어제 해산물 세일에서의 수확을 아낌없이 쓴 결과다. 역시 마마코. 역시 주부. 똑 부러졌다.

생선머리와 뼈가 들어간 된장국이니 인기가 없을 줄 알았는데 「엄청 맛있네!」, 「제 입에도 맞아요」, 「독특한 맛이 정말 끝내주는 군요」, 「생선살도 맛있어요!」, 「뼈가 있으니 조심하렴」 여자들은 꽤 마음에 들어 했다. 확실히 맛은 나쁘지 않았다. 해산물은 일본인의 혀에 잘 맞는 것 같았다.

뭐, 그건 괜찮지만…….

어제 수확의 결과물을 이렇게 즐긴다는 것 자체가 마사토는 꽤 마음에 들지 않았다.

"하아…… 저기, 엄마. 나 좀 볼래?"

"어머, 밥 더 줄까?"

"그런 게 아냐. ……엄마. 우리의 어제 목적은 해산물 스페셜 세일이 아니었다고 생각하는데 말이야. 어때?"

"응? 으, 으음, 그래. 세일이 목적은 아니었지. 목적은 탑의 공략이었어."

"그럼……."

"그럼 왜 안 온 건데에에에엣!"

그렇게 고함을 지른 이는 마사토 일행 중 누군가가 아니었다.

그 목소리가 들린 순간, 레스토랑 라운지의 창문을 누가 발로 걷어차며 부수더니 안으로 뛰어 들어왔다.

유리 조각으로 범벅이 된 채 바닥을 구른 후, 벌떡 일어선 이는…… 유리 파편이 온몸에 꽂힌 것 같지만 의외로 괜찮아 보이는 아만테였다.

"어, 어이…… 괜찮아?"

"이딴 건 아프지도, 가렵지도 않아! 그것보다…… 너희들! 대체 무슨 속셈이야?! 어제는 탑을 공략한 예정이었지?! 아줌마들만 잔뜩 있는 괴상한 편성이기는 했지만, 그래도 탑을 올라갈 생각이었잖아?! 내 말 맞지?!"

"그, 그래……. 괴상한 편성이라는 점에도 일단 동의하기는 하는데……."

"그런데 왜 올라오지 않은 건데?! 20층까지는 온 것 같던데, 거기서부터는 올라오지 않았잖아! 대체 무슨 속셈이야?!"

"으음, 그게……. 대부분, 아니, 모든 어머니들이 집단속, 세탁물, 특판 세일 같은 게 신경 쓰이나 보더라고. 그래서 그때마다 마을에 돌아갔더니……."

"뭐어?! 무슨 소리야?! 그게 무슨 소리냔 말이야! 장난치는 거야?!"

"나도 같은 생각이야……."

"이런 소리를 일일이 할 필요는 없겠지만…… 나는 너희가 올 줄 알고 함정을 설치해놓고 기다렸단 말이야! 그리고 그 함정이 실수로 발동된 바람에 자폭해버렸는데, 그 후에도 너희가 오기만 기다리고 있었거든?! 밤새도록!"

"아~ 그랬나요……. 고생 많으셨습니다……."

이야기를 듣고 보니 「혹시 안 올라가기 잘한 거 아냐?」, 「그런 것 같아요」, 「저도 그런 느낌이 들어요!」 여자애들이 식사를 하면서 한 말이 옳을지도 몰라~ 같은 생각이 마사토의 머릿속을 스쳤다.

하지만 하염없이 기다려야만 했던 이는 화가 잔뜩 난 것 같았다. 아만테는 무시무시한 표정으로 마사토를 노려보며 말했다.

"게다가 이건 또 뭐야?! 여유롭게 아침 같은 거나 먹어대고 있잖아! 너희는 탑을 공략할 마음이 있긴 한 거야?! 응?!"

"아, 아니, 피치 못할 사정이 있어서…… 나도 가능하면 지금 바로 출발하고 싶은데……."

"그럼 빨리 출발하란 말이야! 왜 안 하는 건데?! 뭐가 문제야?!"

뭐가 문제냐면…….

느긋하게 식사를 하고 있던 여자애들이 차례차례 대답했다.

"단순히, 머릿수가 모자라. 어머니 군단은 오후부터 참가하거든."

"오전에 집안일을 마친 후에 모이기로 했어요. 덕분에 탑 공략에 투자할 시간이 줄기는 했지만……."

"집안일을 미리 마쳐두면 탑 공략에 집중할 수 있어요! 와이즈 씨와 메디 씨가 전송마법을 왔다 갔다 할 필요가 없을 거예요!"

그런고로…….

"솔직히 말해 나도 엄청 불만이긴 해. ……하지만, 충분한 인원수가 모이지 않으면 시작도 못하잖아? 그러니까 오늘은 오후에 출발할 거야."

어쩔 수 없는 일이라고 자기 자신도 납득시키기 위해, 마사토는 차분한 어조로 그렇게 말했다. 하지만…….

"……대체 뭐하는 거야……. 정말 말도 안 돼……."

아만테는 고개를 푹 숙인 채 떨고 있었다. 부들부들 떨고 있었다. 완전히 열 받은 것 같았다. 금방이라도 불같이 화를 낼 것만 같은 분위기였다.

바로 그때, 불에 기름을 붓듯이…….

"저기, 아만테 양……."

"윽! 오오스키 마마코!"

마마코가 말을 걸었으니 대참사가 일어날 수밖에 없다.

마마코를 적대시하고 있는 아만테가 그녀의 모습을 본 순간, 그대로 불이 붙었다. 그리고 대폭발이 일어난 것이다.

"하아, 정말! 하아아아아아아, 정말! 저기도 엄마! 여기도 엄마! 나를 가지고 노는 것도, 이렇게 불쾌하게 만드는 것도, 전부 엄마! 적당히 좀 해! 진짜로 적당히 좀 하란 말이야!"

"저, 저기, 아만테 양? 좀 진정……."

"말 걸지 말아줄래?! 기분이 더 나빠진단 말이야! 아아, 정말! 이렇게 됐으니, 확 이 자리에서 결판을 내주겠어!"

아만테는 짜증 섞인 고함을 질러대면서 검을 뽑아들었다.

"자, 오오스키 마마코! 덤벼! 빨리! 덤비란 말이야!"

"기, 기다려, 아만테 양! 진정 좀 해!"

"그래, 아만테! 일단 진정해!"

"나는 이제 설거지를 해야 해. 접시에 붙은 찌꺼기가 마르기 전에, 씻어내야만 해!"

"그래, 아만테! 엄마는 설거지를 해야 하니까…… 어, 잠깐만, 엄마?! 지금 무슨 소리를 하는 거야?!"

"큭! 그럼 빨리 설거지를 마치란 말이야!"

"너도 그걸 우선해도 괜찮은 거냐?!"

"아…… 아냐! 역시 좋지 않아! 엄마 뜻대로 휘둘리는 이제 질렸으니까…… 그래!"

아만테는 묘안이 생각났는지, 마마코를 검 끝으로 겨누면서 말했다.

"오오스키 마마코! 당신이 설거지를 구실삼아 나와 싸우지 않으려고 한다면, 그 설거지로 승부하자! 나와 당신, 누가 더 세정력이 뛰어난지로 승부하는 거야!"

그런고로…….

레스토랑 라운지에서, 조리대와 설거지용 싱크대가 늘어서 있는 주방으로 이동한 후…….

"으음, 그럼 마마코 씨 VS 바보만테의……."

"잠깐만, 거기 현자! 내 이름을 이상하게 부르지 마!"
"마마코 씨 VS 주제 모르는 애의, 설거지 대결을 시작할까 합니다."
"거기 치유술사! 너도 내 이름을 똑바로 말해!"
아만테가 고함을 지르며 난리를 쳤지만, 와이즈와 메디는 깔끔하게 무시하며 대결을 진행했다.
오른쪽 싱크대 앞에는 마마코가 섰다.
"승부를 할 생각은 없지만, 설거지는 빨리 끝내고 싶네."
왼쪽 싱크대 앞에는 아만테가 섰다.
"승부는 승부야. 설거지든 뭐든, 내가 엄마라는 족속한테 질 리가 없어."
대결을 앞둔 마마코는 방긋 웃고 있었고, 반대로 아만테는 의욕을 불태우며 날선 분위기를 자아내고 있었다.
"하아…… 어쩌다 이렇게 된 건지……. 아무튼 대결을 안 했다간 아만테가 계속 야단법석을 떨 것 같으니까, 설거지 능력을 겨루는 대결을 시작하겠습니다……. 두 선수, 제자리에 서세요. 그럼 준비……."
"설거지 대결, 시작해주세요!"
마사토와 포타의 신호에 맞춰, 시합이 시작됐다!
각자의 싱크대 안에는 마사토 일행이 아침 식사를 할 때 쓰인 식기가 3인분씩 들어 있었다. 이걸 먼저 설거지하는 쪽의 승리다.
"간다! 수치로 환산하면 53만 정도 될 듯한 내 세정력을 보여주겠어!"

아만테는 그 신호에 맞춰 설거지를 시작했다.

설거지용 스펀지에 세제를 적당히 묻힌 후, 우선 컵, 그 다음은 김이 놓였던 접시와 밑반찬용 접시를 씻은 후, 국그릇으로 넘어갔다. 그 다음은 밥그릇, 그리고 달걀을 풀 때 쓰는 조그마한 접시 순서로 설거지를 했다.

적게 더러워진 것부터 차례차례 씻는 게 설거지의 기본이다. 아만테는 의외로 제대로 설거지를 하고 있었다.

"후훗! 나, 실은 집안일에는 자신 있어! 엄마 같은 건 없어도 얼마든지 잘 살아갈 수 있단 말이야! ……자, 오오스키 마마코! 빨리 패배를 인정해!"

이미 승리에 도취된 듯한 아만테가 오른쪽 싱크대를 힐끔 쳐다보니…….

싱크대 앞에 선 마마코는 스펀지가 아니라 성검 알투라를 쥐고 있었다.

"자, 그럼 시작해볼까."

"자, 잠깐만, 오오스키 마마코?! 당신, 검을 뽑아들고 대체 뭘 하려는 거야?!"

"그야 물론 이럴 생각이란다."

마마코는 싱크대 안의 식기를 포개지지 않도록 뒤집어서 놨다.

그리고 알투라의 푸른 칼날 부분에 세제를 적당히 묻히더니, 식기를 향해 내밀었다.

그러자 검에서 적당량의 세제가 섞인 물이 고압으로 쏴아~하고 분출됐다. 마치 식기세척기처럼 수압으로 식기를 설거지했다.

뒷면을 씻은 후, 식기를 뒤집더니 또 쏴아~하고 물을 뿜자…….

"자, 다 됐어."

"어어어어엇?!"

마마코는 설거지를 마쳤다. 「자, 잠깐만 있어봐!」 아만테는 허둥지둥 마마코 쪽의 싱크대를 쳐다보더니, 식기를 손에 들고 꼼꼼히 살펴본 후, 아연실색했다.

"얼룩 하나 없어……. 손으로 설거지한 것보다 훨씬 깨끗한데다, 압도적으로 빨라……. 맙소사……. 검에서 방출된 물줄기로 설거지를 하다니……."

"우리 거점은 어제까지 수도꼭지에서 물이 나오지 않았어. 그래서 물의 힘을 지닌 검으로 설거지를 할 수 없나 싶어 시도해봤더니, 이렇게 되지 뭐니. 정말 편해. 이 검은 정말 쓸모가 많아. 우후후."

"쓸모가 많다니……. 이, 이런 방식은 사도(邪道) 아냐?! 반칙이라고 생각해!"

아만테는 맹렬하게 항의했지만…….

마사토는 해설석으로 이동하더니 심사위원인 시라아세에게 코멘트를 요청했다.

"으음~, 시라아세 씨. 아만테의 주장에 대해 어떻게 생각하시죠?"

"전설의 검을 식기세척기로 쓰고 있는 점은 일단 제쳐두기로 하고, 설거지에 있어서 중요한 점은『얼마나 깨끗하게, 그리고 빠르게』이며, 방법에 관해서는 개개인의 재량에 맡겨도 된다고 생각합니다. 이 세상에는 손 설거지 파도 있고, 식기세척기 파도 있으니까 말이죠."

"그런 배려가 필요하다는 거군요. 잘 알겠습니다. 감사합니다. ……어이, 아만테. 들었지?"

"마, 맙소사…… 그럼……."

결판이 났다. 심사위원인 시라아세가 판정을 내렸다.

"설거지 대결의 승자는 마마코 씨입니다."

"어머나. 이겨버렸네."

마마코는 식기를 건조선반에 놓으면서 설거지를 마쳤다. 한편, 아만테는 헹구는 과정을 마치지 않았다. 식기들은 거품범벅인 채로 싱크대 안에 있었다. 결과는 일목요연했다.

마마코의 압승인 것이다.

"마마코 씨, 축하해요!"

"이길 생각이 없는데도 이기다니…… 역시 마마코 씨예요."

"역시 마마 씨는 대단한 엄마네요! 정말 존경해요!"

"자, 마마코 씨. 마마코 씨는 이번 승리로 WMC, 월드 마더 챔피언십의 출전권을 손에 넣으셨군요. 앞으로의 포부를 말씀해주시겠습니까?"

"글쎄요……. 마 군의 엄마로서, 마 군에게 부끄럽지 않은 대결을 펼치고 싶습니다. 많은 응원 부탁드립니다."

"출전하는 것만으로도 부끄러우니까 관둬. 좀 적당히 하라고."

아무튼 마마코가 승리했다. 동료들은 마마코의 곁에 모여 승리를 축하했다.

한편, 패배한 아만테는 정말 분한지 몇 번이나 바닥을 내려치고 있었다.

"크…… 말도 안 돼. 내가 지다니……!"

"으음~ 아만테. 어이없는 승부이기는 했지만, 일단 네 패배……."

"아냐. 아직 멀었어! 이건 뭔가의 착오…… 그래, 착오야! 내가 세정력으로 오오스키 마마코에게 질 리가 없단 말이야!"

"너도 세정력 같은 소리 좀 작작해. 제발 부탁이니까 좀 적당히 좀 해주십시오."

마사토가 정중히 요청했지만, 들은 척도 하지 않았다.

아만테는 몸을 일으키더니, 마마코를 노려보았다.

"오오스키 마마코! 재대결을 요구하겠어! 나와 한 번 더 승부해!"

"하, 하지만…… 저기, 아만테 양. 이제 그만하지 않겠니? 실은 마 군의 셔츠를 빨아야 해. 오전에는 따로 할 일이 없으니, 시간을 들여 깨끗하게 빨고 싶어."

"그래, 아만테. 우리 엄마는 바빠. 이제부터 내 셔츠를 세탁해야만…… 잠깐, 그런 소리를 했다간……."

"그럼 다음은 오오스키 마사토의 셔츠 세탁으로 승부하자!

누가 더 깨끗하게 빠느냐로 승부하는 거야!"

"거봐, 이렇게 될 줄 알았어. ……어이, 엄마. 이런 승부는 받아들이지 않아도 되니까……."

"그 승부, 받아주겠어! 마 군의 셔츠를 누구보다 새하얗게 빠는 사람은 바로 나야!"

"우왓?! 엄마가 엄청 의욕을 보이네?!"

사랑하는 아들과 관련된 것으로는 절대 지고 싶지 않은 것이다. 마마코는 그야말로 진심이었다.

그런고로…….

사방이 탁 트인 길드 호텔의 옥상으로 이동한 후…….

"으음~ 그럼 눈물 없이는 볼 수 없는 일전, 마마코 씨 VS 울보 조무래기만테의……."

"잠깐만, 거기 현자! 나는 안 울었거든?! 그리고 이름 좀 똑바로 말해!"

"마마코 씨 VS 타인의 셔츠를 빨기 전에 자기 장비부터 빠는 편이 낫지 않을까 싶을 만큼 냄새가 풀풀 나는 사람의 세탁 대결을 시작하겠습니다."

"거기 치유술사……. 너, 진짜 인정사정없네……." 훌쩍훌쩍.

아만테가 훌쩍거리는 가운데, 와이즈와 메디의 사회로 승부의 막이 올랐다.

건조대로 만든 링에 대결을 펼칠 두 사람이 들어왔다.

우선 챔피언인 마마코가 입장했다. 흙먼지가 곳곳에 묻은 마사토의 셔츠를 펼쳐 보이며 기쁜 듯한 표정으로 입장했다.

"우후후. 자, 보렴. 매일 힘차게 싸우니까 이렇게 더러워진 거야. 하지만 걱정하지 마. 이 엄마가 깨끗하게 빨아줄게."

그 뒤를 이어 도전자 아만테도 마사토의 셔츠를 펼쳐들며 입장했다.

"오오스키 마사토! 너의 이 더러운 셔츠를 새하얗게 빨 사람은 바로 나야! 이 얼룩이 순식간에 씻겨나가는 광경을 똑똑히 봐!"

두 사람 다 마사토의 세탁물을 과시하듯 펼쳐보였다.

그 광경을 본 마사토는 바닥을 데굴데굴 구르며 금방이라도 숨이 넘어갈 것처럼 괴로워했다. 「크오오오오…… 내 프라이버시가 죽었어어어어……」 마사토의 옷이 더러워진 건 전투 때문에 아니라 피치 못할 이유로 바닥을 데굴데굴 구른 탓이다. 아무튼 그 점은 제쳐두고…….

"승패의 기준은 단순명쾌합니다. 마사토 군의 셔츠를 더 새하얗게 빤 사람의 승자죠. 그럼……."

"세탁, 시작해주세요!"

시라아세와 포타의 신호로 시합이 시작됐다.

아만테는 바로 행동을 시작했다.

"탑에서의 노숙 생활로 다져진 내 실력을 똑똑히 보여주겠어!"

아만테는 아이템 스토리지를 열더니, 커다란 통을 꺼냈다.

"저 애, 왜 저런 걸 가지고 있는 걸까……."

"목욕할 때 쓴 게 아닐까요?"

"그래! 여기에 바닷물을 받아서 씻었어! 뭐 보태준 거 있어?!"

아만테는 와이즈와 메디의 시선을 견디며, 옥상의 수도꼭지를 이용해 통에 물을 받았다.

"그리고, 잡화점에서 산 이걸 쓸 거야!"

아만테는 빨래판과 의류용 세제를 꺼냈다. 셔츠의 더러워진 부분에 세제를 듬뿍 바른 후, 빨래판에 문질렀다! 「빨래판……」, 「어디를 쳐다보는 거야!」 한편에서 가슴 크기 싸움이 발발하려 하지만, 아만테는 개의치 않으며 열심히 빨래를 했다!

이쯤에서 해설로 넘어가겠다. 시라아세가 완전히 망가져버린 듯한 마사토에게 코멘트를 요청했다.

"마사토 군. 적의 보스가 당신의 셔츠를 열심히 빨고 있는 광경을 보니 어떤가요?"

"어떤 감정을 품으면 될지, 그리고 어떤 표정을 지으면 좋을지, 정말 모르겠어요."

정신적으로도, 육체적으로도 거의 탈진 상태인 마사토는 그렇게 대답할 수밖에 없었다. 다양한 단계를 건너뛴 채 그대로 이 세상에서 사라질 것만 같았다.

그리고 마사토의 셔츠의 얼룩 또한 사라져갔다. 아만테의 세탁은 순조로웠다.

"후후훗! 소매의 얼룩이 꽤 옅어졌어! 역시 내 세정력은 대단해! ……어때? 오오스키 마마코! 패배를 인정하고 싶지 않아?!"

아만테가 자신의 성과를 보여주며 그렇게 말하자…….

아직 세탁을 시작하지 않은 마마코가 마사토의 셔츠를 꼭 끌어안은 채 슬픔에 찬 표정을 지었다.

"아만테 양…… 좀 손속에 사정을 뒀으면 좋겠어."

"손속에 사정? 어이가 없네. 이건 승부야. 그런 짓을 할 이유가……."

"내가 하고 싶은 말은 말이지? 그렇게 힘을 줘서 문지르다간 마 군의 셔츠가 상할 테니까, 좀 조심해줬으면 좋겠어."

"어, 그런 뜻이야? ……마, 맞는 말이지만…… 그래도 이런 찌든 때를 지우려면 어쩔 수 없잖아?! 이렇게라도 해야 깨끗해진단 말이야!"

"아니, 그렇지 않아. ……이렇게 하면 돼."

마마코가 손에 든 것은 빨래판도, 세제도 아니라 성검 알투라다.

마마코가 알투라를 치켜들자 푸른 칼날에서 물이 샘솟더니 공중에서 뭉치면서 커다란 물방울이 형성됐다.

그 물방울 안에 마사토의 셔츠를 넣더니…….

"조심조심 빨면서도 찌든 때를 지울 수 있어."

마마코가 작동 버튼을 누르듯 그 물방울의 표면을 톡 누르자…….

커다란 물방울 안이 외출복 세탁 설정의 세탁기처럼 천천히 회전하면서 세탁이 시작됐다. 셔츠가 물 안에서 우아하게 춤추기 시작한 것이다.

그와 동시에 셔츠에 붙어 있던 찌든 때가 분해되어갔다.

그 광경을 본 아만테는 턱이 빠진 것처럼 입을 쩍 벌렸다.
"마, 말도 안 돼……. 그 검은 대체 뭐야?! 뭐가 어떻게 된 건데?!"
"어머니의 마음은 모든 것을 가능케 해. 우후후."
어머니의 마음이 소프트 세탁과 계면활성제 같은 효과를 일으킨 것이다. 틀림없다.
그렇게 셔츠의 얼룩이 점점 사라지더니…….

놀라울 정도로 새하얗게 된 셔츠, 그리고 때를 꽤 빠졌지만 쭈글쭈글해진 셔츠가 널린 건조대 링의 중앙에서…….
심사위원인 시라아세가 판정을 내렸다.
"세탁 대결의 승자는 마마코 씨입니다."
"우후후! 해냈어!"
결과는 그야말로 일목요연했다. 또 마마코가 압승을 거둔 것이다.
승자의 주위에 사람들이 몰리더니 시끌벅적하게 떠들어댔다.
"뭐, 당연한 결과야. 마마코 씨잖아. 그리고 마사토의 셔츠를 빠는 승부인걸."
"마사토 군에 관한 걸로 마마코 씨가 질 리가 없으니까요."
"마마 씨는 마사토 씨에 관한 일로는 절대 지지 않아요!"
"자, 마마코 씨. 마마코 씨는 이번 승리를 통해, WMC, 월드 마사토 군 챔피언십의 시드권을 손에 넣으셨습니다. 그럼 지금의 심경을 말씀해주시겠습니까?"

"설령 그 어떤 어머니가 상대일지라도, 마 군 세계제일의 자리는 누구에게도 양보하지 않을 거예요!"

"어이, 잠깐만. 헛소리 하지 마. 적당히 하라고. 전 세계의 엄마들이 내 정점을 목표로 삼으며 싸우는 건 의미 불명 겸 지옥 그 자체잖아. 관두라고."

많은 어머니들이 처절한 싸움을 펼치는 마사토 세계대회편을 고대해주시길…….

……그런 농담이나 입에 담을 때가 아니다.

"기, 기다려! ……내가 엄마한테 질 리가 없어……. 그럴 리가 없단 말이야! 나는 아직 지지 않았어!"

아만테의 고함소리가 이 평온한 분위기를 갈가리 찢었다.

"어이, 아만테……. 너, 아직 그런 소리를……."

"하지만 사실이잖아! 나는 지지 않았어! ……그, 그래! 이건 3판 2선승제야! 그러니까 아직 지지 않았어!"

"하아~. 알고는 있었지만, 역시 이 애는 바보네."

"설령 3판 2선승제라도 이미 두 번 졌으니까 진 건데 말이죠."

"세 번째 승부는 포인트 100배! 그러니까 세 번째 승부에서 이긴 사람이 승자! 자, 결정! 마지막 승부는…… 그래……. 탑에서 치르는 거야! 그렇게 하자! 설거지는 끝났지?! 세탁도 끝났지?! 그럼 이제 집단속을 마치고 바로 출발해! 알았지?!"

아만테는 일방적으로 말을 늘어놓고 옥상 울타리 쪽으로 뛰어가더니…….

“이런 소리는 일부러 안 해도 되겠지만, 어디 사는 바보들이 어슬렁어슬렁 돌아온 덕분에, 우리 쪽의 전력은 충분히 갖춰졌어! 각오해둬!”

아만테는 그런 말을 남긴 후, 그대로 몸을 넘겼다.

게다가 여기는 호텔 옥상이라, 휘잉…… 우직! 하고 엄청 아플 것 같은 소리가 들렸는데…….

울타리 쪽으로 가서 내려다보니 아만테는 멀쩡해 보였으며, 화를 불같이 내면서 돌아갔다. 정말 튼튼한 녀석이다.

자…….

“집단속을 마치고 바로 출발하라니…… 그게 뜻대로 될 리가…….”

이 마을의 어머니들은 오후에 합류하기로 했다. 그때까지는 출발할 수 없다고 아만테에게 설명했는데…… 바보라서 이해하지 못한 걸까…….

바로 그때였다.

“마사토, 잠깐 기다려.”

“어쩌면 금방 출발할 수 있을지도 모르겠어요.”

옥상 가장자리에서 아래쪽을 내려다보던 와이즈와 메디가 그렇게 말했다.

대체 그게 무슨 소리일까…….

“죄송해요! 마마코 씨! 여러분! 계신가요?!”

그 목소리를 듣고 입구 홀에 가보니, 있었다.

"……윽……."

있었다. 어머니 군단이 말이다.

외출할 때 있는 나들이옷을 입고, 물건이 가득 들어있는 백을 든 어머니들이 집결해 있었다. 어제 마사토 일행과 함께 탑으로 향했던 어머니들뿐만 아니라, 그 곱절은 될 듯한 어머니들이 모인 것 같았다. 언뜻 봐도 서른 명은 될 것 같았다.

마사토 일행이 얼빠진 표정을 짓고 있을 때, 포치의 어머니가 앞으로 나서더니 당황한 듯한 어조로 말했다.

"여러분, 안녕하세요! 갑자기 찾아와서 죄송해요!"

"아, 으음, 괜찮아요……. 그건 그렇고, 숫자가……."

"저희가 이야기를 했어요! 가출한 아이들을 다시 데려올 수 있다고요! 그랬더니 다른 아주머니들도 협력하겠다고 하지 뭐예요! 그래서, 아이가 가출한 집의 어머니 모두가 함께 왔어요!"

"그, 그런가요……. 감사합니다……. 하, 하지만, 오후에 모이기로 하지 않았나요? 집안일을 해야 한다고……."

"원래 그러기로 했죠! 그런데 좀 문제가 생겼어요! ……이걸 좀 봐주세요!"

포치의 어머니는 조그마한 메모 용지를 보여줬다. 거기에는…….

【마무리 지어야 할 일이 있어. 금방 돌아올게.】

꽤 예쁜 글씨체로 그렇게 적혀 있었다.

"이건…… 포치 씨가 쓴 건가요?"

"예! ……어제 여러분의 거점을 수리한 후에 집에 돌아오기는 했는데, 그 후로 보이지를 않더라고요……. 자나 싶어서 방에 가보니 이런 메모만 있지 뭐예요! 그리고 금방 돌아온다고 적혀 있는데, 아침이 되었는데도 돌아오지를 않아요!"

"돌아오지, 않은 건가요……."

마사토가 포치의 메모를 뚫어져라 쳐다보고 있을 때, 와이즈를 비롯한 다른 동료들도 옆에서 그 메모를 쳐다봤다.

"으음…… 또 가출한 것 같지는 않네."

"예. 돌아오겠다고 적혀 있기도 하고요."

"으음, 마무리 지어야 할 일이라는 게 대체 뭘까요?"

"간단히 생각해보면, 결판 혹은 해결을 해야 할 일이 있다는 거겠죠."

시라아세의 말이 아마 맞을 것이다. 자신이 벌인 일에 마침표를 찍고 오겠다는 의미로 쓰인 것이리라.

포치는 대체 무슨 일을 마무리 지으려는 것일까.

'가출 소동의 해결, 아니면 길드 습격 사건의 해결…… 어느 쪽이든…….'

이 모든 일의 원흉인 아만테를 어떻게 하기 위해 행동을 했다고 봐야할 것이다.

그렇다면…….

"……아마 포치 씨는 탑에 간 거겠네."

"역시 그렇게 생각하나요? 저도 같은 생각이에요! 다른 엄마들에게 물어보니, 그저께 돌아왔던 애들도 포치와 마찬가지로 전부 사라졌대요!"

"전원이 말인가요……. 그럼 숫자가 상당할 테니 인원수 문제도 해결되겠네요……."

"그렇겠죠?! 그러니까 말이죠! 그러니까……!"

포치의 어머니만이 아니다. 자식이 또 행방불명이 되는 사태에 직면한 어머니들이 울먹거리면서 기도하듯 두 손을 모으더니, 애절한 눈빛으로 쳐다보고 있었다.

아직 아이들이 돌아오지 않은 어머니들 또한 필사적인 표정을 짓고 있었다.

어머니들은 자식들을 걱정하며, 진심으로 도움을 필요로 하고 있었다.

그리고 자식을 둔 어머니인 마마코는 아무 말 없이 고개를 끄덕였다.

와이즈와 메디와 포타, 그리고 시라아세도 마사토를 쳐다보았다.

다들 마사토의, 용사의 말을 기다리고 있는 것이다. 그러니…….

"집단속을 철저히 한 다음, 가자!"

응. 뭔가 이상하다. 이럴 때는 그냥 깔끔하게 「가자!」 하고 말하는 편이 나을 것 같았다.

하지만 이 자리에 있는 이들 전원이 그 말에 동의한다는 듯이 힘차게 고개를 끄덕였다. 역시 집단속은 중요하다.

엄마 길드는 총력을 결집해 탑 공략에 나섰다.

“그럼 여러분! 출발하죠!”

마마코의 말에 맞춰, 재빠르게 행동을 시작했다.

“자, 그럼 저도 동행하도록 하겠습니다.”

“어? 시라아세 씨도 같이 가는 건가요? ……대체 무슨 바람이 분 거죠?”

“이제부터 무슨 일이 일어날 것인지, 운영 측으로서…… 아니, 개인적으로 지켜봐두고 싶어서 말이죠. 그래도 될까요?”

“아, 예. 물론이죠. 그럼 잘 부탁드려요.”

출격 멤버는 마사토 일행을 필두로, 동행 의사를 밝힌 시라아세, 그리고 어머니들 대군단. 총 서른 명이 넘는 대부대다.

부대는 마사토 일행을 선두로 이동했다. 마을 외곽의 언덕을 내려가서 마을의 대로를 지난 후, 탑이 있는 섬으로 이어지는 다리를 건넜다.

이동 중에도 일행은 조용했다. 어머니들은 수다를 자제했고, 표정에서는 긴장감이 묻어났다. 다들 자식들을 걱정하며 진지하게 탑 공략에 임하고 있는 것 같았다.

이 광경을 본 마사토를 비롯한 아이들 팀은 안심했다.

“보아하니 어제 같은 일은 벌어지지 않을 것 같네.”

“그래. 일시귀가 대회를 개최하지 않아도 된다니, 정말 다행이야.”

“맞아요……. 하지만 다른 불안이 엄습하기는 하는데…….”

"으음…… 저도, 좀 걱정되는 게 있어요……."

"그래……."

마사토는 아만테가 했던 말을 떠올렸다.

『어디 사는 바보들이 어슬렁어슬렁 돌아온 덕분에, 우리 쪽의 전력은 충분히 갖춰졌어! 각오해둬!』

그 말이 어떤 의미인지는 가능하면 상상하고 싶지 않지만…… 만일의 사태에 대비해둘 필요는 있을 것 같았다. 그리고 그 아이들의 어머니가 지켜보고 있는 상황에서, 어떻게 대처하면 좋을까…….

그런 생각이 머릿속을 스치는 사이, 어느새 일행은 탑의 입구에 도착했다.

엄마 길드 대부대가 문 앞에 서자, 발치에 마법원이 생기면서 카운트가 시작되더니 바로 문이 활짝 열렸다. 마사토 일행은 탑 안으로 돌입했다.

입구를 통과하자 보인 것은 건물 파편으로 만들어진 계단이다. 저 계단을 올라가면 바로 19층에 도달할 수 있다.

하지만 그 앞의 바닥에 화살표가 그려져 있으며, 문장 또한 적혀 있었다.

【워프 바닥을 이용해 후딱 올라와. 가끕적 빨리 말이야!】

……라고 적혀 있었다.

"흐음…… 아마 아만테가 쓴 거겠지."

"그래. 우리가 한시라도 빨리 와줬으면 하는 것 같네."

"하지만 『가끕』이 아니라 『가급』인데 말이죠. 맞춤법도 모르나 보네요. 좀 안됐군요."

"으음, 이건 함정이 아니라 생각해도 되겠죠?!"

"글쎄요. 저희가 함정에 걸려 늦게 도착할수록, 그만큼 상대의 짜증도 심해지겠죠. 『가급』이라는 말도 제대로 못 쓰는 사람이라도 그 정도는 알 겁니다."

"함정은 아닌 거구나……. 그럼 화살표에 따라 가보죠."

바닥에 그려진 화살표를 따라 건물파편으로 만들어진 계단을 우회한 일행이 처음에 시라아세와 왔을 때와는 다른 루트를 가보자, 그 화살표의 끝에는 조그마한 문이 있었다.

"여기구나."

혹시나 싶어 주위를 경계하며 문을 열자 그곳은 널찍한 방이었다.

실내에는 아무것도 없으며, 바닥에는 여덟 개의 마법원이 그려져 있었다. 2에서 9까지의 숫자가 적혀 있었지만, 8 이외의 마법원은 예리한 무언가에 의해 숭숭 구멍이 난 채 파괴되어 있었다.

그리고 8의 마법원 옆에는 【81층 행】이라는 안내 글까지 적혀 있었다.

"이게 워프 바닥이고, 이걸 이용해 81층으로 오라는 거구나. 정말 알기 쉬운 녀석이야. ……그럼 가보자."

마사토는 마법원 위에 섰다. 그러자 발치에서 빛이 새어나오더니, 그대로 사방을 물들였다. 갑작스레 뿜어져 나온 빛 때문에 눈을 감았다가…….

다시 눈을 떠보니, 다른 장소에 있었다.

"……여기가 81층이야?"

바닥에는 정체불명의 뼈가 흩뿌려져 있었고, 마치 괴물 그 자체인 것처럼 꿈틀거리고 있는 추악한 벽이 존재하는 층이다. 그 광경을 보자마자 머릿속을 스친 단어는 바로 『지옥』이다.

마사토에 이어 이곳으로 워프한 동료들도 미간을 찌푸렸다.

"어머나…… 왠지 무시무시한 곳이네……."

"우웩. 여기는 뭐야? 엄청 기분 나쁘네."

"사방이 추악하고 거무튀튀한게…… 마치 와이즈 양의 뱃속 같군요."

"내 뱃속이 아니라 네 뱃속이거든? 메디 뱃속이야말로 완전 시꺼멓거든?"

"으으으…… 완전 호러예요……. 저, 좀 무서워요……."

"그런가요? 저로서는 꽤 선호하는 분위기입니다만……."

정체불명의 수녀는 머릿속 또한 정체불명이라는 건 예전부터 알고 있었으니 제쳐두기로 하겠다.

아무튼 인원이 많아서 좀 시간이 걸리기는 했지만, 어머니 대군단도 도착했다. 자, 이제 출발이다.

"그럼 공략을 시작…… 어."

마사토가 걸음을 내디디려던 순간, 통로 끝에서 몬스터가 모습을 드러냈다.

다수의 머리를 지닌 지옥의 파수견 몇 마리가 달려들었지만……「에잇」마마코가 쌍검을 뽑아서 붕붕 휘두르자 그대로 쓸려나갔다. 자, 전투 종료. 순식간에 끝났다.

"상층부의 적도 식은 죽 먹기네……. 엄마는 정말…… 뭐, 이제 와서 이런 소리를 해봤자 아무 소용없지. 그럼 공략을 시작해보자."

엄마 길드의 대부대는 이동을 시작했다. 선두에는 마사토 일행이 섰고, 어머니 대군단은 그 뒤를 따랐다. 그들은 폭넓은 통로를 가득 채우며 나아갔다.

무턱대고 나아가기만 해선 시간을 낭비할 뿐이다. 그래서 마사토는 은근슬쩍 시라아세에게 말을 걸었다.

"저기, 시라아세 씨……."

"이 인근의 루트는 파악하고 있지 않습니다. 그러니 유감스럽게도 안내를 해드릴 수가 없군요."

"그, 그런가요……. 좀 기대했는데……."

"기대에 부응하지 못해 죄송합니다. 하지만 기본 정보라면 알려드릴 수 있어요. 예를 들자면 회피가 불가능한 함정에 관해서라든가 말이죠."

"회피가 불가능한 함정? 그런 게 있나요?"

"예, 있습니다. ……자, 나왔군요."

진행 방향에 함정이 출현했다.

통로에는 거대한 석조 바닥 한 장이 깔려 있었다. 뛰어넘을 수도 없을 만큼 큰 그 바닥에는 갑옷 마크가 새겨져 있었다.

"이건…… 혹시 하층부에 있던 바닥의 거대 버전인가요?"

"예. 너무 커서 회피가 불가능하죠. 밟을 수밖에 없습니다. ……참고로 함정의 효과는……."

"밟아보면 알 수 있지? 그럼…… 에잇."

"자, 잠깐만, 엄마?!"

마마코가 앞으로 나서더니, 아무렇지 않게 갑옷 마크가 그려진 바닥에 올라섰다. 그러자…….

마마코가 장비한 갑옷의 팔꿈치 부분이 사라졌다.

"어, 어머? 꺄아! 저기, 마 군! 이 엄마의 팔꿈치 방어구가 사라졌어! 이유가 뭘까?!"

"그야……. 아~ 혹시……."

시험 삼아 마사토도 그 바닥에 섰다. 그러자, 마사토의 팔꿈치 방어구도 사라졌다.

곧 마사토는 공간을 손가락으로 터치해서 스테이터스 화면을 입체 표시시켰다. 자신의 스테이터스를 체크해보니…… 방어력을 가리키는 DEF가 약간 낮아져 있었다.

"아하. 그렇게 된 거군요."

"예. 갑옷 마크의 바닥은 방어력을 저하시키는 함정입니다. 장비품이 사라지고, 방어력 자체도 낮아지죠."

"그게 뭐야. 엄청 성가시네. 원래 방어력이 낮은 마법사 계열에게는 너무 악독한 거 아냐?"

"그래요. 와이즈 양과 저는 특히 영향을……. 아, 그래도…… 마마코 씨 덕분에 일반 전투는 치를 일이 없으니까……."

“참, 그랬지. 그럼 공격을 당할 걱정을 할 필요는 없잖아. 그럼……”

와이즈는 태연하게 갑옷 마크가 그려진 바닥 위에 올라섰다. 그러자 망토가 사라졌다.

그 뒤를 이어 메디도 그 바닥에 발을 올려놓자, 힐러복의 소매가 사라지면서 민소매 복장이 되었다.

“흐음~. 둘 다 좀 시원해 보이네.”

“응. 의외로 괜찮네. 아까보다 움직이기 편해졌어.”

“왠지 동복에서 하복으로 바꾼 것 같네요. 오히려 좀 즐거운 느낌이 들어요.”

“저기, 시라아세 씨! 저는 비전투로 등록되어 있어서 방어력이 없는데, 제가 밟으면 어떻게 되나요?!”

“밟아보면 알 수 있을 거예요. 저도 같이 올라가죠. 그럼……”

포타와 시라아세가 그 바닥에 올라서자, 「우왓!」 포타의 소매가 짧아졌고, 「흠」 시라아세의 치맛자락이 약간 짧아졌다.

“전투, 비전투 가리지 않고 효과가 발동하는 거군요……”

“그리고 다른 어머님들에게도 같은 효과가 발동할 거라고 생각합니다만…… 애초에 전투에는 참가할 수 없으니 큰 문제는 없을 겁니다.”

“그렇군요. 그럼…… 계속 이동하죠.”

마사토가 그렇게 말하자, 엄마 길드의 대부대는 갑옷 마크 위를 통과했다. 「어머어머」, 「어머나」 어머니들의 나들이옷이 부분적으로 사라지기는 했지만, 약간 놀란 듯한 반응만 보일 뿐 딱히 문제는 없었다.

그리고 한동안 나아가자…….

"……아, 계단을 발견했어."

운 좋게도 금세 계단을 발견했다. 마사토가 우선 위로 올라갔다.

82층. 이 층도 아래층과 마찬가지로 지옥의 성을 연상케 하는 형태였다.

또한, 갑옷 마크가 새겨진 거대한 바닥판도 있었다.

"어이, 또냐……. 혹시 각층마다 이게 설치되어 있는 거 아냐?"

만약 그렇다면 한 층 올라갈 때마다 이걸 밟게 될 테고, 함정해제(리라시오) 바닥을 찾지 못하는 한, 효과가 중첩되면서…….

방어력이 점점 내려갈 테고, 그와 동시에 장비품도 점점 사라질 테니…….

'……그럼, 노출도 증가?'

뭐, 그렇게 될 것이다. 그것도 그럴 것이, 입고 있는 것이 점점 소실될 테니까 말이다.

그렇다면…….

"마사토 군. 좀 즐겁지 않나요?"

"아, 예. 뭐…… 어? 아, 아뇨? 하나도 즐겁지 않거든요?!"

마사토는 시라아세가 불쑥 건넨 말을 필사적으로 부정했지만…….

엄마 길드의 대부대가 순조롭게 탑을 올라갔다.

계단을 올라갈 때마다 그곳에는 갑옷 마크 함정 바닥이 있었으며, 함정 해제 바닥은 보이지 않았다. ……그렇게 장비품이 소실될수록, 노출도는 점점 증가했다.

83층.

"앗, 재킷이 사라졌어."

"84층.

"꺄앗! 치마가 엄청 짧아졌어요!"

85층.

"어이! 내 셔츠가 사라졌어!"

86층.

"우왓?! 양말까지 없어졌어요! 저, 완전 위기예요!"

87층.

"어머나. 팬티스타킹을 없애다니……. 이 함정도 뭘 몰라도 한참 모르는 군요."

88층.

"크. 나도 결국 바지와 팬티 차림이 됐어……. 맙소사……."

그리고 89층.

한동안 나아가자, 위층으로 이어지는 계단 앞에 함정이 준비되어 있었다. 또 갑옷 마크가 그려진 거대 바닥판이었다.

"크…… 밟을 수밖에, 없는 거냐……."

마사토는 바닥판 위를 통과했다. 그와 동시에 함정의 효과가 발동됐다. 마사토는 드디어 팬티 한 장만 걸친 모습이 되었다.

다른 이들도 그런 마사토를 본받듯이 차례차례 바닥판 위를 지나갔다. 「어머나!」, 「마침내 이런 모습이……!」 다른 이들도 이제까지와 마찬가지로 장비품이 사라져버린 것 같았다.

그리고…….

마사토가 절대 뒤를 돌아보지 않으며 앞으로 우직하게 나아가려던 순간, 등 뒤에 있던 시라아세가 그에게 말을 걸었다.

"마사토 군, 마사토 군. 저기 말이죠."

"왜, 왜 그러세요……?"

"다음은 드디어 90층이에요. 보스가 있는 층이죠. 주의를 환기시킬 겸 일행 전원에게 한 마디 해주는 편이 좋지 않을까요?"

"뭐, 뭐어, 그러는 편이 좋겠지만…… 그래도……."

전원에게 말을 건네기 위해 돌아보았다간, 보지 말아야 할 것은 보고 말 테니…… 관두는 편이 좋을 거라는 생각이 들었다.

마사토가 소극적인 태도를 취하자 시라아세는 이어서 말을 이었다.

"괜찮아요. 용사의 한 마디가 필요한 상황이니까요. 꼭 해주셨으면 해요."

"용사의 한 마디…… 그건 제가 할 일이 맞지만…… 아니, 그래도 역시……."

"그래요. 말을 하기 위해 이쪽으로 돌아선다면, 저를 비롯한 어머니들뿐만 아니라 소녀들의 속살을 구경할 수 있겠죠."

"그, 그렇죠? 그건 좀……."

“그래도 그건 불가항력입니다.”

“불가항력…… 정말 멋진 말이군요…….”

“그래요. 마사토 군은 용사로서 동료들의 안위를 걱정한 나머지 말을 걸려고 하는 것이며, 그 과정에서 불가항력적으로 보고 마는 것뿐이에요. 그러니 죄가 아니랍니다. 동료들을 소중히 여겨서 취한 행동이니까 말이에요.”

“동료들을 소중히 여겨서 취한 행위……. 그렇다면…… 그, 그렇다면야…….”

딱히 소녀들의 그런 모습이 보고 싶은 건 아니지만, 결단코 아니지만……. 동료들을 위한 일이니까, 그러니까, 그러니까……!

“으음…… 다, 다들! 곧 보스 전을 치를 거야! 마음 단단히 먹고 올라가자!”

마사토를 뒤를 돌아보며 그렇게 말했다!

그러자 소녀들의 살색 파라다이스가……!

“응. 그래. 마 군이 방금 말했다시피, 곧 보스 전을 치르게 되겠네. 조심할게.”

소녀?

뭐, 그렇게 보이기는 했다. 10대 여자애와 경쟁해도 될 만큼 젊고 탱글탱글한 육체와, 큼지막한 가슴을 레이스 달린 브래지어로 감싸고 있으며, 자그마한 팬티를 아낌없이 드러내고 있는 인물이 눈에 들어왔는데…….

“마음 단단히 먹어야겠군요, 하고, 뻔뻔하게 말해봤습니다. 이 사태의 장본인이면서 말이죠. 후후후.”

이 사람은 소녀? 소녀라고 하기에는 약간 나이가 든 느낌이지만…… 아름답기 그지없는 몸매를 지녔고, 어덜트한 느낌의 검은색 속옷을 정말 멋지게 소화하고 있는 분이 계셨으며…….

그리고…….

"이제부터 보스와 싸우는 거야? 왠지 무서운걸."

"그래. 그것도 속옷 바람으로…… 어머, 복부가 참 홀쭉하네."

"교정 속옷 덕분이야. 이걸 벗으면 정말 굉장하거든?"

"나도 살집이 삐져나와. 정말 난처하다니깐."

"그렇죠? 저도 허리 언저리에 군살이 많아요."

명백하게 소녀가 아닌 이들이 있었다. 소녀라는 연령으로부터 수십 년은 경과한 듯한 분들이 계셨다.

다들 베이지색을 좋아하는 것 같으며, 삐져나온 군살과 허리 주변의 살집 등, 자기 입으로 설명한 그대로의 몸매를 지니고 있었다.

소녀였던 시절에는 존재했을 부끄러움 같은 것은 이미 말라버린 걸까. 들고 있는 백으로 속옷 차림인 자신의 몸을 가리려고도 하지 않는 어머니 대군단이 눈에 들어왔다.

너무 한 거 아냐? 그래. 진짜로, 너무하다고.

마사토는 몸과 마음이 완전히 재가 된 채, 바닥에 철푸덕 널브러졌다.

"크…… 나, 딱히 기대는 안 했지만…… 그래도 너무하잖아아아아……. 완, 전, 히, 시라아세 씨가 판 함정에 빠져버렸어어어어……."

"딱히 마사토 군을 함정에 빠뜨릴 생각은 없었습니다. 없었지만…… 후후후."

시라아세는 평소와 마찬가지로 차갑고 차분한 표정을 짓고 있었지만, 엄청 즐겁게 웃고 있었다. 이게 정말…….

아무래도 빠른 복구가 필요할 것 같았다. 하다못해 뭔가 포상이라도 있으면, 발딱, 아니, 벌떡 일어설 수 있을 텐데…… 대체 포상은 어디에…….

"잠깐만, 거기 선두! 뭐하고 있는 거야?! 빨리 이동해~!"

"무슨 일 있는 걸까요……. 여기서는 잘 보이지 않네요……."

"으음~! 으음~! 저도 안 보여요!"

목소리만은 들렸다. 여자애들은 어머니 대군단 안에 섞여 있는 것 같았다. 어머니들의 베이지색 란제리 바리어 탓에, 그녀들의 모습은 전혀 보이지 않았다.

"크…… 뭐하고 있는 거야! ……진짜 모르네……. 너희는 몰라도 너무 모른다고……. 거기 있으면 안 되잖아! 이러면 어떻게 하냐고!"

"어머나. 마 군, 왜 그러니? 위층으로 올라가는 계단이 눈앞에 있는데 왜 가만히 있는 거야? ……혹시 배라도 아프니? 이 엄마가 배 좀 문질러줄까?"

"우오오오오?! 안 왔으면 하는 사람이 왔어어어어엇?!"

마사토의 곁으로 속옷 차림인 마마코가 다가왔다. 아들이 핀치에 처했다! 「마 군? 괜찮니?」 출렁출렁? 「몸 숙이지 마아아앗?!」 커다란 무언가를 흔들어대면서 얼굴을 들여다보는 어머니와 전속력으로 거리를 벌린 후…….

마사토는 죽을힘을 다해 달렸다. 코앞에 있던 계단을 뛰어올라간 것이다.

“보스를 해치우고 전부 다 끝내버리겠어! 보스만 해치우면 이 지옥도 분명 끝날 거야! 그러니까……!”

“응, 가자! 엄마는 항상 마 군의 곁에 있을게!” 출렁출렁!

“좀 떨어져주는 편이 아들로서는 기쁘거든?!”

그들이 뛰어올라간 곳은 90층. 보스가 기다리고 있는 층이다.

지옥의 끝에는 굳게 닫힌 커다란 문이 있었다. 마사토와 마마코의 뒤를 이어 다른 이들도 90층에 도착했고, 곧 카운트가 시작됐다.

마사토와 마마코, 어머니 대군단(속옷차림), 역시 모습이 보이지 않는 여자 멤버. 대인원의 숫자를 센 후…….

커다란 문이 열렸다.

“문이 열려! 마을 아주머니들은 안전한 곳으로 피해요! 딱히 이상한 의미는 없지만, 아무튼 내 눈에 띄지 않는 곳으로 이동해주면 좋겠어요! ……아! 그리고 시라아세 씨도 적당히 피해 있으세요!”

“그럼 그렇게 하죠. 저는 개입 자체가 불가능하니까요. 전혀 영향을 받지 않는 곳까지 물러서서 지켜보도록 하겠습니다.”

“마음대로 하세요! ……그리고 우리 파티의 최고 화력은 전투 준비!"

"우후후! 마 군의 엄마는 언제 어느 때나 준비OK야! 그리고…… 와이즈 양! 메디 양!"

그 말에 답하듯…….

"오케이! 초절정 현자인 내 마법만 믿어!"

핑크색 줄무늬 팬티를 입은 허리에 손을 대고, 캐미솔에 감싸인 절벽 가슴을 쫙 편 와이즈가 당당히 앞으로 나섰다.

그리고…….

"회복(쿠라)과 보조, 그리고 타격도 맡겨만 주세요! 물리공격에 능숙한 힐러의 힘을 보여드리겠어요!"

더러움을 모르는 듯한 순백의 속옷을 입은 메디도 앞으로 나섰다. 손에 쥔 지팡이를 휘두를 때마다, 그녀의 꽤 볼륨감 있는 가슴이 위아래로 흔들렸다.

드디어 속옷 차림의 소녀가 강림했다!

"그래! 바로 이거야! 엄마가 아니라 이쪽이라고! 진짜 ! 와이즈도, 메디도, 그런 것 좀 신경써달란 말이야!" 발끈!

"저기, 이유는 모르겠지만 마사토가 엄청 화난 것 같아."

"으, 으음……. 사과하는 편이 좋을까요."

"사과해도 돼!"

그런고로, 「「그, 그럼…… 잘못했습니다?」」, 「아뇨, 괜찮아요!」 일단 사과를 받고, 용서를 했다.

그리고 마음을 진정시키고 보니…….

"어라? 나, 두 사람을 그냥 쳐다보고 있는데…… 왜 나를

가만히 두는 건데? 벌 안 줄 거야……?"

"아, 으음, 뭐…… 처음에는 보면 확 죽여버릴 생각으로 숨어 있었지만…… 당당히 행동하는 어머니 군단을 보니, 왠지 신경 쓰는 것 자체가 어이없어졌거든."

"다른 사람들은 아무렇지 않게 여기는데, 저희만 괜히 신경 쓰는 것도 좀 이상할 것 같아서요. 로마에서는 로마의 법에 따르라는 말도 있잖아요."

주위 사람들의 행동에 자신 또한 따르는 것이다. 인간의 감각이라는 것은 원래 그런 걸지도 모른다.

"……그래?"

"응. 그러니까 네가 이상한 생각을 하거나 이상한 소리를 하지 않는 한 봐줄게. 자, 그러니까 너도 「이상한 소리를 해서 죄송합니다」 하고 사과해."

"아, 응. 그럼…… 이상한 소리를 해서 죄송합니다."

"아뇨, 괜찮아요."

사과를 하자, 상대방은 용서를 해줬다. 고마워? 러키?

아니, 어머니들에게 영향을 받아서 속옷 차림을 남자애에게 보여주는 걸 괜찮다고 여기게 된 저 두 사람의 머릿속이 걱정되는데…….

"마 군! 문이 열리려고 해!"

"참, 보스 전 직전이었지! 전투에 집중하자! ……포타는 빨리 안전한 곳으로 피신해!"

"아, 예! 저는 마을 아주머니들과 같이 있을게요!"

커다란 백을 안아든 포타가 토끼 팬티에 감싸인 엉덩이를 흔들며 뛰어가는 모습을 흑심이 어리지 않은 눈길로 지켜본 후…….

이제부터 벌어질 전투에 집중하기로 했다.

'여기는 90층이야. 보스도 꽤 강할 게 틀림없어…….'

지금은 전원의 방어력이 0에 가까운 상태다. 이런 상황에서 어떻게 싸울 것인가.

공격을 받지 않고 해치운다. 그 방법뿐이다. 속공으로 해치워버리는 것이다. 마사토는 성검 필마멘트를 치켜들며, 전심전력을 다한 총공격을 지시할 타이밍을 재기 시작했다.

그리고 문이 완전히 열리자…… 나타났다.

"후후후. 약속대로 온 것 같네. 그 점은 칭찬해주겠어."

나타난 이는 바로 아만테였다.

그녀는 꽃무늬가 들어간 귀여운 속옷 차림으로 당당히 등장했다. 몸매는 꽤 괜찮았다. 가슴 크기는 와이즈보다는 명백하게 크고, 메디보다 약간 작은 정도였다. 뭐, 그런 부분은 따로 설명할 필요가 없을지도 모르지만 말이다. 그것보다…….

"어이, 네가 보스야? 그것보다, 왜 너도 속옷 차림인 건데?"

"뭐? 속옷 차림? 무슨 소리를…… 꺄아아앗?! 내가 왜 속옷 차림인 거야?! 어떻게 된…… 앗, 그래! 나도 81층에서 여기까지 올라왔으니까, 이렇게 된 거구나!"

"우리 앞에 나타나기 전에 눈치채라고. 너, 진짜로 바보 아냐?"

"시, 시끄러워! 나도 좀 그런 생각이 들기 시작했단 말이야! 크윽!"

부끄럼쟁이라고나 할까, 매우 정상적인 반응을 보인 아만테는 허둥지둥 문 뒤편에 숨었다. 그리고 새빨개진 얼굴만 쏙 내밀면서 고함을 질렀다.

"으음, 으음…… 요, 용케도 여기까지 왔네! 그 점은 칭찬해 주겠어!"

"칭찬 감사합니다. 그런데 아까도 같은 말 하지 않았어?"

"몇 번 하던 그건 내 마음 아냐?! 말꼬리 좀 잡지 말아줄래?! ……아무튼, 약속대로 결판을 내주겠어! 총력을 다해 너희를 박살내버릴 거야! ……자, 나와!"

아만테가 그렇게 말한 순간, 문 너머에서 그림자가 모습을 드러냈다.

여러 몬스터가 다가오고 있었다. 우선 인간과 비슷한 몸을 지녔지만 머리가 도마뱀인 괴물, 리자드맨. 그리고 인간의 몸에 늑대의 머리를 지닌 워울프도 모습을 드러냈다.

그 외에도 개구리, 새, 곰, 사슴 등, 다양한 생물의 특징을 지닌 인간형 몬스터들이 일제히 모습을 드러냈다. 그 숫자는 약 서른 정도 될 것 같았다.

그 몬스터들은 상급 모험가처럼 장비를 잘 갖추고 있었다.

적의 모습을 본 마사토는 작게 혀를 찼다. 이건 바람직하지 않은 상황이었다.

"이 녀석들이 90층의 보스인 거야? 확실히 졸개 몬스터는 아닌 것 같지만…… 다수의 보스…… 한 녀석에 공격을 집중하지 못하게 된 만큼, 꽤 성가신걸……. 자, 어떻게 한다……."

마사토가 전술을 짜고 있을 때, 마마코가 주저 없이 이렇게 말했다.

"괜찮아, 마 군. 이 엄마의 공격이라면, 적이 아무리 많더라도 전혀 문제가 되지 않아."

"하긴, 그것도 그래. ……그럼 우선 엄마의 전체 2회 공격을 날려서……."

"어머, 공격할 거야? 공격하려는 거구나? 좋아. 자, 공격해 봐. 후후후."

아만테가 웃음을 흘리며 도발을 했다. 여전히 문 너머에 숨어서 말이다.

그 태도가 신경이 쓰였지만, 이렇게 눈싸움만 하고 있을 수는 없다. 마사토는 일단 마마코에게 공격 지시를 내리려고 했다.

바로 그때였다.

"저, 저기! 잠깐만요!"

포치의 어머니가 갑자기 입을 열었다.

포치의 어머니는 마사토 일행이 있는 곳으로 서둘러 뛰어왔다.

"왜, 왜 그러세요? ……설마, 이제 와서 집단속이나 빨래 같은 게 걱정된다는 건……."

"그런 게 아니에요! 그런 게 아니라……! 저쪽에 있는 몬스터의 머리를 좀 보세요!"

"저쪽에 있는 몬스터의, 머리……?"

포치의 어머니는 몬스터 무리 안에 있는 모히칸 헤어를 한 고릴라를 손가락으로 가리키고 있는 것 같았다. 그 모히칸 헤어가 왠지…….

"……어?"

마사토는 불현듯 눈치챘다. 저 모히칸 헤어가 왠지 눈에 익은 듯한 느낌이 들었던 것이다. ……아니, 분명 눈에 익었다.

"저 모히칸 헤어…… 포치 씨와 똑같……."

"그렇죠?! 저도 그렇게 생각해요! 저렇게 이상한 머리를 하고 있는 사람은 우리 애 말고는 본 적이 없거든요!"

"뭐, 뭐어, 그렇겠죠. 저도 모히칸 헤어를 실제로 한 사람은 포치 씨밖에 못 봤거든요……. 확실히 비슷한 정도가 아니라, 포치 씨의 모히칸 헤어 같아 보이는데…… 하지만……."

그렇다고 해서, 저기 있는 모히칸 머리를 한 고릴라가 포치 같지는 않았다. 상대는 몬스터가 틀림없다. 포치가 아닐 거라고 생각하지만…….

다행히, 이 자리에는 물어보지도 않은 걸 멋대로 설명해주는 바보가 있었다.

"저 몬스터가 눈에 익는 것도 무리는 아냐. 여기 있는 몬스터들은 내 부하가 된 모험가들의 말로거든."

"뭐? ……어, 어이, 아만테! 너 지금 뭐라고 했어?!"

"별 말 안했는데? 어제 불쑥 나타나서 나를 해치우겠다며 지껄여댄 포치 녀석들도, 그리고 부하였던 모험가들도 전부 다 어둠의 힘으로 몬스터화시켰어, 같은 소리는 절대 안 할 거야. 사실을 숨긴 채로 싸우게 하는 편이 훨씬 재미있거든."

"아아, 그러냐! 너, 성격이 정말 배배 꼬였구나!"

눈앞에 나타난 몬스터들은 포치를 비롯한 마을 모험가들이다.

그 말을 들은 어머니들이 다들 망연자실한 표정을 지으며 그 자리에서 얼어붙었다. 너무나도 충격적인 이 사실을 받아들이지 못하고 있는 것 같았다.

마사토는 어금니를 깨물었다.

'젠장! 최악의 전개야! 완전 최악이라고!'

길드에 나타났던 아만테가 한 말을 듣고, 어쩌면 포치 일행이 다시 적으로 돌아섰을지도 모른다고 생각하기는 했다. 하지만 남아있던 부하들과 함께 전원이 몬스터화됐을거라고는 생각도 못했다.

어떻게 하지?

"저기, 마 군! 저 몬스터가 포치 군들이라면 공격할 수 없어!"

"물론이야! 공격 중지! ……하지만, 이제 어떻게 하지……."

공격은 할 수 없다. 그것만은 틀림없다. 상대는 이 마을의 모험가다. 그렇다면 모험가들을 원래대로 되돌릴 방법을 찾아볼까? 그래야만 할 것 같지만…….

그 방법을 모색할 시간이 없었다. 아만테가 움직인 것이다.

"왜 머뭇거리는 거야? 안 싸울 거야? 재미없네. 그럼 이쪽에서 공격한다? ……자, 너희들. 해치워버려! 오오스키 마마코와 그 동료들, 그리고 너희가 질색하는 엄마들을, 그 손으로 없애버리란 말이야!"

아만테가 인정사정없는 명령을 내리자 모험가 몬스터들이 일제히…….

아니, 움직이지 않았다. 모험가 몬스터들은 그 자리에 멍하니 서있었다.

싸우는 것은 고사하고, 손에 쥔 무기를 놓쳤다.

"어…… 엄, 마…… 도와……줘…… 도……와줘……."

잘 들리지도 않을 만큼 가녀린 목소리로, 모히칸 헤어를 한 고릴라가 그렇게 말했다. 그 몬스터의 눈가에는 눈물이 어려 있었다.

포치로 보이는 몬스터를 필두로 다른 모험가 몬스터들도 엄마를 불렀다. 「……어머……니……」, 「엄……마……」 겨우겨우 들릴 듯한 목소리로 몇 번이나 그렇게 부르면서, 도움을 청하듯 손을 내밀었다.

어머니들도, 마사토 일행도, 다들 망연자실한 채 그 광경을 지켜보고 있을 때…….

갑자기 아만테가 분노를 터뜨리며 고함을 질렀다.

"기다려! 엄마에게 도와달라고 해?! 대체 생각이 있는 거야?! 너희는 엄마를 싫어하잖아?! ……크…… 이제 됐어! 너희가 이렇게 나온다면, 나한테도 생각이 있어!"

아만테는 몸 어디에 숨겨뒀던 건지는 모르겠지만 주먹만 한 칠흑빛 보석을 꺼내들더니, 그것을 허공으로 집어던졌다.

허공을 가르는 칠흑빛 보석이 어두운 빛을 뿜었다. 그 빛은 90층의 높디높은 천장을 비추더니, 그곳에 커다란 마법원을 그렸다.

어둑어둑한 빛을 뿜고 있는 기묘한 마법원이었다. 기괴한 기호와 상형문자가 복잡하게 배열된 그 마법원에서는 신성함이 눈곱만큼도 느껴지지 않았다.

경계대상을 모험가 몬스터에서 저 거대한 마법원으로 변경한 마사토는 검을 고쳐 쥐며 천장을 노려보았다.

"어이! 이건 뭐야! ……아만테! 설명해!"

"왜 내가 일일이 설명해야 하는데?! 이제부터 일어날 일은 세뇌, 간단히 말해 NPC의 동작을 강제적으로 뜯어고친다는 걸……."

아만테가 설명을 마치기 전에 그 일은 일어났다.

거대한 마법원이 한층 더 어두운 빛을 뿜었다. 그와 동시에 욕실 천장에 맺혀 있던 이슬이 방울져 떨어지듯, 거무튀튀한 액체가 떨어졌다.

그 액체는 모험가 몬스터를 향해 떨어지더니, 그들의 몸에 붙은 채 이렇게 속삭였다.

『짜증나……. 성가셔……. 열 받아……. 최악이야. 옆에 있을 뿐인데도 열 받아 미치겠어.』

『입만 열었다 하면 잔소리와 설교만 해. 이렇게 해라. 저렇게 해라. 진짜 지긋지긋해.』

『너를 언짢게 하는 건 누구지? 그래. 저 녀석이야.』

『저건 해악 그 자체다. 아이의 자유와 평온을 빼앗는 존재다.…… 그러니까…….』

그 흉흉한 목소리는 말끝을 흐리더니, 그대로 녹아들듯이 사라졌다.

적개심에 사로잡혀 눈이 시뻘개진 모험가 몬스터들은 내팽개쳤던 무기를 주워들더니, 천천히 움직이기 시작했다.

"싸울 생각인 거냐! 다들 조심해!"

마사토 일행은 일단 응전할 준비를 했다.

하지만 모험가 몬스터들은 마사토 일행에게는 눈길도 주지 않더니, 사방으로 흩어지며 그들을 스쳐지나갔다.

"어? ……어, 어이…… 설마, 표적은 우리가 아니라……!"

모험가 몬스터들은 망연자실한 표정으로 서있는 어머니들을 향해 뛰어갔다.

표적은 어머니들이다. 모험가 몬스터들은 각자가 자신의 어머니를 노리고 있었다.

"아하하하! 그래, 그러면 돼! 자, 해치워버려! ……그럼 나는 이틈에 옷을 입고 와야지! 철수해서 옷을 챙겨 입고 다시 오겠어!"

상황을 지켜보던 아만테는 그렇게 말하면서 문 너머로 뛰어갔다.

이참에 잡고 싶지만, 그럴 여유가 없을 정도로 상황이 절박하게 돌아가고 있었다.

"젠장, 저 녀석! 세뇌해서 강제로 엄마를 공격하게 한 거냐! 빌어먹을!"

"그런 짓을 하게 둘 수는 없어! 빨리 어떻게든 하자!"

"그래! 알아! 일단 엄마가 공격을 해서 발을 묶…… 안 돼. 어머니들이 공격에 휘말릴지도 몰라……. 젠장! 어떻게 하지?!"

우선 가까운 곳에 있는 이들부터 도울까? 그게 대체 어디일까?

누군가를 돕는 사이, 다른 어머니가 자식에게 공격을 받으며 일제히 비명을 지를 것이다.

이렇게 머뭇거리는 사이에도 그 순간이 다가오고 있었다.

아무튼 마사토는 서둘러 행동을 해야만 한다. 하지만 전원을 구하고 싶다는 마음이 족쇄가 된 바람에, 이러지도 저러지도 못했다…….

"……스파라 라 마지아 펠 미라레…… 장벽(바리에라)! 그리고! 호풍(포르티)(豪風(벤토))!"

"그리고! ……스파라 라 마지아 펠 미라레…… 어둠(체이코)!"

세 마법이 연속 발동됐다.

우선 방어 효과. 표적인 어머니들 앞에 마법의 장벽이 발생했다.

그 직후에 맹렬한 돌풍이 휘몰아쳤다. 어머니에게 달려들려 하던 모험가 몬스터들이 그 돌풍에 휘말려 날아갔다.

그리고 그들이 몸을 일으키기도 전에, 행동 억제의 효과가 발동했다. 모험가 몬스터들의 눈앞에 어둠이 발생해 시야를 완전히 차단했다. 이것으로 한동안은 어머니들을 노리지 못할 것이다.

그런 멋진 마법 연계를 펼친 이는 바로 와이즈와 메디였다.

"흐흥~! 마법 소녀의 콤비네이션이 어때?!"

"시간벌이밖에 안 되겠지만, 일단 이걸로 시간을 벌어보겠어요!”

“둘 다 잘했어! ……그럼…….”

“그럼 둘로 나뉘자!”

그런 지시는 마사토에게 양보하라, 같은 소리를 할 상황이 아니다.

“엄마! 작전은 있는 거야?!”

“그래. 난리법석을 떠는 아이는 이 엄마에게 맡겨. 이 엄마의…… 아니, 엄마들의 위대함을 보여줄게. 우후후.”

“너무 과시하지는 말아줬으면 좋겠는데 말이야! ……아무튼 알겠어!”

“그럼 우리는 천장의 마법원을 어떻게든 해볼게!”

“그게 이 이변을 일으킨 원인일 거예요! 제거하면 상황이 개선될지도 몰라요! ……문제는 저걸 어떻게 제거할 건가, 인데…….”

“그것에 관해서는 나한테 생각이 있어! 나한테 맡겨줘! 지금이야말로 내가 활약할 때야! 그러니까…… 비책 발동! 포타 소환! 포타여, 이쪽으로 와! 빨리 와줘!”

“아, 예에에에에엣! 저, 지금 갈게요오오오옷!”

포타는 난리법석을 떨고 있는 모험가 몬스터들 사이를 가르면서 어찌어찌 무사히 합류했다. 이것으로 멤버들 전원이 모였다.

마마코와 마사토 일행, 이렇게 둘로 나뉘어 작전을 개시했다.

시야를 차단당한 모험가 몬스터들은 불안한 발걸음으로 돌아다니면서 자기들끼리 부딪치거나, 보이지 않는 상대를 향해 울부짖었다. 그리고 맞지도 않는 공격을 퍼붓고 있었다.

그들에게 걸린 행동 억제의 효과는 곧 끊길 것이다. 시야가 환해지면 미쳐 날뛰고 있는 모험가 몬스터들이 자신의 어머니를 향해 다시 송곳니를 드러낼 것이다.

어머니들은 두려움에 사로잡힌 채, 바닥에 주저앉아 그때를 기다리고 있었다. 언제 어디서나 거르지 않았던 수다를 할 여유도 없어 보였으며, 누군가와 몸을 맞대거나 손을 맞잡은 채로 새파랗게 질린 얼굴을 숙이고 있었다.

마마코가 그런 어머니들에게 말을 건넸다.

"여러분, 부디 제 말을 들어주세요."

마마코는 전했다. 자신의 마음속에 마음을…….

"무서우실 거예요. 지금도 믿기지 않을 테죠. 자기 자식이 몬스터가 되어 자신에게 달려드는 걸, 꿈에도 생각 못했을 거예요. ……하지만, 그런 일이 벌어지고 말았답니다. 지금 눈앞에서 일어난 건 엄연한 사실이에요. 우선 그걸 인정하도록 해요."

"……하, 하지만 이건, 그 아만테라는 애가 뭔가를 했기 때문에 벌어진 거지?"

"그, 그래! 어둠의 힘이라든가, 칠흑빛 보석 같은 거! 그것 탓이야! 그렇지 않다면, 아이들이 부모에게 달려들 리가 없어!"

이것은 외적 요인에 의해서 일어난 사태라고 몇몇 어머니들이 외쳤지만…….

마마코는 고개를 저었다.

"이상한 힘이 크게 작용한 건 틀림없겠죠. ……하지만, 그게 전부는 아닐 거라고 생각해요. 원래 아이들에게도 그런 마음이 적게나마 존재했겠죠. 부모를 향한 증오심은 아닐지라도, 불만 같은 건 있었을 거라고 저는 생각해요."

상대의 모든 것을 호의적으로 받아들이는 일은 있을 수 없다. 크든 작든, 많든 적든, 호의적으로 여기지 않는 부분이 분명 존재할 것이다.

가장 가까운 사이이며, 함께하는 시간 동안 많은 부모자식 사이라면 더욱 그러하리라.

"물론 그건 저희들 부모도 마찬가지일 거예요. 저도 항상 아들의 내면에 존재하는 그런 감정을 느끼고 있으니까요. ……부모에게도 마음이 있듯, 자식에게도 마음이 있어요. 그러니 때로는 불만이 폭발한 아이들이 느닷없이 송곳니를 드러내면서, 그야말로 몬스터처럼 달려들 때도 있겠죠."

"그, 그건…… 그래……. 그렇구나……."

"우리 애는 평소에도 나에게 불평만 늘어놨고…… 나도 대꾸를 했다가 심하게 다툰 끝에…… 아이가 가출을 했어……."

"그러니, 지금 일어난 일은 딱히 특별한 일이 아니에요. 불만이 비정상적으로 폭발해서 겉으로 드러났지만, 이것 또한 아이의 모습이에요. 그러니……."

"받아주죠."

마마코는 다리를 벌리며 서더니, 달려드는 무언가를 온몸으로 받아주려는 듯한 자세를 취했다. 자세를 통해 자신의 대답을 표현한 것이다.

“마음을 솔직하게 밝히며 호소하는 아이에게 언성을 높였다간, 결국 충돌을 일으키며 폭발하고 말겠죠. 그러니 우선 상대의 마음을 받아주며, 꼭 안아준 후, 대화를 나누는 거예요. 서로의 마음을 제대로 전하는 거죠. 그것이야말로 최고의 대처법이 아닐까요.”

“받아들이고, 제대로 이야기를 나누는 건가요…….”

“화, 확실히, 좋은 방법이라고…… 생각하지만…….”

어머니들은 불안한 표정을 지으며 자신의 자식들을 향해 고개를 돌렸다.

자식이라고 해도 체격은 이미 어른이다. 키는 어머니보다 더 크며, 완력은 비교조차 안 될 것이다. 게다가 몬스터로 변하기까지 한 것이다.

그런 아이들을 어떻게 받아줄 것인가. 무리다. 어머니들은 들었던 고개를 다시 숙이더니, 다들 침묵에 잠겼지만…….

“괜찮아요! 할 수 있어요! 왜냐하면 어머니들은 엄청난 힘을 발휘할 수 있으니까요!”

마마코는 힘찬 어조로 그렇게 말하더니, 자신의 가슴에 손을 댔다. 그러자 거기서 빛의 구슬이 생겨났다. 그 어머니의 구슬은 어둑어둑한 공간 안에서도 강하게 빛나며, 따뜻하고 상냥한 빛을 뿜고 있었다.

마마코가 그 구슬을 치켜들자, 그것은 분열하더니 어머니들의 손 언저리로 날아갔다.

그리고 어머니들이 그 구슬에 손을 댄 순간…….

"꺄앗…… 이, 이건……?!"

구슬은 빛의 리본을 자아내더니, 어머니들의 몸과 손발을 휘감으면서 온몸을 감싸는 갑옷을 형성했다.

그것은 마치 기사들이 입는 중후한 중갑옷을 연상케 했다.

하지만 그것은 풀아머가 아니라, 풀엄마였다.

그것은 자식의 모든 공격을 견뎌내는, 파괴가 불가능한 갑주다.

캐주얼 컬러부터 동물무늬 등등, 각자의 취향에 맞는 색상과 무늬가 그려진 풀엄마를 장비한 어머니들이 줄지어 섰다. 어머니 군단은 어머니 중기사단으로 클래스업한 것이다.

"이것이 어머니의 힘……. 우리의 힘……."

"이 힘이 있으면, 혹시……?"

거칠어진 자식을 받아줄 수 있을지도 모른다. 그런 예감에 다들 표정이 밝아졌다.

그 예감이 진실이라는 듯이, 마마코는 고개를 끄덕이며 말했다.

"여러분이라면 할 수 있어요! 어머니이니까요!"

"그래! 우리도 할 때는 한다는 걸 아이들에게 보여주는 거야!"

"맞아! 어머니들도 할 때는 해!"

“자식들과 마주하자! 그렇게 결심한 어머니의 진심을 보여 주자!”

어머니들은 힘찬 목소리로 그렇게 말하더니, 한 줄로 섰다. 아이들을 받아줄 준비를 마친 것이다.

모험가 몬스터들도 움직이기 시작했다. 시야 불량의 효과가 사라지더니 표적인 각자의 어머니를 찾고 있었다.

“……고리? 고롸아아아아아아아앗!”

모히칸 헤어의 고릴라인 포치가 울부짖으면서 달려들었다. 검을 치켜들며 돌격을 감행한 것이다.

그런 그를 표범무늬 풀아머를 장비한 포치의 어머니가 막아섰다.

“너, 포치 맞지?! 이 엄마는 알아볼 수 있어! 왜냐하면 네 엄마니까 말이야!”

“고릴라아아아아아아아앗!”

몸도 마음도 말투도 고릴라스러운 포치가 인정사정없이 검을 휘둘렀다. 검은 포치 어머니의 어깻죽지를 찢……나 싶더니, 갑옷에 닿자마자 까앙! 하는 소리를 내며 부러졌다. 허무할 정도로 간단히 말이다.

“고릿?! 고고고릿?!”

“네 공격 같은 건 하나도 아프지 않아! 그럼 이번에는 이 엄마 차례야!”

“고?! 고릴라아아아아아아아아앗?!”

포치의 어머니는 주저 없이 손을 뻗더니, 고릴라 포치를 덥

석! 끌어안았다. 더는 놓지 않겠다. 절대 놓지 않겠다.

그리고, 어머니의 품속에서 기적이 일어났다.

어머니의 마음과 온기에 감싸인 순간, 털북숭이 몬스터였던 포치가 순식간에 인간의 모습으로 변해갔다. 포치는 원래 모습을 되찾은 것이다.

"자, 잠깐만?! 어이! 어이이이이잇!"

"괜찮아. 이 엄마는 다 안단다. 너, 이 엄마에게 불만이 많지? 알아. 이 엄마는 전부 안단다."

"뭐가 불만이냐면, 이 상황 자체가 불만이거드으으으은?!"

"응, 그렇구나. 다른 것도 말해보렴. 이 엄마가 전부 들어줄게. 쭉 이렇게 같이 있으면서, 차분히 네 이야기를 들어주겠어."

"안 들어줘도 되거든?! 나 좀 내버려뒀으면 하거든?! ……하아, 정말! 아, 알았어! 이런 짓은 두 번 다시 안 할게! 그러니까 용서해달라고오오오오!"

포치는 몬스터였을 때보다 더 필사적으로 날뛰면서 전력을 다해 비명을 질러대고 있는 느낌이 들지만…… 아니, 그럴 리가 없다. 어머니의 품에 안겨 애정에 감싸인 바람에 부끄러워하고 있을 뿐이다. 틀림없다. 그랬으면 한다.

그리고 같은 일이 연이어 벌어졌다. 어머니가 자식의 공격을 받아주고, 꼭 끌어안았다. 「사스으으으음?!」, 「괜찮아. 괜찮단다」, 「어이이이잇?!」, 「안심하렴. 이 엄마는 잘 알고 있단다」 어머니는 자신의 품속에서 인간의 모습을 되찾은 자식을 꼭 안아주며, 몇 번이나 머리를 쓰다듬어줬다. 머리를 쓰다듬고,

등을 어루만져주며, 따뜻하게 보듬어준 것이다.
그 모습을 보며…….
"우후후. 다들 사이좋은 모자지간이네. 좋아!"
마마코는 귀엽게 주먹을 말아쥐며 기뻐했다.

한편. 마법원 대책 팀은…….
"역시 마마코 씨야. 대단하네."
"엄마는 강하군요. 대단해요."
"내 눈에는 아비규환의 지옥도처럼 보이는데…… 뭐, 좋아. 내 일은 아니거든."
자기 일이 아니라 즐겁다고 말할 수는 없지만, 마사토는 포치 모자를 보면서 무심코 웃음을 흘렸다. 아무튼…….
""괜찮은 게 만들어질까? 괜찮은 게 만들어질 거야! 괜찮은 게…… 만들어졌어~!"
"오, 완성된 것 같은걸."
포타의 아이템 크리에이션이 종료된 것 같았다.
그쪽으로 뛰어가 보니, 포타 앞에는 폭탄 수정구슬이 놓여 있었다.
"으음…… 겉보기에는 똑같아 보이는데……."
"포타 양. 작전대로 됐나요?"
"예, 물론이에요! 스물한 개의 폭탄 수정구슬이 하나로 합쳐어요! 위력은 스물한 배예요!"

"오오…… 딱 하나로도 성벽을 날려버릴 수 있는 위력의 스물한 배……."

폭탄 수정구슬은 방문판매원으로 분장한 포치가 두고 간 것, 그리고 오후의 습격 때 마을에 설치되어 있던 것들이다. 그때 회수한 것을 이 자리에서 이용하는 것이다.

"그럼 내가 이 폭탄과 기폭 스위치인 광석을 들고……."

마사토가 살며시 폭탄 수정구슬을 안아들자, 그것으로 준비가 완료됐다.

"그럼 시작할게요! ……스파라 라 마지아 펠 미라레…… 명중률 상승(코르피레)!"

메디가 마법을 읊조렸다. 마법의 효과에 의해, 마사토의 공격 명중률이 비약적으로 상승했다.

"그럼 다음은 내 차례네. ……스파라 라 마지아 펠 미라레……."

"자, 잠깐만 있어봐! 마음의 준비를 할 시간을……."

"그런 시간 없어! 하늘의 적은 마사토 담당이잖아! 맡길 테니까 빨리 처리하고 와! ……장벽(바리에라)! 그리고! 호풍(豪風)(포르티 벤토)!"

와이즈의 연속마법이 발동. 우선 마사토의 등 쪽에 방어 장벽이 펼쳐졌다.

그리고 다음 순간, 맹렬한 바람이 발생했다. 돌풍에 등을 떠밀린 마사토는 그대로 떠오르더니, 단숨에 하늘로 날려졌다. 플라이 하이!

"우오오오오오오오?! 풍압이, 으윽, 무서워어어어어어어엇?!"

거꾸로 번지점프(안전줄 없이)를 하게 된 마사토는 그대로 쑥쑥 상승했다. 즐~거~워~. 하지만 눈물이 계속 나. 풍압 때문에 아파. ……아, 그러고 보니 착지는 어떻게 하지……. 전혀 생각 안했는데…….

이런저런 생각을 할 때가 아니다. 적은 이미 코앞에 있었다. 검은 액체가 뿌리고 있는 마법원이라는 거대한 적이 말이다.

"자—! 그럼 용사의 일격을 선보여 볼까요! ……이거나 먹어!"

마사토는 마법원의 중심을 향해 폭탄 수정구슬을 내던졌다. 명중률 상승효과 덕분에 폭탄 수정구슬은 노리던 곳으로 날아갔으며…… 마사토는 주저 없이 호주머니에서 기폭 스위치인 광석을 꺼내서 눌렀다. 카운트 스타트.

폭탄 수정구슬이 성대한 울음소리를 내더니…… 맹렬한 빛을 뿜으며 폭발했다.

공간을 뒤흔드는 충격파가 퍼져나가더니, 업화가 흘러넘치면서 악질적인 책략을 불태웠다…….

"좋아! 해냈…… 어, 잠깐…… 불꽃이 이쪽으로……?!"

겸사겸사 마사토도 폭발에 휘말리며 순식간에 불타버리고 말았다.

엄마 길드 업무일보

【직책】 WMC(월드 마 군 챔피언십) 챔피언

【성명】 오오스키 마마코

【업무 보고】

반항조직의 리더인 아만테 양과 처음으로 직접 대결을 펼쳤습니다.
아만테 양은 집안일이 특기인 것 같았으며, 설거지와 빨래도 잘 해요.
정말 잘해서 칭찬해주고 싶은 마음도 들었지만, 마 군의 셔츠 빨래로
질 수는 없었기에 저도 전력을 다해 싸웠습니다.

【특기사항 등】

셔츠 빨래에 관한 주의사항을 정리할까 해요.
셔츠를 세탁기로 빨 때는 세탁망을 이용하는 걸 추천할게요. 세탁 주름을
줄일 수 있고, 단추가 떨어져 나가는 걸 방지해주거든요. 하지만, 성검으로
빨 때는 그럴 필요가 없어요.
그리고 말릴 때는 천을 짝짝 펴서 세탁 주름을 없앤 다음에 널면, 다림질을
할 때 매우 편해요. 꼭 시험해 보세요.

【멤버들의 코멘트】

특기사항의 내용이 너무 쓸모없어 골치가 아파.

나도 연습해볼까.
마사토를 위해 연습하려는 건 아냐(교과서 읽는 말투).

그래요. 와이즈 양은 자기 빨래판으로…….
우왓, 뭐하는 거예요, 그만…….

와이즈 씨가 메디 씨를 끌고 밖으로 나가더니, 돌아오지를 않아요!

제5장
그 소망이 이뤄지지 않기를, 진심으로 빌었다. 하지만 그 소망은 이뤄졌다.

치유술사 메디가 마법을 영창했다.

"……스파라 라 마지아 펠 미라레…… 소생(리아니마토)!"

그녀가 치켜든 지팡이에서 생명의 빛이 뿜어져 나오더니 눈앞에 놓인 관을 비췄다.

그리고 관이 오픈되더니, 마사토가 말로 형용하기 힘든 표정을 지으며 되살아났다.

"으음…… 폭탄의 위력을 착각했네. 정말 고개를 못 들겠어."

"자기가 입안한 작전 때문에 죽다니, 정말 어이가 없다니깐. 진짜 물러터진 용사야."

틀림없는 사실이지만, 그렇게 이상한 호칭으로 부르지 말라고 와이즈에게 불평을 늘어놓고 싶지만……. 「죄송해요! 제가 너무 열심히 만든 바람에……!」, 「아, 괜찮아」 이 일을 계속 끌었다간 포타가 주눅들 것 같았기에, 일단 이쯤에서 넘어가기로 했다.

"그건 그렇고, 상황은 어떻게 되어가고 있어……?"

되살아난 마사토는 다시 주위를 둘러보았다.

마사토는 여전히 탑의 90층, 즉 보스가 있는 층에 있었다.

마법원을 파괴한 것을 보스 격파로 여겨진 것일까. 문이 활짝 열려있었고…… 아, 어느새 전원의 장비품도 원래대로 되돌아가 있었다. ……젠장…… 아니지, 그것보다…….

바로 그때, 어머니 앞에서 무릎을 꿇고 있는 포치의 모습이 눈에 들어왔다.

"으음~ 이번에도 정말 잘못했습니다." 넙죽.

"그래. 잘못했다고 생각한다면 우선 제대로 사과하는 게 중요하단다. 그리고 사과는 받아줄게."

아이가 성심성의껏 사과를 하자, 포치의 어머니는 그 사과를 바로 받아주며 건방진 모히칸 헤어를 거칠게 쓰다듬어줬다. 마치 예전에 마사토와 마마코를 연상케 하는, 마음에 난 오래된 상처가 욱신거리게 하는 광경이 펼쳐지고 있었다.

주위에는 사과하는 아이와 용서하는 부모의 모습이 곳곳에서 펼쳐지고 있었다. 「잘못했어, 엄마!」, 「괜찮아! 이 엄마한테도 잘못은 있어!」, 「어무이! 죄송합니더!」, 「진짜~ 너란 애는 정말!」 사과하는 방식도, 용서하는 방식도 모자마다 달랐지만, 다들 웃고 있었다.

포치 일행의 몬스터화 및 광폭화 소동은 종결된 것 같지만…….

"아아, 마 군! 되살아났구나! 다행이야!"

"우왓! 뭔가 왔어! 안 와도 되는 게 왔다고!"

마사토의 부활을 눈치챈 마마코가 후다다닥 뛰어오더니, 속공으로 허그를 감행했다! 어머니의 부드러운 무언가에 마사토의 얼굴이 인정사정없이 파묻혔다. 「우읍?!」 부드럽다. 따뜻하다. 좋은 향기가 난다. 하지만 숨을 쉴 수 없는데다, 상대는 바로 엄마다.

"푸핫! 엄마! 이런 짓 좀 하지 말라고 항상 말했잖아!"

"어머나, 마 군. 부끄러워할 필요 없어. 마 군도 최선을 다했으니까, 엄마의 품에 안겨 한숨 돌려. 어리광을 부려도 돼."

쓰담쓰담.

"어리광 안 부려! 나는 젖먹이 어린애가 아니라고! 어리광을 졸업한지 오래됐단 말이야! ……잠깐만, 이런 헛소리를 늘어놓을 때가 아니잖아!"

마사토는 버둥거리면서 마마코의 포옹에서 겨우 빠져나오더니…….

사정 청취를 시작했다. 마사토 일행은 포치 모자 주위로 이동했다.

"포치 씨, 미안한데 어떻게 된 건지 이야기 좀 해줄래요?"

"으, 응. 그래. 제대로 설명해야겠지."

포치는 마사토 일행을 향해 돌아서더니, 자세를 바로하고 이야기를 시작했다.

"대략적으로 뭐가 어떻게 된 건지는 엄마한테 들었겠지만…… 간단히 말하자면, 나는 밖으로 나간 녀석들을 모아서 아만테를 쓰러뜨리기 위해 다시 이 탑에 들어왔어."

"왜 그런 짓을……."

"이유는 간단해. 그 바보를 어떻게든 해야겠다고 생각했거든. ……너희는 아만테가 탑의 정상에서 어떤 소원을 빌려는 건지 알고 있어?”

“아뇨, 모르는데요…….”

“그럼 가르쳐주지. ……그 바보는『이 세상에서 어머니란 존재를 한 명도 남김없이 전부 없애 달라』는 소원을 빌 작정이야.”

“예……?”

아만테의 소원은 바로 이 세상에서 어머니란 존재를 말소하는 것이다.

말문이 막힌 마사토가 진위를 확인하려는 듯이 응시하자, 포치는 깊이 고개를 끄덕이며 말을 이었다.

“어이없는 소리지? 하지만 그 녀석은 진심이야. ……묘한 텐션으로, 재미있을 것 같으니까 하자면서 그만 소리를 늘어놓더라고.”

“하, 하지만 포치 씨는 마음을 바꿨죠? 집으로 돌아가서 부모님과 화해했잖아요.”

“응. 맞아. 마마코 씨 덕분에 정신을 차렸다고나 할까, 엄청 집으로 돌아가고 싶더라고……. 집에 돌아갔더니, 엄마가 엄청 설교를 한 후에 갑자기 밥을 만들어주더라니깐. 그냥 간만 되면 된다는 듯이 소스를 잔뜩 넣어서 볶은 채소 볶음 같은 걸 말이야.”

“자, 잠깐만, 포치! 그런 소리는 하지 마! 마치 엄마의 요리가 맛없다는 것 같잖니!”

“괜찮잖아. 맛없다는 소리는 아니라고. 그게 우리 엄마의 손맛이라는 소리를 하려는 것뿐이야."

포치는 허둥지둥 말을 막으려 하는 자신의 엄마를 제지하더니, 왠지 깊은 듯한 표정을 지으며 말을 이었다.

"그래. 그게 우리 엄마의 손맛이야. 맛있고, 맛없고를 떠나 『그래, 이거야』 라는 생각이 들게 하는 맛이라고."

그런 맛은 누구에게나 분명 존재한다.

"그리고 욕실도 마찬가지야. 온천 같은 것과는 거리가 멀어. 나중에 들어가는 사람도 따뜻하라고 욕조 안에는 펄펄 끓는 물이 들어있더라고. 하지만 『바로 이거야』라는 생각이 들어. ……이부자리도 마찬가지야. 고급스러운 건 아니지만 『이거야』 하는 느낌이 들더니, 푹 잠을 잘 수 있었다고."

무심코 『이거야』 하고 생각하게 하는 무언가는 자신의 집에 얼마든지 존재한다.

일부러 찾을 필요도 없이, 문뜩 생각이 나는, 그런 무언가 말이다.

"그래서 말이지? 나는 생각했어……. 말로 잘 표현 못하겠지만…… 엄마 덕분이라 생각했어. 엄마 덕분에 이렇게 느끼는 거라는 생각이 들더라고."

어머니가 만든 것이니까. 어머니가 한 것이니까. 그래서 느끼는 무언가가 있는 것이다.

그것은 어머니만이 자아낼 수 있는 무언가다.

"그러니까 이 세상에서 엄마를 없앤다는 건 말도 안 돼. 그런 짓을 하게 둘 수는 없잖아. 그래서……."

"아만테가 소원을 이루는 것을 저지하기 위해 탑에 간 거군요."

"그래. ……뭐, 실패로 돌아갔지만 말이야."

경솔한 행동의 결과는 몬스터화와 엄마 습격으로 이어졌다. 결국 포치는 한탄하면서 자신의 모히칸 헤어를 쥐어뜯었다.

"설마 이렇게 될 줄은 몰랐다고……. 탑에 들어간 우리는 안에 있던 녀석들 전원을 설득했어. 그리고 탑 공략의 최전선을 맡던 모험가 서른 명이 힘을 합쳐 아만테와 싸웠지. 그런데 도리어 당하고 만 거야……."

"어? ……자, 잠깐만요. 최전선 모험가 서른 명이 힘을 합쳤는데, 아만테를 쓰러뜨리지 못한 건가요?"

"응. 그래. ……그 녀석은 말도 안 되게 강해. ……스테이터스의 수치가 높다, 같은 레벨이 아냐……. 마음만 먹는다면, 그 녀석 혼자서 탑을 제패할 수 있을 정도의 능력을 지녔어……."

"어, 그래?"

깜짝 놀란 목소리로 그렇게 말한 이는 마사토 일행 중의 누군가가 아니었다.

목소리가 들린 곳을 향해 고개를 돌려보니…… 활짝 열린 문 너머에 아만테가 있었다. 옷을 갈아입기 위해 철수했다가 방금 돌아온 것 같았다.

"나 혼자서도 탑을 제패할 수 있다……. 그래. 나는 강해. 100층의 보스도 내 상대는 못 돼. ……그렇다면……!"

방금 이곳에 도착한 아만테는 그대로 뒤돌아서더니 내달리기 시작했다. 그리고 문 너머에 있는 계단을 올라갔다. 진짜로 혼자서 이 탑을 클리어할 생각인 것 같았다.
그리고 탑의 정상에서 소원을 빌 것이다……. 이 세상의 모든 어머니를 없애달라고 말이다.
그딴 짓을 하게 둘 수는 없다.
"어이! 기다려, 아만테! 젠장! 빨리 쫓아가야해!"
마사토는 길드 멤버들의 상태를 확인했다.
마마코, 와이즈와 메디와 포타, 그리고 마사토, 이렇게 다섯 명은 지금 바로 행동이 가능해 보였다.
하지만 어머니들의 상태는 좋지 않았다. 던전 탐색에 익숙하지 않아서 육체적으로 지친데다, 자식의 변이와 흉포화 때문에 정신적으로 피폐해진 것처럼 보였다. 다들 바닥에 주저앉아서 자식들에게 부축을 받고 있는 상태였다. 이 상황에서는 출발하고 싶어도 할 수가 없다……. 바로 그때, 어머니들을 돌보고 있던 시라아세가 갑자기 입을 열었다.
"이 분들은 제가 맡죠. 마사토 군 일행은 서둘러 탑을 올라가세요."
"고마워요! ……그런데 시라아세 씨가 자발적으로 이렇게 협력하는 건 꽤나 드문 일 아닌가요?"
"이대로 아무것도 하지 않았다간, 저는 탑의 함정으로 옷을 훌렁훌렁 벗으러 온 사람 같으니까 말이죠. 운영 측의 시스템적인 힘으로 다른 분들을 탑 밖으로 옮긴다고 하는 지대한 공헌을 하도록 하겠어요."
"당신이 특수한 취향을 지닌 사람이 아니라 다행이에요!

……그럼 다들!”
“오케이! 가자!”
“저희는 준비가 다 됐어요! 서두르죠!”
“저도 비장의 아이템을 쓰겠어요! 그럼 이동 페이스가 업될 거예요!”
“고마워, 포타 양! 큰 도움이 될 거야!”
“좋아! 가자!”
마사토 일행은 달리기 시작했다. 문을 지나…….
“부탁한다! 엄마들을 구할 수 있는 사람은 너희들뿐이야!”
포치가 갑자기 큰 목소리로 그렇게 외치자 마사토는 대답 대신 주먹을 들어보였다.
그리고 문 너머의 계단을 뛰어올라가며 아만테를 쫓았다.

용사 일행의 뒷모습이 보이지 않을 때까지 배웅한 후…….
“……자, 그럼 이동하기 전에 해야 할 일을 마쳐두도록 할까요.”
시라아세는 그렇게 말하면서 주변의 지면을 둘러보았다. 그녀가 찾는 물건은 분명 이 근처에 있을 텐데…….
있었다. 칠흑빛 보석이 그곳에 굴러다니고 있었다.
“파손되지 않은 상태의 이것을 확보한 건 처음이군요. 사용자도 이미 확인되어 있으니…… 신병을 확보하자마자 칠흑빛 아이템에 대한 상세한 정보와 NPC의 몬스터화, 그리고 90층 보스의 변경에 관해서도 철저하게 조사하도록 하죠.”

시라아세는 칠흑빛을 띤 보석을 주워들더니, 천으로 감싸서 품에 넣었다. 회수 완료.

바로 그때였다.

"하아, 하아! 아, 아까 깜빡한 말을 하러 왔어! 몬스터화한 모험가들은 원래대로 되돌린 것 같지만, 그렇다고 오오스키 마마코가 이겼다고 착각하지 마! 이 승부는 먼저 정상에 도달한 사람의 승리…… 어, 어라?"

아만테가 문 너머의 계단에서 내려오더니, 버럭 고함을 질렀다.

그리고, 어안이 벙벙한 표정으로 멍하니 서있었다.

"어, 어라? ……으음…… 오오스키 마마코와 동료들의 모습이 보이지 않는데……."

"당신이 찾는 분들이라면, 당신이 방금 내려온 계단을 통해 아까 위층으로 올라갔습니다만…… 마주치지 않았나요?"

"뭐? 못 만났는데…… 아, 아무튼……! 빨리 쫓아가야 해!"

아만테는 돌아서더니, 계단을 뛰어올라갔다.

시라아세는 그 모습을 냉철한 눈길로 쳐다보았다.

"마마코 씨 일행이 없으니, 이 자리에 있는 모험가들을 다시 세뇌해서 날뛰게 하면 될 텐데…… 거기까지 생각이 미치지 않나 보군요……. 저런 바보를 조사한다고 뭔가를 알아낼 수 있을지 좀 의문이 드는 군요."

시라아세는 심한 소리를 아무렇지 않게 하는 사람이었다.

91층부터 펼쳐진 이 공간은 지옥을 연상케 하던 아래층과는 완전힌 딴판으로 보였다.

한 마디로 말해, 이곳은 천국의 궁전이었다. 광대한 내부는 백자색을 띤 아름다운 자재로 만들어져 있었다. 주위에는 꽃이 흐드러지게 피어 있으며, 벽과 기둥에는 조각이 되어 있었다. 그리고 높은 천장에는 신들을 칭송하는 그림이 그려져 있었다. 바닥 또한 깨끗하게 닦여 있으며, 융단까지 깔려 있었다.

아래층의 던전 느낌이 물씬 나는 던전과는 명백하게 다른, 그야말로 신성한 세계다. 가능하면 느긋하게 감상하고 싶지만…… 공교롭게도, 그럴 여유는 없다.

"서두르자! 다들 뛰어!"

마사토 일행은 천국 느낌이 나는 이 층을 내달렸다.

천국 같아 보이기는 해도, 이곳은 던전이다. 당연히 몬스터가 있다.

하지만 걱정을 할 필요는 없다. 마마코가 있기 때문이 아니라…….

"포타의 아이템은 역시 엄청나네! 몬스터의 그림자도 안 보여! 엄청난 효과잖아!"

"정말이야! ……으음, 아이템의 이름이 뭐였더라……."

"【싸우고 싶지 않소이다의 물】이에요!"

"원래는 적과의 조우확률이 다소 낮아지기만 하는데, 포타양이 아이템 크리에이션으로 만들면 효과가 상승해서 적이 얼씬도 하지 않게 되는 군요!"

"으음, 적이 존재하기는 하지만 저희를 발견하지 못하고 저희 또한 적을 발견하지 못해요! 그러니 마음 놓고 나아갈 수 있어요!"

"포타 양은 정말 대단하구나. 재주가 참 좋아."

"화, 황송해요!"

……그렇게 된 것이다.

"그럼 거침없이 나아가자! ……아, 그러고 보니 아까 무언가가 우리 옆을 스쳐지나간 것 같은 느낌이 들었는데, 그것도 몬스터였을까……. 어쩌면 아만테였을지도……."

"그렇지는 않을 거야. 그 애는 사천왕 중 한 명이라고 했으니까 보스일 거잖아? 그러니까 일반 전투를 회피하는 아이템의 영향을 받지 않을 거야."

"그래요……. 설정 상으로는 졸개로 지정되어 있다, 같은 불쌍한 일이라도 벌어지지 않는 한 분명 어딘가에서 저희와 마주칠 거예요."

"맞아! 그럼 언제 전투가 벌어져도 대처할 수 있도록 긴장을 풀지 말자! 그리고 포타!"

"예! 지금은 제가 힘낼 테니까, 마사토 씨와 다른 분들은 체력을 아껴 주세요!"

불쌍하기 그지없는 아만테에 관한 것은 일단 제쳐두기로 했다.

선두에서 달리는 포타가 【싸우고 싶지 않소이다!】라고 열정적인 글씨체로 적힌 병 안에 든 물을 뿌리면, 그곳은 이미 마음 푹 놔도 되는 안전한 통로다. 마사토 일행은 전혀 방해를 받지 않으며 통로를 나아갔고…… 「……오! 점프 바닥 발견!」 펑~ 하며 위층으로 점프하면서 쑥쑥 나아갔다.

그렇게, 97층까지 도달했다.

"아만테의 모습은 안 보이네……. 위층에 있거나, 아니면 이 근처에서 헤매고 있을 것 같은데…… 어이쿠, 또 계단 발견! 일이 잘 풀리는걸!"

마사토 일행이 향한 곳에 계단이 보였다. 계단을 올라가자 98층이 있었다. 이 탑은 100층까지이니, 이제 세 층만 더 답파하면 된다.

아만테와 마주치지 않는다면, 먼저 꼭대기에 올라간 후에 거기서 기다리면 된다. 마사토 일행은 페이스를 유지한 채 계단을 올라갔고, 그대로 전진…….

"어이쿠…… 뭐야?"

98층. 그곳은 넓은 통로가 일직선으로 뻗어있기만 한 단순한 층이었다.

하지만 그 통로에는 밟지 않고는 지나갈 수 없을 만큼 커다란 마법원이 그려져 있었다.

"이건 분명 뭔가 있어……. 최종 보스 직전의 엄청난 난관 같은 느낌이 들어……. 하지만 망설이고 있을 시간이 없어……. 이대로 단숨에 나아가자!"

마사토 일행은 그대로 마법원 위를 나아가려했고…….

다음 순간, 전원이 사라졌다.

마사토는 통로의 막다른 곳에 서있었다.

"……어, 어라?"

하층부와 비슷한 석조 통로다. 하지만 전체적인 사이즈가 작았다. 두세 명 정도라면 겨우겨우 나란히 지나갈 수 있을 듯한 통로의 막다른 곳에, 마사토는 있었다.

그리고 이곳에는 마사토뿐이었다. 동료들의 모습은 보이지 않았다.

이건…….

"아…… 아~, 그래그래. 알겠다, 알겠어. 그렇게 된 거구나."

마사토는 현재 상황을 추리했다.

"이건 그거네. RPG에서 흔히 나오는 그거 말이야. 동료와 함께 던전을 공략하다 함정을 밟은 순간, 뿔뿔이 흩어지는 그거 말이야!"

그렇다. 바로 그거다. 확증은 없지만, 아마 틀림없으리라.

"그리고 성가신 장치가 있기는 하지만, 각자가 여유롭게 던전을 돌파한 후에 이 앞에서 동료들과 합류하는 거야! 전원 무사히 합류할 거라고! 틀림없어! 그래! 내 생각이 분명 맞을 거야!"

꽤 굳은 목소리로 혼잣말을 늘어놓으며, 두려움에 사로잡힐 듯한 마음에 활력을 불어넣었다. 그렇게 불안을 떨쳐냈다.

그리고…….

"……좋아! 가자!"

마사토는 자신의 볼을 두드리며 기합을 넣은 후, 천천히 걸음을 내디뎠다. 전투에 대비해 미리 검을 뽑아두는 편이 좋을까……. 아니, 괜히 겁먹은 것처럼 행동할 필요는 없다.「좋아~! 가자~!」마사토는 힘찬 목소리로 그렇게 말하며 출발했다.

통로의 구조는 지극히 단순했다. 일직선으로 나있는 길 하나뿐이다. 마사토는 평소에는 부르지도 않는 콧노래를 흥얼거리며 계속 나아갔다.

그렇게 잠시 동안 나아가자, 좁은 샛길이 보였다.

"어이어이. 이 상황에서 미로는 사양하고 싶은데…… 어라…… 누가 있잖아?!"

샛길 모퉁이에 숨어 있어서 보이지는 않지만, 사람 그림자가 바닥에 드리워져 있었다.「어, 어이! 거기 누구 있지?! 빨리 나와!」마사토는 칼자루에 손을 얹더니, 전혀 무섭지 않지만, 하나도 무섭지 않지만, 아주 약간 엉거주춤한 자세를 취하며 그렇게 말했다. 그러자…….

숨어있던 그 사람이 만면에 미소를 지으며 고개를 쏙 내밀었다. 그 사람은 바로…….

"우후후! 마 군, 발견~!"

마마코였다. 얼굴도, 목소리도, 틀림없는 마마코다. 엄마 등장!

마사토의 입에서 내장이 전부 튀어나올 것 같을 만큼 깊은 한숨이 흘러나왔다.

"정말…… 엄마였구나아아아……. 놀랐잖아아아아……."

"놀라게 해서 미안해. 우후후."

"『우후후』는 무슨! 쳇! 간 떨어질 뻔 했네! ……뭐, 무사한 것 같으니 다행이긴 한데……. 그럼 가자!"

불평은 큰 목소리로, 본심은 작은 목소리로, 그리고 대량의 안도감을 느낀 것은 비밀로 한 후…….

마사토는 아까보다 당당한 걸음걸이로 길을 따라 나아갔다. 이제 아무것도 무섭지 않다. 아니, 원래부터 무섭지 않았지만 말이다.

의기양양한 걸음걸이로 샛길을 지나갔을 때였다.

"그러고 보니 엄마가 여기 있는 걸 보면, 다른 세 사람도 근처에…… 어라?"

마사토는 마마코가 당연히 자신의 옆에 있을 거라 생각하며 말을 건넸지만, 그녀는 그곳에 있지 않았다.

마마코는 샛길의 모퉁이에서 마사토를 응시하고 있었다. 여전히 만면에 미소를 머금은 채 응시하고 있었다.

"우후후. 마 군. 그쪽이 아니라 이쪽이야. 빨리 오렴."

"뭐? 아, 그쪽이 맞는 길이구나. 그럼 그렇다고 빨리 말해달라고. 정말."

마사토는 왔던 길을 돌아가더니 옆길로 들어가려 했다.

하지만 밖에서 보니 그곳은 막다른길이었다.

"……어이. 이쪽이 아니잖아."

"아니, 이쪽이 맞아. 자, 마 군. 빨리 오렴."

마마코는 손짓을 하면서 그렇게 말했지만…….

이쪽이 아닌 것이 명백했다. 뭔가 이상했다.

"……흐음."

문뜩 어떤 생각이 든 마사토가 발치에 굴러다니던 돌멩이를 주워들었다. 그리고 그것을 마마코가 있는 통로 쪽으로 던져봤다.

돌멩이는 자그마한 소리를 내면서 굴러가더니, 다음 순간 철컹! 하는 소리가 들렸다. 「우왓?!」 그리고 천장에서 쇠창살이 내려오더니, 그 샛길은 감옥이 되었다.

"어, 이건…… 아~ 그래. 그렇게 된 거구나."

"어머나, 마 군을 잡지 못했네. 유감이야."

쇠창살 너머의 마마코는 여전히 마마코처럼 미소 짓고 있었다. 느닷없이 괴물의 본성을 드러내지 않은 것은 그나마 다행이지만…….

아무튼, 어떻게 된 것인지 알 것 같았다.

"간단히 말해, 함정이구나."

느닷없이 나타난 어머니가 시키는 대로 저 샛길에 들어갔다간, 쇠창살이 내려와 갇히면서 그대로 게임 오버인 것이다.

그걸 증명하듯…….

"아, 마 군! 엄마는 여기 있어! 이쪽으로 오렴! 우후후!"

마사토가 길을 따라 나아가보니 또 샛길이 있었으며, 그곳에도 마마코가 있었다. 마사토의 어머니는 다중 그림자 분신을 쓸 수 없…… 아니, 경우에 따라서는 쓸 수 있을지도 모르지만…… 아무튼, 저기에 있는 마마코도 가짜다. 마마코의 어머니는 이 세상에 한 명 뿐이다.

"저기, 마 군. 피곤하지? 잠시 쉬었다 가렴. 여기는 마침 이부자리도 있단다. 이 엄마가 이불 토닥토닥을 해줄 테니까……."

"이불은 두드리지 않는 편이 좋대~. 안에 들어있는 솜이 상한다거든."

마사토는 대충 대꾸하며 통과했다. 쳐다볼 가치도 없다.

그 후에도 함정이 이어졌다.

"마 군!", "마 군, 엄마는 여기 있어!", "마~ 군~!", "자, 빨리 오렴!"

마사토가 나아가는 길 곳곳에는 샛길이 잔뜩 있었으며, 그곳에는 달콤한 어조로 아들을 부르는 마마코가 몇 명이나 있었다. 물론 마사토는 전부 무시하며 지나갔다.

"하아. 진짜 어울려주지를 못하겠네. 진짜 어이가 없잖아."

가짜 마마코들은 샛길 밖으로 나오지 않았다. 샛길 안이 행동 가능 범위인 것 같았다. 그렇다면 그 안에 발을 들이지 않으며 지나가버리면 된다.

그러자…….

"……어. 혹시 출구인가?"

길 끝에 계단이 보였다. 종점이다. 이것으로 이 짜증나는 여정도 끝이다.

혼자 행동하게 되어서 좀 걱정했지만, 통과하고 나니 별 것 아니었다. 클리어를 한 마사토가 한숨 돌리면서 뒤편을 별생각 없이 돌아보니…….

"""우후후. 마 군. 이 엄마를 두고 어디 가려는 거니?"""

어머나. 마사토의 등 뒤는 마마코 천지였다.

"호러————?! 이거 완전 호러잖아아아아아아아아아아아?!"

마사토의 뒤편에 있는 통로에서는 대량의 마마코가 우글거리고 있었다.

게다가 평범한 마마코가 아니었다. 다크 파워를 해방했을 때의 메디처럼, 음험한 미소를 머금고 있는 다크한 마마코가 잔뜩 있었다. 그야말로 호러였다.

그리고 다크 마마코 무리가 서서히 마사토에게 다가왔다.

"우후후~. 저기, 마 군. 이 엄마의 말을 듣지 않는 거니? 그러면 안 되잖아~."

"이 엄마의 말을 듣지 않는 애에게는 벌을 줘야겠네~."

"어떻게 할까……. 확 끌어안아서, 꼬옥 안아준 다음에……."

"머리부터 먹어버려야지. 마 군은 어떤 맛일까. 우후후."

"시…… 싫어……. 싫어어어어어어어어어어어어어어어엇?!"

마사토는 뭉크의 『절규』보다 더 절규를 토하면서, 그대로 얼어붙었다. 마음 속 깊은 곳까지 완벽하게 얼어붙은 상태였다. 뭐가 무섭냐면, 자신의 엄마가 이렇게 잔뜩 있다는 게 가장 무섭다!

결국 마사토는 아무런 저항도 하지 못한 채, 머리부터 오독오독 씹어먹…….

……히려던, 바로 그때였다.

"마 군! 거기 있구나! 지금 바로 갈게!"

마마코 한 명 추가입니다~. 마마코 들어갑니다~. 이번 마마코는 계단 위에서 모습을 보였다. 「더 늘어나는 거야아아아앗?!」 하고 외친 마사토는 눈물콧물을 질질 짜며 경악했지만…….

그 모습을 본 순간, 그는 생각했다.

'아…… 이 사람은, 엄마야……. 내 엄마라고!'

저 사람도, 다른 마마코도, 모습과 목소리는 완전히 똑같다. 표정 이외에는 차이점이 없다.

하지만 저 사람에게서만 느껴지는 무언가가 있다. 그것을 감지할 수 있는 능력이 마사토의 내면에 존재했다.

【자성(子性)】.

그것이 바로, 마사토가 이 순간에 완전히 손에 넣은 스킬이다.

하지만 유감스럽게도, 마사토는 현재 스킬을 신경 쓸 여유가 없었다. 사태가 급박하게 돌아가고 있었던 것이다.

지금 중요한 것은 계단에서 내려온 마마코가 진짜인가 아닌가, 였다.

"어, 엄마 맞지?! 엄마야말로 진짜 엄마지?!"

"그래! 엄마가 잔뜩 있지만, 마 군이라면 알 수 있지?!"

"응! 알아! 안다고! 엄마가 엄마야! 내 엄마야!"

"그래! 그러니까, 여기는 이 엄마에게 맡겨!"

"매번 나보다 더 활약하려고 하는 점만 봐도 내 엄마 맞네!"

마마코는 계단을 뛰어내려오더니 대량의 다크 마마코와 대치했다.

마마코는 무시무시한 표정을 짓고 있었다. 그녀의 얼굴에서는 이전에는 한 번도 본 적 없을 정도의 분노가 묻어나고 있었다.

"감히…… 감히 마 군을 두려움을 떨 게 하다니……. 그것도, 내 얼굴과 목소리로…… 이러다가 마 군이 나를 무서워하게 되면 어쩔 건데……. 마 군이 나를 싫어하게 되면 어쩔 거냔 말이야……. 절대…… 절대 용서 못해! 나는, 내 모든 것을 걸고, 당신들에게 꾸짖을 거야!"

마마코의 전력 꾸짖기!

허리에 손을 대고, 손가락을 펼쳐들면서……!

"때찌!"

꾸짖었다! 마마코가 진심으로 꾸짖었다! 딱 잘라서 「때찌!」 하고 말한 것이다!

아니, 잠깐만 있어봐, 대체 뭐하는 거야, 하고 마사토가 어이없어 하며 태클을 날리려던 바로 그때였다.

분노의 빛이 마마코의 앞으로 집약되더니, 응축된 후, 광선이 되어 발사됐다! 마치 우주전함의 주포처럼 두꺼운 레이저가 발사된 것이다!

"어어어어엇?! 엄마가 뭔가 엄청난 걸 쐈어어어어어어?!"

눈이 까뒤집힌 마사토는 절규를 터뜨릴 뿐이었다.

마마코한테서 뿜어져 나온 그 엄청난 것은 통로를 가득 채

우고 있던 다크 마마코들을 순식간에 집어삼키더니, 그대로 통로를 관통했다. 그러자 눈을 뜨고 있을 수 없을 만큼 엄청난 빛이 통로를 가득 채웠다.

그 빛이 잦아든 후에는 아무것도 남아 있지 않았다. 꾸짖다 못해 아예 소멸을 시켜버린 것이다.

"휴우, 이제 됐어. ……마 군, 이 엄마가 해냈어! 우후후!"

주포를 쏜 후 평소처럼 미소를 짓고 있는 마마코의, 저 평범한 모습이 왠지 무시무시했다…….

바로 그때였다. 「잠깐만, 무슨 일이야?!」, 「방금 그 엄청난 빛과 소리는 뭐죠?!」, 「마마 씨는 괜찮으실까요…… 아, 마사토 씨!」 와이즈와 메디와 포타가 계단을 내려왔다.

"오오! 세 사람 다 무사했구나! 다들 함정을 돌파했나 보네!"

"그래. 엄마가 몇 명이나 나타나서 「좀 쉬었다 가렴」 하고 말하던데, 그딴 건 명백한 함정이잖아. 연속마법으로 한꺼번에 쓸어버렸어."

"저한테도 가짜 어머님이 대량으로 나타났는데, 이 지팡이로 입도 뻥끗 못하게 만들어줬어요. 정말 기분 좋았다니까요. 후후후."

"으음…… 저, 저도 괜찮아요! 딱히 이상한 일은 일어나지 않았어요!"

"그랬구나! 다들 클리어했다니 다행이야! ……그런데, 내 이야기 좀 들어봐! 방금……!"

우리 엄마가 레이저 포를 쐈어, 하고 마사토가 울먹거리면서 말하려던 바로 그때였다.

느닷없이 폭발음이 들리더니 통로 전체가 뒤흔들렸다.

꽤 가까운 곳에서 폭발이 일어난 것 같았다. 발생장소는…… 아무래도 위층 같았다.

"위쪽에서 폭발…… 이 위는 99층이고, 그 위는…… 헉…… 설마……?!"

마사토는 동료들과 시선을 마주한 후, 확신에 가까운 예감을 받으면서 그대로 내달렸다.

흙먼지로 충만한 99층 통로를 통과한 그들은 그 통로의 끝에 있는 계단을 단숨에 올라갔다.

100층이다. 고결한 느낌이 감도는 아름다운 백자빛 벽으로 된 그곳은 마지막 보스가 기다리고 있는 곳이다.

그렇지만…….

"우와…… 말도 안 돼……."

보스는 없었다. 사라지기 직전의 잔해만이 그곳에 있었다.

그 거대한 잔해는 천상의 병사 같은 모습을 하고 있었다. 찬란히 빛나는 갑옷을 입었고, 등에는 날개가 달렸으며, 머리 위에는 빛의 고리도 있는 것 같지만……. 산탄총이라도 맞은 것처럼 몸에 구멍이 숭숭 뚫린 채 소멸되고 있었으며…….

그 거대한 팔을 가볍게 들어 올리더니, 닫혀 있는 문을 향해 던지고 있는 아만테의 모습이 눈에 들어왔다.

"잠깐만! 왜 닫히는 건데?! 열어! 열란 말이야!"

아무리 공격해도, 아무리 고함을 질러도, 닫힌 문은 열리지 않았다.

이 탑의 이름은 솔로 킬링. 솔로로는 공략이 불가능한 타워 던전이다. 그 점은 절대적이며, 혼자서는 절대 클리어할 수 없으리라.

아만테는 아직도 탑의 꼭대기에 도착하지 못했다. 마사토는 그 사실을 알고 일단 한숨 돌렸다.

하지만 마사토의 마음에 여유는 생기지 않았다. 눈앞에 있는 존재는 틀림없는 괴물이기 때문이다.

"……진짜로 혼자서 보스를 해치운 거냐."

"그래! 해치웠어! 하지만 싸우는 동안에 문이 닫혔어! 이 문은 더럽게 튼튼해서, 가지고 있던 모든 폭탄 수정구슬을 사용했는데도 부서지지가…… 어…… 어라?"

아만테는 마사토가 중얼거린 말을 듣고 뒤를 불쑥 돌아보았다.

"너희는 대체 어느새…… 뭐, 뭐, 됐어! 꼭대기에 도착할 수 없다면, 직접 싸워서 결판을 내면 돼! 자, 시작하자!"

아만테는 바닥에 쓰러져 있는 보스의 목덜미에 꽂혀 있던 검을 뽑더니, 날카로운 검 끝으로 마사토 일행을 겨눴다.

"저 녀석과 직접 싸우는 건…… 솔직히 말해 꽤 버거울 것 같긴 해."

"맞아……. 여기는 집단 전투용 던전이고, 저기 쓰러져 있는 게 이 던전의 최종 보스일 텐데…… 그 녀석을 혼자서 쓰러뜨린 거잖아. 진짜 말도 안 돼."

"그렇다면 저 분은 말도 안 될 만큼 강한 거겠군요……."

"으으으으…… 마, 마마 씨! 저 아만테 씨는 엄청 강한 것 같아요!"

"그렇구나. 쉽지 않은 상대 같아……. 포타 양은 일단 안전한 곳에 숨어있으렴. 평소처럼 서포트를 해주면 고맙겠지만, 무리는 하지 마."

"아, 예! 알았어요!"

포타는 계단 쪽으로 뛰어가서 몸을 숨겼다.

이 싸움에 임할 자들은 온몸을 휘감고 있는 전율을 가슴 깊은 곳에 밀어 넣으며 전투태세를 취했다. 이제 싸움은 피할 수 없다.

마마코는 양손에 성검을 들더니, 싸움이 시작되자마자 공격을 날릴 준비를 했다. 와이즈는 마법서를 꺼내들며 정신을 집중했다. 메디는 이미 마법 영창을 시작했다.

그리고 선두에 선 마사토는 필마멘트를 움켜쥐었다.

"……어이, 아만테. 너는 우리 엄마와 1대 1로 승부를 하고 싶을지도 모르지만 말이야. 3차전은 포인트 1000배의 총력전인 걸로 하는 대신, 우리도 참가해도 될까?"

"상관없어. 오오스키 마마코는 물론이고…… 현자 와이즈와 치유술사 메디였지? 너희 두 사람이 나한테 퍼부었던 폭언의 대가를 치르게 해주고 싶거든."

"나는 딱히 폭언을 입에 담은 적이 없거든~?"

"저희는 사실을 사실 그대로 말했을 뿐이에요. 이런 걸 두고 적반하장이라고 하죠."

"아니, 너희도 꽤 심한 말을 했다고 생각하는데…… 그런데 나는? 용사이자 리더인 나에게 가장 적의를 보여도 괜찮을 거라고 생각하는데 말이야."

"오오스키 마사토에게는…… 으음…… 딱히 원한은 없지만……."

"없는 거냐?!"

"일단 오오스키 마마코의 아들이라는 점을 고려해, 최대한 적대시해볼게."

"엄마 때문에 덤터기를 쓰는 거냐아아아……. 나 대체 뭐하고 있는 거야아아아……."

마사토의 존재가치는 대체 뭘까. 그런 생각을 안 할 수가 없는 상황 속에서…….

싸움의 막이 올랐다.

"오오스키 마마코와 결판을 내지 못한 채 이 세상에서 지워버리는 건 나도 본의가 아냐. 역시 오오스키 마마코를 굴복시키고, 그 동료들도 전부 박살을 내줘야겠지. 그러니까…… 빨리 나한테 지란 말이야!"

고압적인 어조로 그렇게 외친 아만테는 손에 쥔 검을 내던졌다. 「어?」 그 가는 검은 포물선을 그리면서 마사토 일행 쪽으로 날아왔다…….

그리고 그 검에 눈길이 향해 있을 때…….

"간다!"

아만테가 땅을 박차면서 일직선으로 돌격했다. 마사토 일행의 허를 찌르며 선제공격을 감행한 것이다.

아만테는 무시무시한 속도를 선보이며 이미 마사토의 코앞까지 접근했다.

"아니?! 빨라……?!"

"오오스키 마사토! 우선 딱히 볼일이 없는 너부터 처리해주겠어!"

말은 심하지만, 마사토가 불평을 늘어놓기도 전에 아만테가 공격을 펼쳤다. 돌진의 기세가 실린 발차기가 마사토의 복부를 향해 뻗어나갔다.

바로 그 찰나였다.

"장벽(바리에라)!"

이미 주문 영창을 마친 메디가 마법을 발동시켰다. 마사토의 앞에 방어벽이 전개됐다. 그리고「정통으로 맞을 수야 없지!」마사토 또한 왼팔을 내밀면서 방어 장벽을 전개했다.

두 개의 벽이 마사토를 보호했…….

"그딴 건 의미 없어! 소용없거든?!"

아만테가 가녀린 발로 날린 발차기가 두 개의 방어벽을 간단히 부수더니, 마사토의 복부에 깊숙이 꽂혔다.「커억?!」몸과 의식이 날아갈 듯한 충격을 받은 마사토가 무너지며 무릎을 꿇었다.

"적당한 자세네! 이용해 주겠어!"

아만테는 쓰러진 마사토를 발판 삼으며 점프했다. 그리고 손을 들어서 아까 자신이 던졌던 검을 움켜쥐었다.

그런 아만테의 표적은 마마코였다.

"오오스키 마마코! 일격에 해치워주겠어!"

"어…… 앗……?!"

부상을 당한 마사토에게 정신이 팔린 마마코를 향해, 아만테가 급강하를 하면서 공격을 펼쳤다.

하지만 바로 그때, 와이즈가 나섰다.

"그렇게는 안 돼! ……스파라 라 마지아 펠 미라레…… 풍열(風裂)[벤토 탈리아레]! 그리고 풍열(風裂)[벤토 탈리아레]!"

연속마법이 발동했다. 폭력적인 돌풍이 이중으로 생겨나며 아만테를 덮쳤다. 공중인지라 회피 행동을 취할 수 없는 아만테가 그 맹렬한 바람을 정통으로 맞고 밀려나갔다. 그대로 후퇴한 것이다.

"쳇! 건방지게……!"

"흐흥~! 어때! ……어, 어라……?"

공격 저지에는 성공했다. 하지만 바로 그때, 갑자기 바람의 방향이 정반대로 바뀌었다. 「우왓?!」, 「꺄앗!」 와이즈와 마마코도 그 바람에 날렸고, 「큭?!」, 「꺄앗?!」 마사토와 메디도 그대로 휘말렸다. 공격 판정이 있는 바람 때문에 전원이 대미지를 입은 것이다.

온몸에 상처를 입은 메디가 와이즈를 향해 고함을 질렀다.

“뭐하는 거예요, 와이즈 양! 저희까지 대미지를 입었잖아요! 동료를 공격하다니, 대체 무슨 생각인 거죠?!”

“따, 딱히 그럴 생각은 없었거든?! 그것보다, 나는 제대로 조준해서 공격했어! 그런데 이상하게……!”

“메디 양! 와이즈 양! 말다툼을 할 때가 아니잖니!”

“그래! 두 사람 다 싸우지 말고 지금은 전투에 집중해! ……저 녀석은 진짜로 강하다고!”

마사토는 멀쩡하게 두 발로 서있는 아만테를 노려보았다.

공격석이 뛰어난 마법의 바람을 정통으로 맞았는데도, 아만테는 전혀 부상을 입지 않았다.

‘우리는 온몸에 상처를 입었는데…… 대체 어떻게 된 거지……?’

엄마 길드 호텔의 옥상에서 뛰어내렸는데도 튼튼하다는 것은 알고 있다. 아무리 그렇다 할지라도 너무 멀쩡했다. 마법에 대한 내성이 극단적으로 강한 건지, 마법을 무효화할 수 있는 장비라도 지닌 건지…… 아니면…….

바로 그때였다.

“알았어요! 그럼 제가 마법으로 공격하겠어요! 현자 주제에 마법을 제대로 쓰지도 못하는 얼간이 현자는 제가 싸우는 모습을 보고 좀 배우세요!”

“자, 잠깐만, 그게 무슨 소리야?! 정말 짜증나네! ……그것보다~ 힐러가 마법 공격을 하는 건 무리라고 생각하는데 말이야~. 하지도 못하는 걸 할 수 있다고 우기지 말아줬으면 좋겠는데 말이야~."

"아뇨, 할 수 있어요! 이제부터 보여드리죠! 잠자코 보기나 하세요!"

"앗, 어이, 메디! 잠깐만 기다려……!"

마사토는 반사적으로 말리려했지만 한발 늦었다.

와이즈와 말다툼을 하며 흥분한 메디는 자신의 내면에 잠들어있는 다크 파워를 최대한 끌어내며 마법을 영창했다.

"……스파라 라 마지아 펠 미라레…… 사망(모르테)!"

메디가 치켜든 지팡이 끝에서 사신의 환영이 떠오르더니, 아만테를 향해 일직선으로 뻗어갔다. 「어이, 즉사 마법이냐!」 그것이 공격마법으로 봐야할지 보조마법으로 봐야할지 판단이 어렵지만, 그래도 메디는 즉사 마법을 펼쳤다. 하지만…….

"후훗, 쓸데없는 짓이야."

표적의 몸을 통과하면서 그 혼을 앗아가야 하는 사신이…….

아만테 앞에서 멈춰서더니, 「……어?」 그대로 빙글 돌아선 후, 「어라?」 그대로 둥실둥실 돌아와서, 「어머?」 넷으로 분열하여, 「어이?!」 마사토 일행의 몸을 통과했다.

즉사마법이 발동했다. 하지만 마사토에게는 효과가 없었다. 마마코에게도 효과가 없었다. 상태이상을 막아주는 방어구를 착용한 두 사람은 무사했지만…….

메디는 죽고 말았다. 와이즈도 죽고 말았다. 두 사람 다 관에 들어가고 말았다.

"너희 지금 뭐하는 거야아아아앗?!"

"어머나! 이게 무슨 일이니?!"

사이좋게 나란히 놓인 관에서 울음소리가 들려오는 것 같지만, 울고 싶은 사람은 바로 마사토였다. 「하아, 정말!」, 「포타양, 부탁해도 되겠니?!」, 「예! 지금 갈게요!」 위험한 장소로 부르고 싶지 않지만, 두 사람의 소생은 포타에게 맡겼다.

마사토와 마마코는 검을 고쳐 쥐더니 천천히 다가오고 있는 아만테에게 집중했다.

메디가 한 짓은 와이즈를 저승길 길동무 삼아 벌인 자폭이지만, 그 덕분에 눈치챈 점이 있다.

"……어이, 아만테. 너, 성가신 능력을 지녔지?"

"후후후. 무슨 소리를 하는 건지 모르겠네. ……나는 어머니에게 반역하는 자. 반발의 화신이자, 이 몸에 깃든 것은 거역하는 힘. 즉, 공격을 반사하는 패시브 스킬을 지니고 있어, 같은 걸 하나하나 말할 거라고 생각해?"

"아, 예. 그렇사옵니까. 그래. 설명 땡큐."

공격을 반사하는 패시브 스킬. 흉악하기 그지없는 힘이다…….

"마 군! 이번에는 이 엄마가 공격할게! 그럼……!"

"잠깐만 기다려! 우선 내가 확인을 마칠 때까지 가만히 있어!"

마사토는 공격을 펼치려 하는 마마코를 허둥지둥 말렸다.

일단 마사토는 가벼운 공격을 날렸다. 여유 넘치는 미소를 머금으며 다가오고 있는 아만테에게 다가가서, 대각선으로 검을 휘두른 것이다.

방어조차 하지 않는 아만테를 벤 순간, 「큭!」 마사토의 몸에 상처가 생겼다. 공격이 대미지가 고스란히 마사토에게 돌아온 것이다.

……그렇다. 이것은 흉악한 정도가 아니라 극악 그 자체다.

"어이어이…… 어이어이어이어이! 마법공격도, 물리공격도 반사하는 게 말이 돼?! 이래서야 공격을 할 수가 없잖아!"

"괜찮단다, 마 군! 다음에는 이 엄마가 공격할게! 간다……!"

"하지 마?! 제발 부탁이니까 관둬! 내 말 안 들렸어?! 엄마의 공격이 반사됐다간 우리는 전멸 확정이거든?!"

한 번만 전멸하기만 하는 게 아니다. 어쩌면 다섯 번은 죽을지도 모른다. 마사토는 전력으로 마마코의 팔을 잡고 매달리며 공격을 저지했다. 「어머나. 왠지 부끄럽네. 우후후」, 「부끄러워할 때가 아니거든요?!」 아들과 신체접촉을 해서 기뻐하고 있는 어머니를 일단 말리면서 물러나게 했을 때였다.

갑자기 아만테가 웃음을 터뜨렸다. 악질적인 비웃음을 말이다.

"실망이네. 정말 성가신 어머니야……. 오오스키 마사토, 너도 그렇게 생각하지?"

"뭐, 뭐어! 덕분에 실컷 고생하고 있긴 해!"

"그럴 거야. 틀림없어. ……그렇다면 내가 오오스키 마마코를 해치우는 편이 나을 거야. 안 그래?"

"뭐어?! 무슨 소리를 하는 거야! 그렇게까지는……!"

"어머니가 없어진다면, 너는 자유야. 어머니 때문에 성가실 일도 없어지고, 네가 바라는 모험을 할 수 있어. 방해받을 일도, 분통을 터뜨릴 일도 없이, 매일같이 개운한 기분으로 게임 속 생활을 진심으로 즐길 수 있을 거야. 안 그래?"

"그, 그렇지……."

않아, 하고 주저 없이 말할 수는 없었다.

마사토가 엄마 동반으로 모험을 하면서 고생을 하고 있는 것은 엄연한 사실이다. 불만이라면 산더미처럼 있다. 그 불만의 원인은 대부분 마마코라는 점도 명백하다.

아만테의 말이 옳다고, 솔직하게 인정…….

"마사토! 저딴 녀석의 말에 휘둘리면 어떻게 해?! 정신 좀 차리란 말이야!"

바로 그때, 와이즈가 마사토를 질책했다.

소생한 와이즈가 뛰어오면서 마법서를 불러냈다. 마법으로 공격할 생각인 것 같았다.

"앗! 어이, 기다려! 아만테는……!"

"어떤 공격이든 반사하지?! 나도 들었어! 하지만 그렇다면 방법은 있어! ……눈에는 눈, 반사에는 반사야!"

마법을 반사하는 적에게, 아군을 공격해 반사시킨 마법을 명중시킨다고 하는 공격방법이 있다. 흔히 『리플렉 작전』이라 불리는 그것은 실존하는 여러 게임에서 실행 가능한 방법이다.

하지만 와이즈가 마법을 영창하려 한 바로 그 순간…….

"……스파라 라 마지아 펠 미라레…… 침묵(타체레)!"

아만테가 마법을 사용했다. 마법을 봉인하는 효과를 지닌 안개가 와이즈를 감쌌다.

와이즈는 마법을 봉인 당했다.

"아니…… 너, 너, 검사 주제에 마법을 쓸 수 있는 거야?!"

"검사는 검사지만, 나는 마법검사거든. 당연히 쓸 수 있어. 뭐, 일부러 직업을 밝힐 필요는 없지만 말이야. ……그것보다, 현자 와이즈. 뭐 하나 물어봐도 될까?"

"뭔데?!"

"너는 제멋대로인 엄마를 질색했지? 대판 싸우고 헤어졌잖아? ……오오스키 마마코가 끼어들지 않았다면 너희 모녀는 화해하지 못했을 거야. 너 혼자서 자유분방하게 살 수 있었겠지. 안 그래?"

"그, 그건…… 아니, 그것보다 어떻게 그런 걸…… 앗?!"

그 순간, 와이즈의 시선이 아만테의 등 뒤로 향했다.

그곳에는 메디가 있었다. 다크 파워를 완전히 해방한 그녀는 완전히 뚜껑이 열린 듯한 표정을 지으며 지팡이를 치켜들더니…… 아만테의 머리를 향해 그대로 휘둘렀다.

하지만 아만테는 뒤도 돌아보지 않으며 가느다란 검을 치켜들어서 그 일격을 간단히 막아냈다.

"어…… 그렇게 얇은 검, 그것도 한손으로……?!"

"내가 막아내지 않았다면, 공격의 대미지는 그대로 너한테 되돌아갔을 걸? 내 상냥함에 감사하는 게 어때? ……그럼 치유술사 메디. 너한테도 질문 하나 해도 될까?"

"뭐, 뭐죠?! 질문은 짤막하게 해줬으면 좋겠군요!"

"그럼 단도직입적으로 묻겠어. 너, 엄마를 싫어하지? 그렇잖아? 엄마가 자식에게 자기 뜻을 그렇게 강요해대는 것 자체가 말도 안 되는걸. 죽여 버리고 싶다는 생각을 한 적도 있지? 실제로 너는 그러려고 했었잖아?"

"그, 그건…… 하, 하지만 지금은 달라요! 어머님은 생각을 바꾸셨어요! 지금은 분명 저를 최우선으로 생각……!"

"그래그래. 그렇게 얼버무리는 구나. ……흥!"

"꺄앗?!"

아만테는 파리라도 쫓는 것처럼, 간단히 메디의 지팡이를 쳐냈다.

그런 아만테는 떨어진 곳에 멍하니 서있는 포타를 쳐다보았다.

"포타한테는 할 말이 없어. 너는 애초부터 이쪽 사람인걸."

"예……?"

그 말을 들은 당사자인 포타도, 그 말을 들은 마사토 일행도, 그 말의 의미를 이해하지 못한 채 얼이 나간 듯한 표정을 지었다.

하지만 아만테는 마사토 일행이 자신의 말을 이해할 때까지 기다려줄 생각이 없다는 듯이 말을 이었다.

"엄마와 함께 모험을 한다는 것 자체가 말도 안 돼……. 너희도 그렇게 생각하지? 응. 그럴 거야. 정말 이상한 일이라니깐. ……그리고 그런 이상한 상황이 너희들 또한 이상하게 만들고 있어."

"잠깐만! 대체 우리의 어디가 이상하다는……!"

"상식적으로 생각해볼 때, 나이도 먹을 만큼 먹은 남녀가 같이 목욕을 하는 건 이상하잖아?"

맞는 말이다. 지당하기 그지없을 정도로 말이다.

"어때? 현자 와이즈?"

"그, 그건…… 그렇, 지만……."

"잠깐만요! 확실히 남녀가 함께 목욕을 하는 건 이상한 일일지도 모르지만, 그렇다고 저희가 이상한 건 아니에요! 저희가 마사토 군과 함께 목욕을 할 때는 마마코 씨도 곁에 있으니까, 안심을 하는 것뿐……!"

"치유술사 메디. 나는 『엄마가 함께니까 괜찮다』라는 부분부터 이해가 안 되거든? ……엄마가 함께 목욕하니까, 남자와 같이 목욕해도 괜찮고, 아까처럼 속옷 차림을 보여줘도 아무렇지 않은 거야? 아무 생각이 안 드는 거야?"

"으, 으음…… 그건……."

"나한테 별의별 소리를 다한 너희야말로 여자로서 좀 문제가 있다고 생각해. 그래. 오오스키 마마코가 있기 때문에, 너희는 여자로서 망가져버리고 만 거야……. 저기, 오오스키 마사토?"

아만테는 마사토의 마음속을 들여다보려는 것처럼 그를 응시했다.

"오오스키 마사토. 이 애들과 같이 여행을 하니, 어때?"

"어, 어떠냐니…… 뭐가 말이야?"

"한창때인 남녀가 같이 모험을 하는 거잖아? 그런 만큼 당연히 상대가 마음이 쓰이거나, 우연히 신체접촉을 한 바람에 마음이 두근거린다거나…… 그로 인해 달콤쌉싸름한 마음이 싹튼다거나 한 적은 없어? 그리고 너희는 어때?"

"그건……."

마사토와 와이즈. 마사토와 메디. 그들 사이에서는 서로의 몸과 마음이 접촉할 일이 있었다. 만나서, 대화를 나눴고, 서로의 버팀목이 되어주며 사건을 해결하는 과정에서……. 필요에 의해, 혹은 불가항력적으로 접촉을 한 적이 있는 것이다.

하지만 그런 일을 통해 사랑에 가까운 마음이 싹텄냐면…… 그런 일은 없었던 것 같은 느낌이 들었다.

"오오스키 마사토…… 너는, 이 아이들을 이성으로 보지 못해. 그런 생각이 든 적이 있지 않아?"

"윽……."

그런 생각이 든 적은, 있다. 태연하게 복부를 드러내거나, 업어주면서 몸을 밀착시켰을 때도 아무 일도 일어나지 않았다. 그 뿐만 아니라 속옷만 걸친 모습을 봤는데도 마찬가지였다.

어쩌면 그럴지도 모른다는 생각이 들며, 불안을 느낀 적이 있다.

아만테는 완전히 말문이 막힌 마사토를 응시하면서 만족했다는 듯이 고개를 끄덕였다.

"역시 그렇구나. 내 생각이 맞았어. ……너는 이성으로서, 저 여자애들의 연애대상이 될 가능성이 있었어. 하지만 그건 실현되지 못했지. ……그 이유는 명백해."

"……그게 뭔데?"

"네 엄마가 있기 때문이야. 엄마라는 존재를 중심으로 너희가 모인 결과, 『가족』 같은 집단이 되어버리고 만 거지. 그래서 서로를 이성으로 의식할 수가 없게 된 거야."

"가족……?"

"자, 오오스키 마사토. 이제 알겠지? ……모험의 나날과, 사랑…… 너에게 존재했던 가능성을 전부 빼앗아간 사람은 바로 네 엄마, 오오스키 마마코야. 그러니까……."

아만테는 검을 쥐더니 망연자실한 표정으로 서있는 마마코를 향해 고개를 돌아섰다. 이제야말로 그 누구에게도 방해를 받지 않을 거라 확신하며…….

하지만, 마사토가 그런 아만테를 막아섰다.

"그만해."

"왜 방해하는 거야?! 이렇게 말했는데도 모르겠어?! 네 엄마 때문에 네 운명은 어긋나고 말았어! 오오스키 마마코 때문에 전부 이상해지고……!"

"이상해도 딱히 상관없잖아."

아무 생각도 없이 한 말은 아니다. 마사토의 내면에 존재하는 명확한 마음을 근거 삼아 한 말이다.

마사토는 아만테를 똑바로 쳐다보며, 흔들림 없는 어조로 말했다.

"우리가 하고 있는 건 엄마를 동반한 모험이야. 아직 아무도 알지 못하는 미지의 모험이지. 그러니까 당사자인 우리도 당황할 때가 많아……. 남들 눈에는 더 그렇게 보일 거야."

게임 세계에 전송됐다 싶더니, 엄마까지 따라왔다. 게다가 용사인 아들보다 압도적으로 강했다.

게다가 게임 속의 학교에도 어머니가 따라온 적마저 있었다. 그 뿐만이 아니라 세일러 교복에 학교 수영복까지 입고 나타났던 것이다. 그런 일이 툭하면 벌어졌다.

이상하다.

마사토는 그 말을 수십, 수백 번도 더 외쳤다.

"이상해. 그래. 이상하다고. 처음부터 이상하기만 했어. 엄마가 말도 안 되는 짓만 해댔다고……. 이 탑을 공략할 때도 그래. 길드에 엄마들이 몰려와서, 엄마 부대를 결성해 탑에 돌격했어. 진짜 엄마들에게 휘둘리기만 했다니깐. 진짜 질릴 지경이야."

"그렇다면……!"

"하지만, 그런 게 모험이라는 생각도 아주 약간 들었어."

모험이란, 누구나 알고 있는 그런 당연한 길을 느긋하게 나아가는 것이 아니다.

"지금까지 누구도 직면한 적 없는 상황에 부딪쳐서, 뭐가 올바른지도 모른 채 어떻게든 그것을 극복해 나가는 것…… 응. 그래. 그것이야말로 모험이야."

믿기지 않는 일이 일어나 놀란다거나, 차마 받아들일 수 없는 일이 일어나서 고민하고 또 고민한다거나…….

그것이야말로 모험이다. 마사토가 경험한 모든 일들은 전부 어엿한 모험이었다.

아만테를 향해 건넨 말은 마사토 본인의 마음에도 스며들어가고 있었다.

"어머니를 동반한 모험…… 이건 우리만의, 우리만이 할 수 있는 모험이야."

유일무이. 온리 원. 비교불가.

제 아무리 바랄지라도 다른 곳에서는 절대로 있을 수 없으니까, 지금 이곳에서만 가능한 것이니까…….

"그러니, 우리는 이대로 엄마와 함께 나아가면 돼. 이상해도 상관없어. 그래도 믿으면서 나아가면 되는 거야. ……나아가기 위해 필요한 것은 전부 갖춰져 있거든."

그것이 무엇인지는 일일이 말할 필요는 없다.

와이즈가, 메디가, 그리고 포타가, 마사토와 나란히 섰다.

함께 걸어주는 동료가 있다.

"이게 우리의 대답이야. 그리고…… 아까부터 쭉 입 다물고 있는 사람한테 한 마디 듣고 싶은데 말이야. 혹시 너무 감동해서 말을 못하겠어?"

마사토가 다른 곳을 쳐다보며 놀리는 듯한 어조로 그렇게 말하자…….

"그래……. 이 엄마는 가슴이 벅차서…… 뭐라고 말하면 좋을지 모르겠어."

마사토의 옆에 마마코가 섰다.

언뜻 쳐다보니 얼굴에는 평소와 마찬가지로 미소가 어려 있었으며, 눈가에는 눈물이 맺혀 있었다. 딱히 울 일은 아닌데 말이다. 정말 눈물이 많은 어머니다.

“마 군, 와이즈 양, 메디 양, 포타 양. 정말 고마워.”

“별말씀을. 아들이 활약할 수 있도록 도와주고, 자기는 너무 나대지 않도록 조심하면서, 같이 모험을 해줬으면 좋겠지만 말이야.”

“고맙다는 말은 됐어. 마마코 씨가 고마워할 일은 아니잖아.”

“그래요. 저희는 자의로 마마코 씨와 함께 행동하고 있는 거니까요.”

“고맙다는 말을 해야 할 사람은 저예요! 저야말로 감사해요!”

“그럼…… 엄마. 한 사람의 엄마로서, 아만테에게 한 마디 해줘.”

“응. 그럴게.”

마마코가 한 걸음 앞으로 나서면서 아만테와 대치했다.

“아만테 양, 나도 한 마디 할게.”

“큭! 당신과는 입도 섞고 싶지 않지만…… 좋아. 이게 마지막일 테니까 잠시 이야기해줄게. 할 말이 있으면 어디 해봐.”

“그럼…… 아만테 양. 당신은 왜 이러는 거니? 왜 엄마를 방해꾼 취급하는 거야? 혹시 싫어하는 거니?”

“흥! 좋아하거나 싫어하는 것 같은 차원의 이야기가 아냐! 나는 말이지! 엄마라는 존재 그 자체를 인정할 수 없어! ……내가 원하는 건 엄마가 존재하지 않는 세계…… 그러니까 탑의 꼭대기에 가서 이렇게 빌 거야! 『이 세상에서 모든 어머니를 없애줘』 하고 말이야! 뭐, 이런 걸 하나하나 설명할 필요는 없겠지만 말이야!”

“정말 그렇게 심한 소원을 빌려는 거구나……. 알았어.”
마마코는 작게 숨을 토하더니, 눈을 약간 치켜떴다.
“……아만테 양. 나 말이지. 지금 정말 화가 났어. ……어쩌면 아만테 양에게도 이럴 수밖에 없는 이유가 있을지도 모른다고 생각하지만…… 그래도 역시 화를 낼 수밖에 없구나. 꾸짖을 수밖에 없어.”
마마코가, 꾸짖는다.
그러면 어떤 일이 일어날 것인가. 「잠깐, 엄마?!」 불길한 예감이 엄습한 마사토가 허둥지둥 말리려고 했지만, 「마사토! 방해하지 마!」, 「마마코 씨에게는 뭔가 생각이 있는 것 같아요!」 오히려 와이즈와 메디가 그를 꼼짝도 못하게 움켜잡으며 말렸다.
그러는 사이, 마마코는 허리에 손을 대더니, 검지를 펼쳐들었다.
“남의 집 애들을 가출시켜서 어머니들을 잔뜩 걱정시킨 데다, 아이들에게 어머니를 공격하게 하고……. 그걸로 모자라, 이 세상에서 모든 어머니들을 없애려 하다니…… 용서 못해! 그러니까 아만테 양을 꾸짖겠어! 각오는 됐겠지?!”
“뭐? 꾸짖어? 이 내가 당신한테 꾸짖음을 당한다고 눈 하나 깜빡할 것 같아? 헛수고야, 헛수고. 아~ 바보 같네.”
“그럼 간다! ……하나, 둘…… 때찌!”
멈춰, 하고 마사토는 외쳤지만, 그 목소리는 그 누구의 귀에도 들어가지 않았다.
마마코에게 집약된 분노의 빛이 두꺼운 레이저가 되어 발사

됐다. 꾸짖기 주포 『때찌』다.

그 광선은 반사되지 않으며 「엥?」 망연자실한 표정으로 서있는 아만테를 그대로 집어삼킨 후, 그 뒤편에 있는 거대한 문까지 간단히 꿰뚫었다.

그 맹렬한 빛을 본 이들 전원은 얼이 나간 듯한 표정을 지었다.

"마, 마마코 씨가, 빔을 뿜었어……."

"드, 드디어 마마코 씨가 병기의 영역에 도달……."

"와아! 마마 씨 빔이에요! 눈부셔요! 대단해요!"

"나대지 말라고 내가 말하자마자, 이렇게 나대는 거냐고오오오오오오오오오?!"

혹시 아만테는 소멸된 걸까? 하긴, 소멸될 만도 해. 아마 물질의 최소단위까지 분해되어서, 이 세상과 바이바이하고 만 거야…….

아니, 뭔가가 있다.

『때찌』의 빛이 사라진 후, 그 자리에는 아직 아만테가 존재했다.

"어? ……진짜냐?! 엄마의 빔을 견뎌낸 거야?! 말도 안 돼!"

마사토는 경악한 나머지 눈을 의심했지만, 그것은 환상이 아니었다. 온몸이 시꺼멓게 탔고, 사나운 느낌을 자아내는 포니테일도 타들어가고 있으며, 금방이라도 쓰러질 것 같은 상태지만, 아만테는 아직 이 세상에 존재했다.

"크…… 서, 설마, 이렇게 강력한 기술을…… 게다가 공격을 반사하지 못했어……. 이게 대체 어떻게 된 거야……. 방금 공격은 뭐지……?"

"방금 그건 공격이 아냐. 나는 그저 꾸짖었을 뿐이란다."

"꾸짖는다는 차원이 아니었거든?! 나는 한순간 소멸을 각오했거든?! 당신, 진짜 엉망진창이네! ……큭, 이딴 사람과 싸우려고 한 내가 바보였어……. 이렇게 되면……!"

아만테는 뒤돌아서더니, 비틀거리면서 내달렸다. 그녀는 문 쪽으로 향하고 있었다.

마마코의 주포가 명중한 문에는 커다란 구멍이 뚫려 있었다. 아만테 모양으로 남아있는 부분이 있지만, 그 좌우로 여유롭게 통행이 가능해 보였다.

이곳은 탑의 100층이다. 이 문 너머에 있는 계단을 올라가면 꼭대기에 도착할 수 있는 것이다. 거기서는…….

"앗! 저 녀석, 설마……?!"

"마마코 씨를 이길 수 없다는 걸 알고, 소원을 빌어서 없애버릴 속셈이야!"

"정말 끈질기군요! 그딴 짓을 하게 둘 수는 없어요!"

"예! 반드시 막고 말겠어요! 저, 쫓아갈래요!"

"그래! 서두르자!"

마사토 일행도 바로 내달리기 시작했다. 그들은 아만테를 쫓으며 계단을 뛰어올라갔다.

금방 탑 정상이 보였다. 그곳에는 【소원을 고하라】라고 새겨진 비석 하나만 존재하는 황량한 장소였다.

사방을 둘러봐도 하늘만 눈에 들어오는 그곳에 가장 먼저 도착한 이는 바로 아만테였다.

"여기서 소원을 빌면 되지?! 그럼 이 세상의 모든 어머니들을……!"

아만테가 소원을 빌기 전에……!

"그렇게는 안 돼! 이렇게 되면 내가 먼저 소원을 빌겠어! ……으음, 으음……!"

"맞아, 마 군! 이 마을에 오기 전에, 와이즈 양이 소원을 말했었잖아! 그걸 말하는 거야!"

"뭐? 아, 아하! 그거 말이구나!"

아만테를 따라잡은 마사토가 마마코의 조언을 듣고 서둘러 소원을 말했다!

"갓 낳은 신선란을 인원수만큼 줘! ……그딴 소원을 빌 것 같아?!"

혼신의 태클이었습니다.

그 순간, 머나먼 하늘 저편에서 달걀 여섯 개가 들어있는 팩 하나가 내려오더니, 마마코의 손바닥에 놓였다. 마마코, 마사토, 메디, 와이즈, 포타, 그리고 아만테를 비롯해 총 여섯 명 몫의 신선란이다. 소원은 이루어졌다!

"어머나. 마침 달걀이 다 떨어졌는데, 참 잘됐구나. 득 봤네."

마마코는 정말 기뻐보였다! 내일 아침 식사는 이걸로 완벽하다는 듯이 말이다.

잠깐만 있어봐.

“어? ……마, 말도 안 돼. ……이, 이게 아니거든?! 이게 아니라! ……이 세상에서 모든 어머니를 없애줘! 이게 소원이야! 자, 내 소원을 이루어줘!”

아만테가 비석을 두들기면서 그렇게 외쳤지만, 그 소원은 이뤄지지 않았다. 그리고 사명을 다한 비석은 바닥으로 가라앉으면서 모습을 감췄다.

“마, 맙소사…… 소원이…… 그 어떤 소원이라도 이룰 수 있는데…… 갓 낳은 신선란 여섯 개? ……크으으윽! 이래서 엄마들이 싫은 거야아아아아앗!”

아만테는 울음을 터뜨리며 계단을 뛰어 내려갔다.

그리고…….

“내 태클 체질 좀 고쳐주세요……. 제발 고쳐주세요……. 고쳐달라고요…….”

마사토도 하염없이 눈물을 흘리며 몇 번이나 소원을 빌었지만, 그 소원 또한 이뤄지지 않았다.

엄마 길드 업무일보

【직책】 마 군의 단 한 명 뿐인 엄마

【성명】 오오스키 마마코

【업무 보고】

탑을 공략하고, 꼭대기에 도착했어요. 목표를 달성했죠. 만세!
그곳에 도착하는 여정은 정말 험난했어요. 제 가짜가 잔뜩 나타나서 마 군에게 겁을 줬고, 아만테 양이 정말 심한 짓을 꾸며서…… 너무 화난 나머지 그 가짜들과 아만테 양을 확 꾸짖어줬어요.
반성해야겠다는 생각이 드는 반면, 할 말은 해야만 한다는 생각이 들었어요.

【특기사항 등】

이참에 달걀에 대해 정리할까 해요.
달걀의 신선도는 온도에 좌우돼요. 보존할 경우에는 냉장고 혹은 가능한 한 선선한 곳에 두는 편이 좋다더군요. 대략적이지만, 구입 시 실온 15℃에서 보존하면 3주 정도, 냉장고라면 좀 더 오래 보관할 수 있다고 해요(여러 설이 분분해요).
참고 정도만 하세요.

【멤버들의 코멘트】

달걀 이야기 좀 그만해요…….
내 마음의 상처를 헤집지 마요…….

살모넬라균에 오염된 달걀일 경우에는…….

잠깐만! 병균 이야기 좀 하지 마!
마사토만이 아니라 우리도 싫거든?!

보존온도와 기한을 지키면 날것인 채로 보관해도 괜찮아요!
익히면 더 안전하고요!

에필로그

해가 뜨지 않은 이른 아침. 마차 한 대가 남몰래 바닷가 마을에서 출발했다.

승객은 한 명 뿐이다. 벌레라도 씹은 듯한 표정을 짓고 있는 소녀 검사, 아만테다.

"그러니까! 이번에는 정보 부족 탓에 밀렸을 뿐이야! 진 건 아니란 말이야!"

아만테는 눈앞에 전개된 소형 마법진을 향해 고함을 질렀다.

그러자 거기서 차갑기 그지없는 목소리, 그리고 달콤하면서도 나른한 목소리가 들려왔다.

『그러니까 네가 진 거다. 아무 짝에도 도움에 안 되는 이 쓰레기야.』

『어쩔 수 없잖아~. 아만테는 바보인걸~.』

"안 졌다고 내가 말했지?! 그리고 나는 바보가 아냐! 방금 한 말을 취소해!"

『취소할 필요성을 느끼지 못하겠군. 사실이니까 말이다.』

『결과를 내지 못했으니 이딴 소리를 듣는 거잖아~. 이 바보 멍청아~.』

"큭……. 아, 아무튼 서둘러 돌아가서 합류할게! 너희는 거기서 기다리고 있어! 알았지?!"

『내 알 바 아니다.』

『나는 앞으로 10초만 더 기다려줘야지~. 나는 참 상냥하다니깐~. 그럼 안녕~.』

협조성이라고는 눈곱만큼도 느껴지지 않는 그 말을 끝으로, 소형 마법진이 사라졌다.

아만테는 완전히 열 받은 것 같았다.

"화가 나서 미치겠네! 이건 전부 오오스키 마마코 탓이야! ……다른 사천왕에게 협력을 요청하는 건 정말 불쾌한 일이지만, 오오스키 마마코를 해치우기 위해선 그 방법뿐이야……. 저기 말이야! 다음 마을에는 언제쯤 도착하는지 가르쳐줘!"

아만테가 화풀이하듯 그렇게 외치자…….

마부석에 앉아있던 남자가 『이 녀석, 아까부터 혼자 되게 떠들어대네』 하고 말하고 싶은 심정이 묻어나는 미소를 지으며 아만테를 돌아보았다.

"어~ 그러니까 말이죠……. 하하웨에는 해질녘에 도착할 것 같은데요……."

"어? 하하웨? 그럼…… 그럼 행선지가 다르잖아! 아아, 정말! 마차를 잘못 탔네! 빨리 세워! 나, 내릴 거야!"

"아, 죄송합니다만, 이 도로마차는 자동운행이라 하하웨에 도착할 때까지는 세울 수가 없어요."

"뭐? ……뭐어어어어어어엇?!"

아만테가 목적지에 도착하는 데는 필요 이상으로 많은 시간이 걸릴 것 같았다.

바보를 태운 마차는 멈춰서는 일 없이, 아침 안개 속으로 사라졌다.

길드 호텔의 레스토랑 라운지에서 먹는 오늘의 아침 식사는 아주 약간 특별했다.

메인 메뉴는 갓 낳은 신선란으로 만든 날달걀 비빔밥이다.

어느 식재료 가게에서나 흔히 파는 것이니까 말이다. 그 정도의 특별함이다.

"하아……. 이게 내가 빈 소원의 말로……. 이번 보수인 거냐……."

마사토는 땅이 꺼져라 한숨을 내쉬면서 달걀을 깼다. 달걀을 풀 때 쓰는 조그마한 그릇에 쏙 들어간 그것은 노른자가 탱글탱글한 게 밉살스러워 보일 정도로 신선했다. 「빌어먹을~!」 마사토는 전력을 다해 저었다. 마구 휘저어서 이 원한을 푸는 것이다!

그렇게 화풀이 중인 마사토를 쳐다보면서, 여성들은 화기애애하게 식사를 했다.

"그런데 말이야. 역시 내가 말한 대로지? 나는 초절정 현자니까~ 역시 예지 능력이 있는 게 분명해~."

"결과적으로 달걀이 되기는 했지만, 소원을 빈 사람은 마사토 군이니 100퍼센트 들어맞았다고 할 수는 없어요. 자만에 빠지지 않는 편이 좋지 않을까요?"

"마마 씨! 마사토 씨는 왜 달걀을 달라고 빈 걸까요?!"

"우후후. 그건 말이지. 마 군이 나에게 선물을 하고 싶었기 때문이야."

"저로서는 마사토 군이 확 「엄마의 팬티를 줘!」[#2] 하고 외치는 것도 괜찮다고 생각했습니다만……. 요즘 애들은 이 패러디를 이해하지 못할지도 모르겠군요……. 뭐, 아무튼 적의 야망을 저지해서 다행이에요. 그럼……."

아만테 몫의 신선란으로 만든 날달걀 비빔밥을 재빨리 먹어치운 후…….

시라아세는 젓가락을 내려놓으며 다른 이들을 둘러보았다.

"여러분. 이번에도 수고 많으셨습니다. 멋진 활약이었어요."

"고마워요~. 결국 엄마의 소원이 이뤄졌고, 아만테도 놓쳤으니, 저는 솔직하게 기뻐할 수가 없지만 말이에요. ……대체 이번 일은 뭐였던 거죠……."

"아~ 그러고 보니 시라아세 씨도 상황을 파악하지 못했댔지."

"그 후로 조사에 진전은 있었나요?"

"유감스럽게도 정보는 전혀 얻지 못했습니다. 운영 측의 각 부서에 몇 번이나 문의를 했지만, 명확한 대답은 얻지 못했죠."

"으으음……. 아, 혹시, 누군가가 일부러 은폐하고 있는 걸까요?!"

"그럴 가능성도 있죠. ……갑작스러운 이벤트 변경에, 느닷

#2 「엄마의 팬티를 줘!」 『드래곤볼』의 패러디. 「여자애의 팬티를 주세요!」라고, 먼저 신룡에게 소원을 빌어 세계정복을 저지한다.

없이 나타난 반항조직, 그리고 칠흑빛 아이템……. 제 쪽에 정보를 제공하지 않으려는 움직임이 실제로 존재한다면 진상 규명이 어렵겠지만…… 아무튼, 제가 계속 조사를 해보겠습니다. ……그것보다, 여러분은 이제부터 어떻게 하실 거죠?"

"이제부터……."

어떻게 할까. 마사토가 다른 이들에게 의견이 있나 싶어 둘러보니…….

마마코가 손을 들며 입을 열었다.

"저기, 마 군. 괜찮다면 이 마을에 한동안 머무는 건 어떨까?"

"이 마을에? 왜?"

"그야 멋진 곳이잖니. 바닷가의 경치도 아름답고, 해산물도 맛있는데다, 많은 사람들과 친해졌고…… 이렇게 우리가 머물 거처도 있잖니?"

"아~ 그래. ……우리 파티에서 포타 이외에는 전원이 전투로 등록했으니까…… 이렇게 살 집을 가지는 건 꽤 신기한 일이지."

"기본적으로 주거 제작과 거주가 가능한 건 비전투로 등록한 이들뿐이니까요……. 포타 양, 그렇죠?"

"예! 그래요! 하지만 저는 여행을 하면서 장사를 하는 여행상인이라서, 집이나 가게를 가지는 건 좀 어려워요!"

"그렇다면 이건 흔치 않은 일이구나……. 흐음……. 그렇다면 한동안 여기에 머무는 것도 괜찮겠네……. 나도, 하고 싶은 일이 있긴 하니까……."

탑을 공략하기는 했지만, 내부를 구석구석까지 탐색하지는 않았다. 중간에 건너뛴 층도 있다. 미회수 아이템도 있을 게 틀림없다. 그런 것들을 노리며 차분하게 탑을 탐색하는 것도 좋으리라.

그런 생각을 하고 있을 때, 딸랑딸랑~ 하고 실내에 벨 소리가 울려 퍼졌다. 「이 소리는……」, 「어머, 현관벨 소리네」 마법의 초인종이 울린 것 같았다.

아침식사 시간에 손님이 찾아온 것 같은데…….

마사토 일행이 현관홀에 가보니…….

포치를 비롯한 수많은 모험가들이 토목작업을 할 때 입을 듯한 복장으로 모여 있었다.

"여어! 이른 시간부터 찾아와서 미안해! 좀 보여주고 싶은 게 있거든! 따라와 봐!"

"예? 보여주고 싶은 거……?"

포치의 말을 듣고 현관 밖으로 나가보니, 그곳에는 마차 한 대가 있었다. 그리고 짐칸에는 커다란 석판 모뉴먼트가 놓여 있었다.

모뉴먼트에는 문자가 새겨져 있었다. 큼지막하게 【엄마 길드】라는 글자가 적혀 있었으며, 그 밑에는 길드 마스터인 마마코의 이름이 적혀 있었다.

또한, 마마코와 같은 크기로 마사토의 이름이 적혀 있었다.

또한 마사토의 이름 옆에는 대량의 주의사항이 적혀 있었다. 【※오오스키 마마코의 아들】, 【※위대한 천공의 성검을 소유】, 【※키 172cm 정도】, 【※상대가 어머니인지 아닌지 판별 가능한 특수능력을 소유】, 【※어머니를 『엄마』라고 부름】 등, 아무래도 상관없는 프로필까지 새겨져 있었다.

"저, 저기, 포치 씨…… 이건……."

"어때?! 엄청나지?! 너희의 탑 제패를 기념하고, 우리를 구해준 너희를 향한 감사의 마음을 담아, 이것을 마을 광장에 세울 거야! ……그리고 마사토 군에게는 특별 서비스를 해줬지. 고맙게 생각하라고."

"고, 고마워요……. 아니, 그것보다…… 어? 이걸 마을 광장에 세운다고요?"

"그래! 엄마들이 너희 이야기를 엄청 해대서, 이 마을 녀석들도 너희에게 주목하고 있거든! 세리머니를 하자는 이야기도 나오고 있어!"

"흐, 흐음…… 그런가요……."

마을 사람들이 마사토 일행에 대해 알고 있으며, 이 모뉴먼트도 꼼꼼히 살펴볼 것이다.

【※엄마들만 잔뜩 속한 엄마 길드에 당당히 속한 소년이라는 의미에서의, 용사】

그런 주의사항을 꼼꼼히 읽은 후, 마사토를 쳐다보며 생각하는 것이다.

쟤가 그 용사인가, 엄마 길드에 들어가다니 용기가 넘치네, 저 녀석이 엄마 용사구나, 하고 말이다.

응. 이 마을에서 살아갈 자신 자체가 싹 사라졌다.

"여, 여행을 떠나자……. 서둘러 여행을 떠나야겠어!"

지금 바로 출발해야겠다. 그리고 바닷가 마을 챠카에는 두 번 다시 오지 않을 것이다.

결의를 가슴에 품은 마사토가 바로 마마코를 설득하기 시작했다.

"저기, 엄마! 이 마을에 머무는 건 역시 안 되겠어! 서둘러 출발하자! 응?!"

"어머나, 갑자기 왜 그러니? 아까는 찬성했잖아."

"아, 그, 그게 말이야……. 뭐랄까……."

뜬소문 때문에 피해를 입을 것 같아서 이 마을에 입고 싶지 않아요, 하고 딱 잘라 말하는 편이 좋을까. 마사토가 약간 고민하고 있을 때였다.

갑자기 마마코가 손뼉을 치며 말했다.

"아, 그래. 마 군은 엄마와 함께 앞으로 나아가고 싶다고 말했지. 이 엄마와 함께 모험을 실컷 하고 싶은 거구나."

확실히 마사토는 말했다. 아만테와 대결을 하면서, 분명 그렇게 말했던 것이다.

하지만 그것은 아만테에게 반박하고 싶은 마음에 반사적으로 입에 담은 말에 가까웠다.

어머니와 함께 모험을 하고 싶은 게 아니라, 『엄마 동반의 모험을 극복하는 것, 그것 또한 모험이다』라고 자기 나름대로 이해와 납득을 한 것이다.

하지만, 그렇다고 전부 틀린 것도 아니다.

"아, 응. 얼추 그런 거야."

"역시 그랬구나! ……아아, 정말 기뻐. 마 군이 그렇게 말해 주다니…… 왠지 꿈만 같아……. 아, 지금은 그런 기분에 빠져 있을 때가 아니지! 알았어! 서둘러 출발 준비를 할게! 다들 같이 갈 거지?!" 반짝!

마사토가 대충 긍정적인 반응을 보이자, 마마코는 미소를 지으며 와이즈 일행을 향해 뛰어갔다. 마마코는 기분이 극도로 좋아졌는지 【어머니의 빛】을 마구 뿜고 있었다.

그런 어머니의 뒷모습을 쳐다보며…….

"……나 대체 무슨 소리를 한 거야."

자신이 긍정적인 발언을 했다는 사실에 놀라면서도……. 「방금 그건 어디까지나 둘러댄 거야. 둘러댄 거라고」 같은 변명을 늘어놓으면서도…….

"하지만, 그래……. 이런 게 우리의 모험이잖아."

마사토는 그렇게 나쁘지 않은 기분으로 자신이 한 말을 곱씹었다.

■작가 후기

신세 많이 지고 있습니다. 이나카 다치마라고 합니다.

경사스럽게도 3권이 발매되었습니다. 이건 전부 여러분 덕분입니다. 정말 감사드리며, 앞으로도 계속 좋아해주시기를 진심으로 부탁드립니다.

매번 엄마가 등장하는 엄마 시리즈답게, 이번에도 엄마로 점철되었습니다. 이런 장면, 저런 장면, 그런 장면 등, 엄마 일색이었습니다.

진짜 이 작품은 뭘까요. 이 작품을 집필한 이나카조차, 엄마로 점철된 이 작품을 어떻게 받아들이면 될지 모를 때가 있으니까요…….

하지만, 단호하게 말씀드릴 수 있는 게 딱 하나 있습니다. 그것은 『이 작품이 어머니를 웃음거리로 만드는 것을 목적으로 삼고 있지 않다』는 것입니다.

이 작품은 일단 코미디(라는 콘셉트)이며, 개그 요소로서 어머니의 언동을 과장하거나 코믹하게 꾸밀 때가 있습니다. 하지만, 어머니라는 존재 그 자체를 비웃기를 바라는 건 아닙니다.

바라건대, 작품 안에서 그려지고 있는 어머니들이 여러분의 기억과 경험을 뒤흔들어, 말로 형용할 수 없는 고통을 느끼게 할지라도, 부디 상냥한 미소를 이끌어낼 수 있기를…… 그런 마음을 담으며 집필하고 있습니다. 흑역사가 된 과거를 떠올리게 하는 위험한 작품이라는 면도 지녔지만, 앞으로도 함께 해주시면 감사하겠습니다.

그럼 관계자 여러분에게 인사를 드릴까 합니다.

이이다 포치 님, 담당편집자이신 K님, 출판에 관여해주신 여러분과 판매점 여러분. 이번에도 신세를 많이 졌습니다. 정말 감사합니다.

그리고, 캠페인에서 신세를 진 카야노 아이 씨, 엄마 RPG를 만들어주신 게임 제작자 우루후 씨. 정말 황송합니다만, 이 자리를 빌려 인사를 드리려 합니다. 힘써주셔서 감사합니다.

마지막으로 정례행사가 된 어머니 개그 대신, 이번에는 아버지에게 한 마디 드릴까 합니다. 8월 초판 발행에 맞춰서 말이죠.

생일 축하드립니다. 아버지가 태어나고, 제가 태어났기에, 이 작품이 존재할 수 있습니다. 정말 감사합니다.

2017년 초여름 이나카 다치마

다음 권 예고

"마 군, 함께 카지노에 가자!"

카지노가 있는 마을에 도착한 마사토 일행.
잠시 동안의 휴식(?)으로 텐션이 올라간 그들은 카지노에서 흥청망청 놀지만…….
너무 우쭐대다, 빚더미에 앉고 마는데?!
빚을 갚기 위해…… 마마코가 바니걸 차림으로 알바를 하게 되고?!

엄마 카지노에서 빚을 청산하기 위해 일확천금을 노려라!

신감각 엄마 동반 모험 코미디!
이번에는 카지노편!

일반공격이 전체공격에 2회 공격인

엄마는 좋아하세요? 4

VOLUME 4

내용이 변경될 수도 있다고 하네요.

2018년 겨울 발매 예정

IT IS GOING TO
RELEASE IT IN THE WINTER 2018

■역자 후기

안녕하십니까. 근로청년 번역가 이승원입니다.

『일반공격이 전체공격에 2회공격인 엄마를 좋아하세요?』 3권을 구매해주셔서 진심으로 감사드립니다.

독자 여러분은 2018년 여름을 잘 보내고 계신지요.

올해도 극심한 더위가 기승을 부리고 있습니다. 더위가 너무 심각해서 집안에 있는데도 숨이 막힐 지경이네요.

너무 더워서 에어컨 있는 방에서 노트북으로 작업을 하는 게 일상이 되어가고 있습니다.

문제는 노트북이 저보다 먼저 더위를 못 버티고 망가져버렸다는 겁니다.

그 뒤를 이어 옥상 물탱크까지 터져버리는 사태가…….

독자 여러분께서는 더위를 무사히 극복하셨기를 진심으로 빕니다!

그럼 『일반공격이 전체공격에 2회공격인 엄마를 좋아하세요?』 3권에 대해 조금 이야기해볼까 합니다.

스포일러가 포함되어 있을 수도 있으니 본편을 안 읽으신

분은 유의해주시길!

이번 권은 길드 운영편! 대인원으로만 도전이 가능한 탑을 공략하기 위해 길드를 만든 마사토 일행!

하지만 그들을 막아서는 건 지금까지와는 전혀 다른 적입니다.

부모에게 반항하는 조직, 반항조직 리벨레의 사천왕 중 한 명인 아만테. 그녀가 마사토 일행의 앞을 막아선 것입니다.

어머니라는 존재에 극단적인 증오심을 품고 있는 아만테. 그녀는 어머니가 자식의 꿈과 희망을 짓밟으며 자신의 잣대만을 강요하는 존재라 말합니다. 그래서 그런 어머니라는 존재를 이 세상에서 지워버리려 합니다.

그런 아만테를 저지하기 위해, 그리고 자신들만의 유일무이한 모험을 이어나가기 위해, 마사토 일행은 탑 공략에 나섭니다.

그리고 그 과정에서 보여주는 마마코의 대활약은…… 매우 좋죠!

메이드 마마코를 싫어할 수 있을 리가 없으니까요! 그리고 드물게 화를 내시는 마마코도 참 귀엽습니다! 자, 독자 여러분도 마마코의 매력에 푹 빠지시길!

그럼 이만 줄이겠습니다.

언제나 재미있는 작품을 맡겨주시는 L노벨 편집부 여러분에게 진심으로 감사드립니다. 앞으로도 잘 부탁드리겠습니다.

채팅방에 먹고 싶은 것을 사진으로 올리며 무언의 압박을 하는 악우여. ……그래, 내가 졌다. 마감 치고 나면 고기 먹으러 가세나…….(털썩)

바니걸 마마코라는 감미로운 단어가 무한한 망상(^^)을 자아내고 있는 4권 역자 후기 코너에서 다시 뵙겠습니다!

2018년 8월 초

역자 이승원 올림

일반공격이 전체공격에 2회 공격인 엄마는 좋아하세요? 3

초판 1쇄 발행 2018년 9월 10일

지은이_ Dachima Inaka
일러스트_ Iida Pochi.
옮긴이_ 이승원

발행인_ 신현호
편집국장_ 김은주
편집진행_ 최은진 · 김기준 · 김승신 · 원현선 · 권세라
편집디자인_ 양우연
국제업무_ 정아라 · 고금비
관리 · 영업_ 김민원 · 이주형 · 조인희

펴낸곳_ (주)디앤씨미디어
등록_ 2002년 4월 25일 제20-260호
주소_ 서울시 구로구 디지털로 26길 111 JnK디지털타워 503호
전화_ 02-333-2513(대표)
팩시밀리_ 02-333-2514
이메일_ lnovelpiya@naver.com
L노벨 공식 카페_ http://cafe.naver.com/lnovel11

ISBN 979-11-278-4621-3 04830
ISBN 979-11-278-4403-5 (세트)

값 7,000원